書下ろし

父と子と

新・戻り舟同心

長谷川 卓

祥伝社文庫

目次

不忍池
浅草寺
今戸町
新堀川
駒形堂
吾妻橋
中の郷竹町
薬種屋《成島屋》
横川
法恩寺橋
神田川
新シ橋
両国橋
藤代町
回向院
相生町
神田鍋町
伊勢町堀
小伝馬町
橋本町
竪川
大川
新大橋
日本橋
江戸橋
高砂町
小名木川
南町奉行所
浜町堀
仙台堀
亀久橋
深川
八丁堀
鉄砲洲
永代橋
大和町
数寄屋河岸
汐留橋
芝口橋
久保ヶ原
北
西
東
南
「父と子と」の舞台

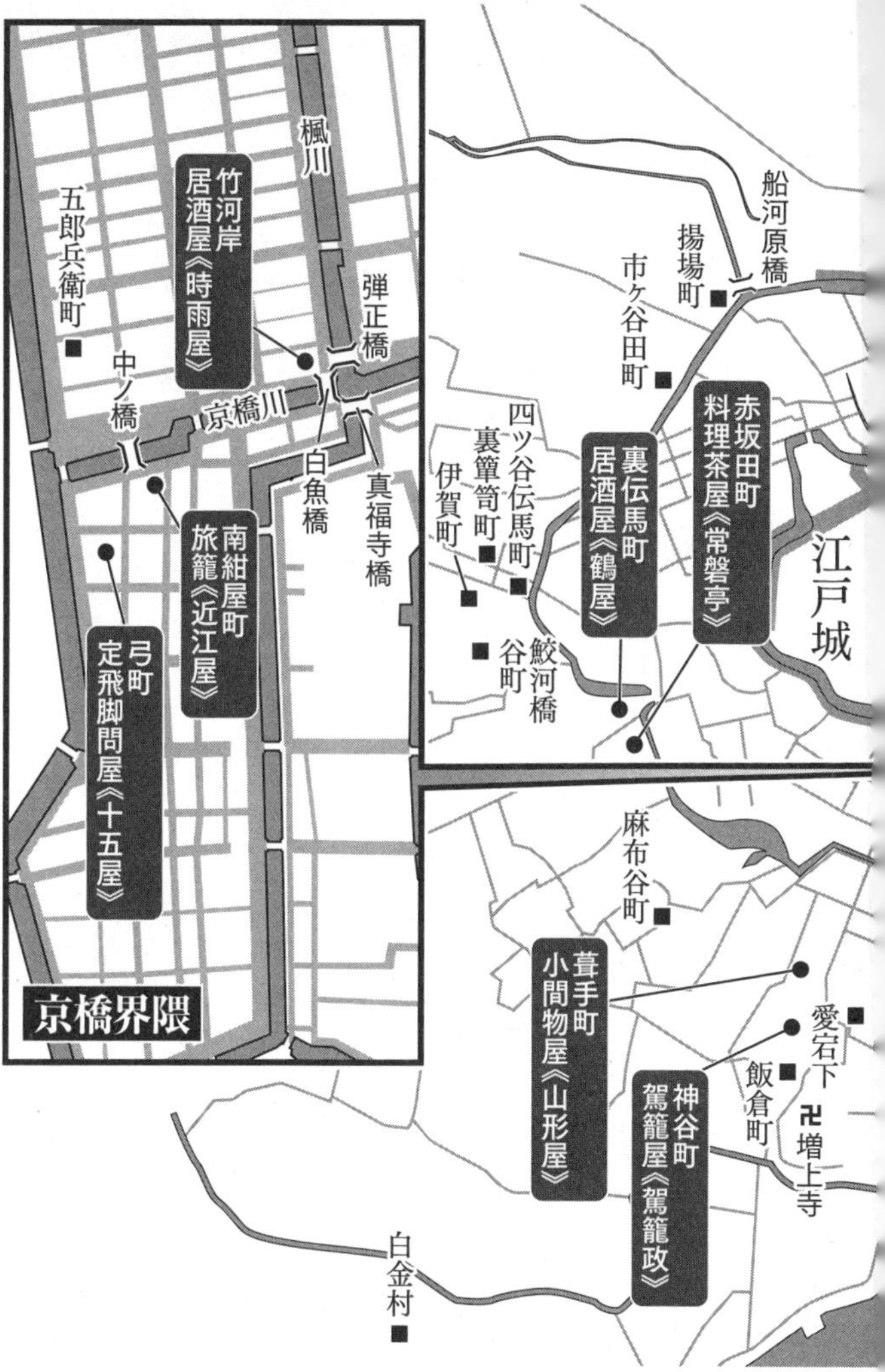
京橋界隈
楓川
竹河岸
居酒屋《時雨屋》
五郎兵衛町
弾正橋
中ノ橋
京橋川
白魚橋
真福寺橋
南紺屋町
旅籠《近江屋》
弓町
定飛脚問屋《十五屋》
船河原橋
揚場町
市ケ谷田町
赤坂田町
料理茶屋《常磐亭》
裏伝馬町
居酒屋《鶴屋》
四ツ谷伝馬町
裏箪笥町
伊賀町
鮫河橋
谷町
江戸城
麻布谷町
葺手町
小間物屋《山形屋》
愛宕下
飯倉町
神谷町
駕籠屋《駕籠政》
増上寺
白金村

文化《ぶんか》二年（一八〇五）、南町奉行・坂部肥後守《さかべひごのかみ》は、内与力《うちよりき》・小牧壮一郎《こまきそういちろう》と年番方《ねんばんかた》与力・百井亀右衛門《ももいかめえもん》を呼集し、年毎に増えてゆく永尋《ながたずね》となっている事件の処理と、追放刑に処せられたにも拘《かか》わらず、江戸に舞い戻って来ている者どもの処置について話し合い、新たな職掌《しょくしょう》を設《もう》けることにした。永尋掛《がか》りである。

永尋とは、次々と起こる事件のため穿鑿《せんさく》を棚上げにされている事件の謂《いい》で、迷宮入りのことだった。

武家地と寺社地を除いた江戸市中の町地の行政、司法、警察等に携《たずさ》わるため、奉行所の仕事は多い。だが、同心の数は限られている。役目をこなすことで手一杯の同心に、更なる仕事に取り掛かる余裕はない。そこで、定廻《じょうまわ》りを勤め上げ、倅《せがれ》に代を譲《ゆず》りはしたが、今尚衰《いまなおおとろ》えも見せず血気盛んな者から六名を選び、臨時の再出仕組を組ませることにした。

白羽の矢を立てられたのは、二《ふた》ツ森伝次郎《もりでんじろう》であった。この時、伝次郎六十八歳。隠居暮らしなんぞまっぴらと、市中の揉《も》め事を捌《さば》くことに生き甲斐《がい》を見出し

ていた伝次郎は、染葉忠右衛門《そめはちゅうえもん》を誘い、人集めと永尋の解決へと動き出す。仲間に加わったのは、

一《いち》ノ瀬《せ》八十郎《はちじゅうろう》　剣は奉行所創設以来の腕と言われていたが、協調性に乏《とぼ》しく偏屈。

一ノ瀬真夏《まなつ》　八十郎の娘（実は拾い子で、剣の達人。元同心ではなかったが、特例として認められた）。

河野道之助《かわのみちのすけ》　頭脳明晰《めいせき》にして、物覚え抜群。

花島太郎兵衛《はなしまたろべえ》　体術の達人。女装が趣味。

の四人であった。

真夏を除いた五人は、一度は奉行所から去った身であるにも拘わらず、再び戻って来たところから、永尋掛りは戻り舟同心と呼ばれるようになっていた。

序

享和《きょうわ》二年（一八〇二）二月――。

京大坂《きょうおおさか》を中心に、西国で押し込みを繰り返していた盗賊・夜宮《よみや》の長兵衛《ちょうべえ》は、病の床に臥《ふ》せっていた。

身体《からだ》の異変にはっきりと気付いたのは、三年前のことになる。血便が出、目が眩《くら》み、立ち上がれなくなったのだ。誰にも気付かれなかったのを幸いに、休んでいるうちに何とか起き上がれたが、それまでも鳩尾《みぞおち》が痛んだり、血を吐《は》いたことがあった。こっそりと医師を訪ね、診《み》てもらったところ、胃の腑《ふ》に腫物《はれもの》があると言われたが、夜宮の二代目を前年の暮れに継いで間もない頃だった。身体の具合が悪いとは、後継ぎに選んでくれた先代にも、付いて来てくれている子分どもにも、とても言えなかった。

惜《お》しい命ではない。倒れるまで鞭《むち》打って使えばいい。

そう思い極《きわ》めて使ってみると、思いの外《ほか》身体は動いた。藪《やぶ》の診立てより、てめえのことはてめえが一番分かるってものよ。押し込みを重ね、血を吐いて倒れたのが、去年の春だった。それから一年保《も》ったことになるが、もう駄目《だめ》だった。

先代は押し込み先から逃げる時、足首を折り、このざまでは走れねえからと頭《かしら》から下りた。俺も頃合だ。見苦しく頭の位に留《とど》まっちゃならねえ。先代に倣《なら》い、暮れに小頭の弥五郎《やごろう》に夜宮の三代目を譲った。その頃からだった。惜しくないと思っていた命に、未練が生じ始めて来たのは。

頭を退《ひ》いても、未《いま》だに頭として慕《した》う吉松《よしまつ》と初太郎《はつたろう》が、身の回りの世話をするために一味を抜けた。ふたりとともに京は山科《やましな》の地に引っ込み、病を養っているうちに、若い頃、江戸を売る時に置き去りにした娘のことが、頻《しき》りに思い起こされるようになった。

無事に育っただろうか。

苦労をしていないだろうか。

どうして俺は、あの時、あんな田舎《いなか》の片隅に、年端《としは》もゆかない子を置き去りになんぞしちまったのか。

涙が幾夜も耳に落ちた。

「俺は治すぜ」

江戸に行き、娘の消息を調べ、無事ならば名乗れないまでも、成長した姿を一目この目で見てみたい。その思いから発した言葉だった。

吐き気を堪《こら》えながら医師が調合した薬を飲み、滋養のつくものを少しずつ食べ始めた頃だった。薬を取りに出ていた初太郎が、慌《あわ》てて戻って来た。

「富蔵《とみぞう》の兄ぃが、支度金《したくきん》を盗んで逃げたそうです」

京から百六里半の中山道《なかせんどう》・安中《あんなか》宿生まれの富蔵は、目端《めはし》が利くからと、弥五郎に目を掛けられていた、吉松や初太郎の兄貴分に当たる男だった。

支度金は、次の押し込み先が決まったところで、下調べや逃げ道を作るのに使うか、万一押し込みを中止した時の一党の当座の暮らしのために使う金子《きんす》だった。それを、富蔵が盗んだというのだ。

「お兼《かね》が言うには、博打《ばくち》で相当負けていたとか」

兼は富蔵の女だったが、置き去りにされたらしい。お兼は何か知っているでしょうか、と初太郎が吉松に訊《き》いた。

「裏切った者がどうなるか、知らねえ富蔵兄ぃじゃねえ。その兄ぃが残して行ったんだ。知っているはずがねえ」それによ、と吉松が続けた。「あのお兼ってのは、性悪だ。どう裏切るか知れたもんじゃねえ。それを見越して残したんだろうぜ」

「ちょいといい女なんですけどね」

「甘っちょろいこと言うんじゃねえ。ああいうのが、命取りになるってことを富蔵兄ぃは心得ていて、側《そば》に置いていたんだ。兄ぃも並じゃねえってことだ」

「どこに逃げたんでしょうね？」

「知るか」

「手分けして、探しているとのことですが」

「江戸だろうよ」長兵衛が言った。

「西国筋は顔を知っている者がいる。となれば、越後路《えちごじ》か中山道か東海道《とうかいどう》だ。越後路は隠れる場所が少ねえし、中山道は生まれ故郷があるから、と探りを入れられる恐れがある。近付くめえ。逃げるとなれば東海道だ。今ならばてめえが先手を取っているんだ。追っ手は前からは来ねえ。背中に目ん玉付けていればいいからな」

「それを三代目に」

「弥五郎なら、分かっているだろうよ」それにな、俺は退いたんだ。出過ぎちゃいけねえ。

富蔵の行方《ゆくえ》が知れぬまま、年が暮れようとしていた。

「畜生《ちくしょう》、どこにいやがるんでしょうね」吉松が言った。

「そうよな……」

表の方で、竈《かまど》の厄払いを終えた巫女《みこ》を送り出している初太郎の声が聞こえた。巫女の礼金は十二文と米二合か三合と決まっていたが、初太郎は余分に与えたのだろう。礼の言葉に喜びが溢《あふ》れていた。巫女の鳴らしていた鈴の音が、まだ長兵衛の耳に残っている。正月を迎える前に竈を祓《はら》い清める。何度も鈴の音を聞いてはいたが、床に臥せながら聞くのは初めてのことだった。

こんな家にも正月は訪れて来るのだ、と思った。気弱になっている己を突き付けられているような気もした。長兵衛は、咽喉《のど》に絡《から》んだ痰《たん》を懐紙で拭《ぬぐ》い、わざと荒っぽい口調で言った。

「どこにいても同じだ。もう二度と枕を高くしては眠れなくなっちまったんだからな。行き着く先は、地獄よ」

支度金を盗んだだけじゃ収まらねえ。奴が切羽《せっぱ》詰まって何かやらかし、しくじってお縄にでもなってみろ。てめえの命惜しさに、俺たちのことを吐くかもしれねえ。となれば、その前に始末しなければならない、と追っ手の目は厳しくなる。どうにも生き残る道はねえんだ。それと分かっていて踏《ふ》み込んじまったんだ。自業自得だが、馬鹿なもんだ。

長兵衛は目を閉じると、搔巻《かいまき》に手を入れ、腹を探った。胃の腑の下方に、それと分かるしこりがあった。

こいつの機嫌のいい時に、何としてでも江戸に行かねば……。

しかし、まだ家の中を歩き回ることすら出来ない程、身体の力をなくしていた。医師からは、保って五年。早ければ、一年か二年の命だ、と言われている。

唇を嚙《か》んだ。

長兵衛が焦《あせ》りを募《つの》らせるようになったのは、置き去りにした娘が夢に出るようになってきたからだった。

初鳥《はつがらす》の鳴き声を聞いたのも、娘の夢から覚めた時だった。

元日の昼前、弥五郎が初代の夜宮の頭・庄之助《しようのすけ》と、小頭のふたり、伊佐吉《いさきち》と亥助《いすけ》とともに年賀の挨拶《あいさつ》に来た。

起き上がろうとする長兵衛を押し止《とど》め、身体に障《さわ》る、寝ててくんねえ。庄之助と弥五郎が交互に言祝《ことほ》ぎを口にし、長兵衛が返した。弥五郎と伊佐吉、亥助が俄《にわか》に手を突いて後退《あとじさ》り、申し訳もございません、と富蔵を見付けられずに年を越した不手際を詫《わ》びた。

待ちねえ、待ちねえ。

遮《さえぎ》ったのは庄之助だった。

「正月早々、そいつはよそうじゃねえか。なに、俺が口にすることではないが、天網恢々《てんもうかいかい》って言葉もある。どんなに潜《ひそ》んでいても、必ず知れる時は来るってもんよ。待てばいい。熟《う》れた柿は落ちるんだからな」

松の内が明け、一月も末になった。身体は一向によくならない。時ばかりが過ぎてゆく。長兵衛は吉松と初太郎を枕許《まくらもと》に呼んだ。

「吉松。お前に頼みがある。初太郎も聞いていてくれ」

ふたりは顔を見合わせてから、神妙に膝《ひざ》を揃《そろ》えて頷《うなず》いた。誰にも、弥五郎にも言ってはくれるなよ。釘《くぎ》を刺してから、長兵衛が話し始めた。

「これは、まだ誰にも話したことがねえ、初代に拾われる前の話だ」

俺は江戸にいて、馬鹿をやっていた。頭も子分もいない、ひとり凌《しの》ぎの盗っ人だった。しくじった。もう江戸にはいられねえ。江戸を売ろうとしたんだが、女房が胸を患《わずら》っていてな。それがひどくなっちまって、椿《つばき》の花が落ちるように、ある朝、ぽとりとおっ死《ち》んじまった。

「俺たちの間には、餓鬼《がき》がいた。まだ五歳の女《あま》っ子でな。妙《たえ》という名だった……」

そいつを連れて江戸を出たんだが、熱を出しちまった。騙《だま》し騙し旅を続けようとしたんだが、どうにもならねえ。俺と一緒にいたら死んじまう。俺は鬼になる、と決めた。

「どうしなさったんで？」吉松が訊いた。

「捨てた。置き去りだ……」

吉松と初太郎の咽喉がごくりと鳴った。

「その妙が、夢枕に立つんだ。棒切れみたいに突っ立って、何も言わずに俺を凝《じ》っと見ているんだ」

頼みってのは他でもねえ。長兵衛の手が吉松の腕に伸びた。

「済まねえが、様子を見て来てくれねえか」

長兵衛は敷《し》き布団《ぶとん》の下から胴巻《どうまき》を引き出すと、吉松の手に握《にぎ》らせ、中に、と言った。

「七十両入っている。二十両は道中の費《つい》えとお前の小遣いで、残りの五十両は、娘がもしも金に困っているようなことがあったら、博打で儲《もう》けたあぶく銭だとか誤魔化《ごまか》して渡してやってくれ。頼む」

「承知いたしました。お引き受けいたします」

「そうか。ありがとよ」この通りだ、と長兵衛が掌《てのひら》を合わせた。

「御頭、よしておくんなさい」

吉松が慌てて手を振って見せた。跡目《あとめ》を譲ったにも拘《かか》わらず、吉松と初太郎は頑《かたく》なに「御頭」と呼び続けてくれていた。

「それよりも、肝心のことを教えておくんなさい。娘さんの妙さんを、どこに置いて来なさったんで？」

それよ。忘れもしねえ。内藤新宿《ないとうしんじゅく》から二里と二町下った下高井戸《しもたかいど》宿にあるやっとうの道場の前に置いて来たんだ。

「十三年の昔のことだ。あの時五つだったから、今は十八歳に成っているはずだ」

吉松は復唱すると、

「任せておくんなさい」

胸を叩いた二日後、京の山科を発《た》ったが、それを最後に二度と戻らなかった。

不安と苛立《いらだ》ちにさいなまれ、何度か死の瀬戸際《せとぎわ》まで彷徨《さまよ》い込んだが、江戸に行く、という思いが支えになったのか、何とか持ち堪《こた》えているうちに三年余が経った。

文化三年（一八〇六）五月中頃――。

随分《ずいぶん》と痩《や》せたが、薬を飲み、滋養のものを摂《と》っていたせいもあるのだろう、医師から近間なら出歩いてもよいと言われたことに力を得、長兵衛は江戸行きを決意した。

「御頭……」

止めても聞くものではない。初太郎は黙々と旅の支度を始めた。

第一章 《山形屋《やまがたや》》利八《りはち》

一

文化三年七月三日。

江戸の町は炎暑の中にあった。菅笠《すげがさ》で防いでも、日差しは容赦なく照り付けてくる。町をゆく者たちは顎《あご》を出し、外出《そとで》をしている己の身の不運を嘆《なげ》きながら、足を踏み出していた。

しかも、ここ数日はぴたりと風が凪《な》いでいる。暖簾《のれん》はだらりと垂《た》れ下がり、そよぎもしない。恨《うら》めしげに空を見上げても、一片の雲さえない。指を伝って滴《したた》り落ちた汗が、乾いた地面に吸い込まれて消えゆくのを茫然《ぼうぜん》と見送るしかなかった。

「今日の見回りは止《や》めだ。命あっての物種《ものだね》だからな」

二ツ森伝次郎は、近《ちか》が井戸に吊《つる》して冷やしておいた麦湯を飲み干すと、開け放たれた障子《しょうじ》から外を見た。町奉行の許しを得、永尋掛りのために建てられた詰所《つめしょ》の中は、蒸し風呂のようだった。詰所は、奉行所の建物の外、中間《ちゅうげん》部屋や蔵が建ち並ぶ一角への通り道にあった。

「旦那ぁ、それじゃ、お役目が」

御用聞き・神田鍋町《かんだなべちょう》の寅吉《とらきち》、通称鍋寅《なべとら》が、眉《まゆ》を掻《か》きながら言った。

「染葉の旦那も真夏様も、朝から出ていなさるじゃござんせんか」

染葉忠右衛門は十五年前の一件を追って市中に出ていた。四人組の三人までは捕らえたのだが、頭目に逃げられてしまったので、其奴《そやつ》を捕らえようと意地になっているのだ。一ノ瀬真夏を伴っているのは、頭目には凄腕《すごうで》の用心棒が付いていたからだった。

「あいつらは、暑い寒いが分からねえからいいんだ。俺たち並の者は、特に年寄りと蚯蚓《みみず》は日盛りの道に出てはならねえのよ。行き倒れて干からびちまうからな。俺はとっつぁんのことを思って言っているんだぜ」

「よしてくんない。とっつぁん呼ばわりは。四つしか違わねえんですぜ」

手下の隼《はや》と半六《はんろく》は、河野道之助を手伝い、永尋の控帳の整理をしている。年代順に分けてある帳面に、火付けは赤、殺しは黒、押し込みは青というように札を付けているのである。隼は、鍋寅の孫娘であった。鍋寅の跡を継いだ堀留町《ほりどめちょう》の卯之助《うのすけ》の許で捕物の修業をしていたのだが、伝次郎に乞《こ》われて鍋寅が十手稼業《じって》に戻る時に、仕込み直してやってくださいと、半六ともども貸し出されていたのである。卯之助は、伝次郎の息《そく》で定廻《じょうまわ》り同心の新治郎《しんじろう》の手先として、御用に励《はげ》んでいる。

「親分さん、まあ、麦湯でも飲んでくださいましな」

詰所の手伝いをしている近が、鍋寅の手に麦湯を握らせた。

「おう、ありがとよ」

近は、盗賊・鬼火《おにび》の十左《じゅうざ》一味に襲われた《布目屋《ぬのめや》》のただひとりの生き残りで、背には袈裟《けさ》に斬《き》られた傷痕《きずあと》がある。未だに、《布目屋》のお近と呼ぶ者もいるが、自身は《斬られ》のお近と啖呵《たんか》を切ることもあった。

「そう言えば、旦那」と鍋寅が、思い出したように伝次郎に言った。「葺手町《ふきでちょう》の一件、覚えておられやすか」

葺手町は、増上寺《ぞうじょうじ》の北西にある町屋で、名主が代々御城の御砂御用を承《うけたまわ》っていたところから、御砂取場と呼ばれているところだった。

「一件って、何だ?」

「三年前になりやすが、夫婦ふたりが突然消えちまったんで」

「今も消えっ放しか」

「ずっと、で」

三年前ならば、伝次郎は市中の揉《も》め事の相談役をしていたし、鍋寅にしても御用とは関わりのないところで、のたくって生きていたはずである。にも拘わらず、どうして知っているのだと聞きたかったが、心構えが違いまさあ、とでも言われると癪《しゃく》だから、止めた。そっくり返らせてなるものか。

「面白そうじゃねえか」

ひょいと河野に目を走らせると、棚から抜き出した控帳を、隼に手渡しているところだった。流石《さすが》、河野だ。一手先を読む呼吸が堪《たま》らねえ。

隼から『山形屋利八《やまがたやりはち》一件』と書かれた控帳を受け取った。

《山形屋》に出向き、原本となる調書《しらべがき》を記したのは、伝次郎が捕物のいろはから鍛《きた》え直した、定廻りの沢松甚兵衛《さわまつじんべえ》だった。今では定廻りの筆頭同心として、新治郎らに命を下している。

筆頭なんぞ百年早えぞ、甚六《じんろく》が。

甚六は、伝次郎が沢松につけた渾名《あだな》だった。

控帳を開いた。

姿を消したのは、享和三年（一八〇三）癸亥《みずのとい》二月二十三日。

丁亥《ひのとい》生まれ　山形屋利八　三十七歳　身の丈五尺二寸（百五十八センチ）

癸巳《みずのとみ》生まれ　女房・貞《さだ》　三十一歳　身の丈四尺五寸（百三十六センチ）

のふたり。

日が高くなったのに戸が閉まっているのを不審に思った隣の住人、瀬戸物商《萬屋《よろずや》》小助《こすけ》が戸を叩いたが、返事がない。さては、何か急用でも出来たか、と午後に出直したが戻った気配がない。翌日になって自身番に届け、更に見守ること五日。何かあったかもしれないからと名主に知らせた、と書かれていた。

利八が葺手町に店を構えたのは、前年の十月。それまでは、利八は分からねえが、女房の貞は振り売りで小間物を商《あきな》っていたらしい。そのふたりが、ようやく店を構えて僅《わず》か四か月でいなくなったことになる。隣家の《萬屋》が不審に思ったのも無理はない。

屋内を調べたところ、金子はすべて持ち出されていた。

諸器や綿入れなどは残されていたが、箱膳から茶碗と箸《はし》は持ち出されていた。また、隣家の《萬屋》小助の女房・染《そめ》の言うところによると、貞が気に入りと言っていた着物が何枚か見当たらないらしい。待ち出したものと見られる。鍋や蠅帳《はいちょう》の中に残り物はなかった。また甕《かめ》の水は落とされていた。覚悟の夜逃げであろう、と甚六の推測が記されていた。

付記一として、《山形屋》は利八と貞の夫婦ふたり暮らしで、商う品は、紙入れ、煙草《たばこ》入れなどの小間物。客の応対から仕入れまで、お店《たな》に関わることは貞が一手に受け持っており、利八がお店に顔出しすることはなかった由。

付記二として、店を構えてから日が浅いこともあり、問屋への支払いに滞《とどこお》りはなく、高利の金を借りた形跡もない。また町名主や寺などを調べたが通行手形は出していなかった、とあった。

「それからこっち、消息が分からねえってことか」

「そんな具合です」

「暑気払いに、いいかもしれねえな」

「まさか」と鍋寅が、伝次郎に訊いた。「出向くんですかい？」

「いけねえか」

「だって、沢松の旦那が書かれているように、こりゃ夜逃げでしょう?」

「とは思うが、何か引っ掛かるから、言ったんだろう?」

「高利貸しに責め立てられているのでもねえのに、どうしていなくなったのか、訳が分からねえので……」

「それよ。夫婦がこそこそと逃げたんだ。ちょいと探ってやろうじゃねえか」

甚六を呼んで来てくれ。伝次郎が半六に言った。

「沢松様なら、出掛けてらっしゃいますが」隼が言った。「昨日、麻布谷町《あざぶたにまち》の藪で見付かった、玉屋殺しの一件でございます」

玉屋とは、今で言うシャボン玉屋のことで、椋《むく》の実を煮て作った液を葭《よし》の茎で吹きながら売る小商いである。その玉屋が、腹と胸を刺され、殺されていた。

「あれか」

新治郎も、今朝早く組屋敷を出て行った。麻布谷町に行くと聞いていた。

新治郎は調べに走ったのだろうが、甚六が出向いたのは、玉屋を出《だ》しにして麻布谷町と塀を接している真田信濃守《さなだしなののかみ》の中屋敷を訪ねるためと思われた。甚六は真田家から付届《つけとどけ》を頂戴《ちょうだい》していた。

「そういうことには、まめな男だからな」

「お待ちしましょうか。戻られるのを」鍋寅が、額《ひたい》の汗を煮染めたような手拭いで拭った。待っていたのでは日が暮れてしまう。それに葺手町とは同じ方角だ。行き合うかもしれない。

「いやか。出るのは」

「暑いじゃねえですかい」

「年寄りっぽいことを言うねえ」

「あっしは年寄りなんですよ。少しは労《いたわ》ってもらわねえと」

「休むのは棺桶《かんおけ》に入ってからにしろい」

仕方ねえな、と言いながら、鍋寅がいそいそと土間に下り立ったところに、戸口に人影が立った。内与力の小牧壮一郎だった。

内与力は、町奉行に就任した大身旗本が、家臣の中から選んでその職に就《つ》ける私設秘書で、用人の役割を務めた。主が町奉行職から退くと、己も与力職を辞することになる。そこが町奉行所に出仕している与力や同心との違いだった。

小牧は、立ち上がっている伝次郎らを見回し、お出掛けですか、と訊いた。

「ちいと気になることがありまして。何か」伝次郎が言った。

「別に、急ぎということではありませんが……」

「でしたら、後日改めてお出で願えると助かります」

「相済《あいす》みません」鍋寅が小牧の耳許で囁《ささや》いた。「焚《た》き付けたら、燃え上がっちまったんで」

「それは、それは」

小牧は、訳知り顔に頷くと、奉行所の玄関の方へと戻って行った。伝次郎は、小牧の後ろ姿を見送りながら、行くぞ、と鍋寅らに言った。

数寄屋橋御門《すきやばしごもん》を通り、土橋を渡り、幸 橋《さいわいばし》御門の前に広がる久保町原《くぼちょうはら》を横切る。汗が噴き出し、身体から水っ気が抜ける。兼房町《けんぼうちょう》の日陰に入った。ひょいと鍋寅を見ると、痩せ我慢をしているのだろう、涼《すず》しい顔をしている。意地で日《ひ》向《なた》に出、武家地と町屋の間に延《の》びる佐久間《さくま》小路を西に向かい、桜川《さくらがわ》に沿って南に折れた。

もう舌を出しているだろうと、横目で見ると、案の定、額から汗を滴《したた》らせている。伝次郎は俄《にわか》に背筋を伸ばし、暑いな、と声を掛けた。

「なあに、これっくらい屁《へ》でもありやせんや」

可愛《かわい》くねえな。休まずに、三斎《さんさい》小路に入る。加賀越中守《かがえっちゅうのかみ》の上屋敷の門前を通り、足を速める。

「旦那ぁ。もちっとゆっくり歩いちゃくれやせんか」

泣きが入った。早く言え。

「済まねえ。気が急《せ》いたんだ」

足を緩《ゆる》めると、汗が流れ、目が眩《くら》んだ。再び南に折れた。あと僅かで車坂《くるまざか》町《ちょう》。その先が茸手町だった。

「着いたら、まず冷やっこいのを飲もうじゃねえか」

「ありがてえ」

鍋寅の足が軽やかに前に出たが、それも十歩程のことで、直《す》ぐに隼たちに追い付かれている。

茸手町に入った。日陰に水売りがいた。滝水と書いた看板を付けた水桶《みずおけ》を脇に置き、ひやっこいひやっこい、と連呼している。

「水売り」と伝次郎が声を掛けた。「咽喉《のど》がからからだ。そこの自身番まで来てくれ」

水売りは相好《そうごう》を崩《くず》すと、天秤《てんびん》の両端に水桶を下げ、伝次郎らの後に続いた。鍋寅が軽快な所作で自身番へと急いだ。八丁堀《はっちょうぼり》の旦那がお寄りになる、と先触れをしているのだ。

　茶碗に水を注《そそ》ぎ、白玉と、白砂糖か粗目糖《ざらめ》を落とす。一杯が四文である。

「ちいと砂糖を足してくれ」で八文となり、

「うんと足してくれ」で十二文となる。

「うめえ」

　鍋寅が額をぴしゃぴしゃ叩いてお代わりをし、隼と半六も続く。伝次郎が白玉に白砂糖を掛けたのを頼んだ。白玉売りは水売りとは別に白玉売りとして商っているので、無理を言ったことになるのだが、水売りは愛想よく受けている。伝次郎のような客のために、余分に仕込んでいるのである。あっ、と叫んで三人が倣う。自身番に詰めている大家や店番《たなばん》らにも馳走《ちそう》し、一頻《ひとしき》り砂糖水と白玉で涼を取ってから伝次郎が、済まねえが、と大家に言った。

「《山形屋》の話を聞かせてくれ」

　皆が口を揃えて言ったのは、人付き合いの悪さだった。寄合などには一度もお見《み》えになりませんでしたからね。家主《いえぬし》の代わりを務めている、年嵩《としかさ》の大家・孫兵衛《まごべえ》が言った。目新しいことと言えばそれくらいで、後は沢松甚兵衛の調書以上のことは聞けなかった。

「ちいと見てくるか」

では、と店番の与吉《よきち》が先に立った。不用心だからと、裏戸を釘付けにしてあるのだそうだ。

《山形屋》は、横町の角を西に曲がった瀬戸物屋の向こうにあった。瀬戸物屋の看板を見た。《萬屋》と書かれていた。

《萬屋》の前を通る。《山形屋》はきっちりと揚げ戸が下げられ、潜《くぐ》り戸も閉まっていた。《山形屋》の向こうは長屋の木戸であった。西隣の青物屋が大家だ、と与吉が言った。

長屋の木戸を潜り、《山形屋》との境《さかい》となっている塀を外し、裏に回った。勝手口は雨戸が立てられ、釘で留められていた。与吉が釘を摘《つま》んでひょいと引くと、するりと抜けた。お体裁《ていさい》に、刺してあるだけではないか。咽喉まで出掛かったが、呑《の》み込んだ。

おれは苦労人だからな。滅多なことでは、嫌味は言わねえんだ。そこがそれ、そこの、と鍋寅を見た。口がむずむずしているらしい。あのとっつぁんとの違いってもんだろうよ。

思わず、ふふふっ、と笑い声を上げてしまった。皆が妙な顔をして見ている。

掌で顔を撫《な》でて誤魔化し、勝手口に入った。人の温《ぬく》もりを吸っていない土間は、ひんやりとしていた。見回した。きれいに片付いていた。

「いなくなってからこっち、誰も何も触ってはいないんだな？」

「左様《さよう》でございます」

板張りの床は暗く沈んでいた。雨戸の隙間から射す日がもののありかを教えてくれるが、見回るには暗過ぎる。隼と半六に手伝わせ、与吉に揚げ戸を上げさせた。

温気《うんき》がねっとりと流れ込んで来た。

寝間は二階にある。見て来るように半六に言うと、動きが鈍《にぶ》い。恐いのだろう。死体《ほとけ》なんぞ、あるはずねえだろうが。怒鳴りたいのを我慢して、与吉に言った。勝手が分からねえといけない。先に上がって開けてくれ。

半六が、おう、頼むぜ。俄に威勢がよくなり、尻を叩くようにして階段を上らせている。伝次郎らは、茶箪笥《ちゃだんす》や蠅帳や竈や水甕などを見て回った。きれいに片付いていた。

「旦那、やはり夜逃げでやすかね？」

「そんなところだろうな」

揚げ戸の下に人影が立った。瀬戸物屋の《萬屋》だと名乗った。戻った形跡《あと》がなかったか訊いたが、気配もない、との答えだった。半六と与吉が二階から下りて来て、妙なところは何もない、と言った。

「仕方ねえ。戻るのを待つしかねえな」

揚げ戸を下げ、裏の戸に釘を打たせ、取り敢《あ》えず自身番に引き返すことにした。直《じか》に戻るには奉行所は遠過ぎる。今日の働きは十分にした。他人にもてめえにも、言い訳は出来る。

「帰ったぜ」

自身番に入ると、座敷に倅《せがれ》の新治郎らがいた。堀留町の卯之助と手下の太吉《たきち》がつい、と立って、伝次郎らに場所を譲った。

「そろそろ戻られる頃と聞いたので、お待ちしておりました」新治郎が言った。

「何か用か」

「いいえ。《山形屋》の一件で動きがあったのか、それを伺《うかが》おうと思いまして」

「何もねえ。あれは、夜逃げだな。そっちこそ何でここにいるんだ?」

昨日の殺しでございます、と卯之助が言った。死体となって見付かった玉屋の一件だった。

「それがどうして、こんなところでとぐろを巻いているんだ?」

殺された玉屋の身性《みじょう》が割れたのだ。葺手町の《ごんぼ長屋》に住む、佐助《さすけ》三十二歳。玉屋を始めとして、手車売り、蝶々《ちょうちょう》売り、目鬘《めかつら》売り、竹とんぼ売りなど、仕入れ元から衣装と品を預かり、市中で売り歩き、歩合をもらって暮らしている男だった。六月の末から七月の一日までは、盆提灯《ぼんちょうちん》を売っていたらしい。喧嘩《けんか》も深酒もせず、こまめによく働き、面倒見もよく、相長屋の者の評判も頗る《すこぶる》よかった。人に恨《うら》まれるような男ではない。また、今の商いは、子供相手の玉屋だ。稼ぎの程は知れている。物盗りの仕業ではないだろう。

「そいつが腹と胸を刺されたのか」

「止《とど》めを刺し、息の根を止める、という殺し方でございました」

「何か、見ちゃあいけねえものでも、見ちまったんじゃねえんですかね。人《にん》はいいって話でしたし」鍋寅が言った。

「そんなところだろうな」

「父上」新治郎が遮《さえぎ》るような口調で言った。

「分かっている。俺たちは、永尋だ。今のことには、口出しはしねえよ」

卯之助が僅《わず》かに頭を下げた。

「だが、気に入らねえな」伝次郎が眉を掻いた。

鍋寅と隼と半六が、目を見合わせた。

「同じ葺手町ってところが癇《かん》に障《さわ》る。もう一度、《山形屋》を見に行くぜ」

「旦那、あそこには、何もなかったじゃありやせんか……」

「お天道《てんと》様は高いんだ。気が済むまで何度でも調べるんだ」

立ち上がった伝次郎を追うように後に続いた鍋寅を、卯之助が気の毒そうに見送った。

伝次郎が、つと足を止め、店番に訊いた。龕灯《がんどう》は、あるか。

「勿論《もちろん》、ございますが」

「お前は、それを持って先に行って、釘を抜いておいてくれ」

与吉が、へい、と返事をしてから皆の顔を見回した。鍋寅が顎で、早くしろ、と促《うなが》した。

二

与吉と瀬戸物屋の小助が《山形屋》の揚げ戸を押し上げている。小助に泣きを入れ、手伝ってもらったのだろう。それでいい。奴は暇《ひま》を持て余しているって面《つら》付きだ。遊ばせておくことはねえ。

伝次郎らは表から上がり、家の中を隈無《くまな》く見、小さな庭も調べた。見過ごしに出来ないような、変なところはなかった。

「龕灯の出番だ。まずは上からだ。二階の天井裏を見てくれ」

与吉が自身番から取って来た脚立《きゃたつ》に乗り、半六と交替で天井裏を見たが、鼠《ねずみ》の死骸《しがい》すらなかった。

「旦那ぁ、これ以上は無駄でございますよ」

鍋寅が床に腰を下ろした。床が、ぎいと鳴った。

「次は、床下だ」

「まだですかい？」

四の五の言うんじゃねえ。渋々《しぶしぶ》と鍋寅と半六が床板を外しに掛かった。土の上っ面を嘗《な》めていた冷気がふわっ、とふたりの顔を撫で上げた。

「おう、こいつは気持ちいいな」

鍋寅が龕灯を下げ、床下を照らした。途端に、手が止まった。

「旦那ぁ……」

伝次郎が軽い身のこなしで床下を覗《のぞ》き込み、龕灯に照らし出されたところを見た。掘り起こされた土が盛り上がっている。鍬《くわ》も置き捨てられていた。

「床板を上げろ」

半六と与吉と小助が辺りの床板を取り払い、積み重ねた。風が床下から店を通り、抜けてゆく。鍋寅の汗が引いた。

「《山形屋》か女房か、それともふたりともでしょうか」鍋寅が訊いた。

「慌てるんじゃあねえ」

伝次郎は辺りを見回し、棒を手に取ると、盛り上がった土に、ぐいと刺した。皆の目が、棒の先に集まっている。引き抜き、においを嗅いだ伝次郎が、死体だ、と言った。

「掘り起こすしかあんめえ」

半六が、ひどく哀《あわ》れな顔をして伝次郎を見た。

「半六ぅ」伝次郎が言った。

覚悟を決め兼ねているのだろう。半六がか細い声を返した。

「浅草《あさくさ》まで駆《か》けてくれ。今戸町《いまどちょう》の玄庵《げんあん》先生だ。駕籠《かご》でお連れするんだぞ」

医師・伴野《ばんの》玄庵には、何度かお調べに力添えを頼んでいた。骨になった仏に関しては、玄庵が一番頼りになった。半六が気の毒そうな顔をして隼を見た。隼の目は床下に落ち、固まっている。

「隼、お前も駆けろ。新治郎を連れて来るんだ」

「はいっ」隼の目が弾《はじ》けた。

「見回りに戻っちまっただろうが、奴の見回路《みちすじ》は芝口《しばぐち》南《みなみ》愛宕下《あたごした》から赤坂《あかさか》だ。そう遠くへは行っていねえだろう」

半六と隼の腰が浮いた。

旦那ぁ……。鍋寅が唇を突き出している。

「お前は、外に立って野次馬を遠ざけろ」

「へいっ」鍋寅の背筋が伸びた。

そろりと後ろに下がった与吉と小助に、掘り返すように、と伝次郎が言った。

これも何かの縁だ。

半六と隼が飛び出して行った。鍋寅が、早いところやっちまおうぜ、と与吉と小助を急き立てた。

与吉が恐る恐る鍬を使い、小助が床板で土を掻き除《の》けている。

「済まねえな」と伝次郎がふたりに言った。

与吉と小助は、金輪際《こんりんざい》返事なんぞするものか、と心に決めたのか、黙って鍬の先を見詰めながら土を掻いている。

「もちっと力入れて掘っていいぞ」

「…………」

「仏は三年ものだ。骨になっちまっているから心配するな」

「そうなんで？」与吉が口を開いた。

「ぐちゃぐちゃしてねえから、お前らにやらせているんだ」

「左様でございますか」

小助が額の汗を拭ったと同時に、

「あああっ……」

突然与吉が声を上げ、手を止めた。鍬の先に布切れが引っ掛かっている。

「そっとやれ」

「勿論でございます……」

与吉が掘り返した土を、小助が掻き出した。股引《ももひき》らしい。中に煤《すす》けたようなものがある。骨だ。足袋《たび》が見えた。

「もちっと上の方も掘ってくれ」

鍬の先で刮《こそ》ぐように土を取った。着物の柄が分かった。子持縞《こもちじま》だ。手には手甲《てっこう》を嵌《は》めている。仏は旅支度をしていたらしい。

駆け付けて来る足音が聞こえた。

「若旦那が、いらっしゃいました」

鍋寅が、土間に入って言った。鍋寅は、伝次郎と新治郎が揃っているところでは、伝次郎を旦那、倅の新治郎を若旦那と呼んで区別していた。

「ご苦労だったな」伝次郎は、与吉と小助に腰を伸ばしながら言った。「その先は、奴らに任そう」

「助かりました」

与吉と小助が、床下から這《は》い上がり、奥の、外していない床板に座り込んだ。

「この先十年、何か困ったことがあったら、南町の二ツ森伝次郎か倅の新治郎を訪ねて来い。たとえ、お前らの方が分が悪くても、黒白ねじ曲げて勝たしてやろうじゃねえか」

「実《まこと》で？」与吉が瞳を輝かせた。輝かせても、可愛いという顔ではない。

「二言はねえ」

「ならば、死体を引きずり出しましょうか」

小助が慌てて与吉の袖《そで》を引き、床下に目を落とした。髑髏《どくろ》の額辺りが見えている。

「旦那、ご勘弁を……」

汗を拭いながら新治郎らが、床下を見た。隼から話を聞いているのだろう。動きが速い。

卯之助と太吉が、手拭いを帯に挟《はさ》みながら床下に下りた。

「手伝わねえか」鍋寅が隼に言った。

へい。下りようとした隼を卯之助が止めた。おめえは、そこで見ていろ。

「ですが」

「いいか。皆が皆、ここに下りても狭《せま》いだけだ。何か出て来たら渡すから、旦那にお見せした後、土を落としてくれ」

「親分の言う通りだ」伝次郎が言った。

「承知いたしやした」

伝次郎の脇から隼が床下を覗き込んでいる。隼の額から顎に伝った汗が床に落ちた。

「出物があるまで、汗を拭いて休め」

《萬屋》の女房が、冷えた麦湯を持って来た。こわごわと《山形屋》の入り口に立っている。皆で麦湯をありがたく馳走になり、作業に戻った。

一刻半《いっときはん》（約三時間）程して半六が伴野玄庵を伴って戻って来た時には、土間に敷かれた筵《むしろ》の上に掘り出された骨が並べられていた。脇に身に付けていたものと匕首《あいくち》があった。

身に付けていたのは、柳茶か苔《こけ》色の子持縞の着物、手甲、脚絆《きゃはん》、足袋などで、紙入れや通行手形などはなく、一緒に埋められていたものは、柄にマツと書かれた匕首一振りであった。それらをちらと見ると、玄庵は白骨死体の脇に膝を突いた。

立ち竦《すく》んでいる駕籠舁《か》きに、伝次郎が隣の《萬屋》で待つように言った。今戸町まで玄庵を送り届けてもらわねばならない。

玄庵は骨の太さや長さを測り終えると、次いで歯を仔細《しさい》に見ている。半六が隼に目配せをした。気持ち悪いと言っているのだろう。隼が首を横に振った。玄庵が、ふう、と息を継いで伸びをした。見終えたのだ。隼は素早く水を張った手桶を差し出した。玄庵が手を洗いながら言った。

「仏は男。身の丈はおよそ五尺（約百五十二センチ）。年の頃は、歯の具合からして三十過ぎ、というところでしょう」

「ここの主《あるじ》は三十七で、背丈が五尺二寸なのですが、それとは違うと？」伝次郎が訊いた。

「年の方は、柔らかいものを好んで食べていたとすると、三十七だと言えなくもありませんが、背丈は五尺を切るか切らないかくらいですから譲れませんな」

「てえことは？」鍋寅が皺首《しわくび》を伸ばした。

「利八じゃねえってことだ」

「すると、このマツというのが、仏の名でしょうか」卯之助が新治郎に言った。

「そいつは、まだ何とも言えねえ。仏は利八ではねえが、利八って名が本当かどうかは分からねえからな。マツってのが利八かもしれねえ。ただ、はっきりしているのは、素《す》っ堅気《かたぎ》の持つものじゃねえということだ」

「どういたしましょう？」鍋寅が伝次郎に訊いた。

「父上、この一件ですが、これは」

「見回りの途中、呼んどいて済まねえが」と伝次郎が新治郎を遮《さえぎ》って言った。

「三年前の一件の続きとして、永尋に譲ってくれねえか。俺は妙にこの一件が気になるんだ」

「分かりました。こちらは玉屋の他にも抱えている件があり、手一杯ですので、頼みます」

「私は、もうよろしいですかな？」

玄庵が言った。礼を言い、駕籠屋に往復の代金を払い、駕籠に乗せ、見送った。新治郎らも見回りに戻って行った。

後は仏を大八車《だいはちぐるま》に乗せて奉行所に運ぶだけだった。与吉と小助に手配を頼み、戻りを待った。

「さて、どこからやるかだが、隼親分、何かあるか」

隼の顔付きが、きつくなった。思案を巡《めぐ》らしているのだろう。

「《山形屋》は、この男を殺したことで、家を捨てたって訳ですよね？」

「決め付ける訳にはゆかねえが、十中八九はな」

「この男がマツ某《なにがし》だとして、こいつが何者かを調べることから始めたらどうかと」

「《山形屋》はどうする？」

「沢松様のお調べによりますと、通行手形は出ておりません。となれば、御府内に潜んでいるに相違ないかと」

「そんなところだろう」

「おまけに女房連れだ。妙なところへ潜り込むのは無理だろうからな」鍋寅が言った。

「まさかとは思いますが、同じ町内です。玉屋と何か関わりはあるんでしょうか」隼が訊いた。

「分からねえが、気に入らねえことは確かだな」

まずは、読売《よみうり》に骨が出たってことを書かせようじゃねえか、と伝次郎が言った。

「仏の名は、恐らくマツの字が入ること。着ていた袷の色と柄。その身形《みなり》で、三年前にいなくなった者だ。読売に早幕《はやまく》で書かせろ。聞き歩くより早《は》ええ。隼親分が言ったことも気になるしな。二日以内に出してくれたら、後々ネタは腐《くさ》る程くれてやるからと言って尻を叩け」

「そんな早く無茶でやすよ」

「無茶は承知だが、文字だけなら出来るはずだ」

「分かりやした。そっちはねじ込むとしても、三年でやすからね。知り人が出て来てくれるかどうか」

「案じていても始まらねえ。やるだけやってみるんだ」

大八車の音が近付いて来た。与吉らしい話し声も聞こえる。

「畜生、面白くなって来やがった」

鍋寅が、年甲斐《としがい》もなく、跳《は》ねている。伝次郎にしても隼にしても、思いは同じだった。三人は、外の暑さなど忘れていた。半六は、そんな三人を茫然とした面持ちで見ていた。

三

四《よ》ツ谷《や》御門から大木戸に向かって南。濠《ほり》と、服部半蔵《はっとりはんぞう》が建立した西念寺《さいねんじ》に挟まれた一帯は、千代田《ちよだ》の城の北西部の防備として旗本屋敷が軒《のき》を連ねているところだった。

伝次郎らが、与吉らに手伝わせて白骨死体を奉行所に運び終え、調書を作成し、さて町屋に繰り出して酒でも飲もうかと騒いでいる頃――。

その旗本屋敷が建ち並んだ一角に、人目を避けるようにして集まる影があった。影が入って行ったのは、小姓組番《こしょうぐみばん》のために建てられている道場であった。稽古《けいこ》に来ていた者の姿は既《すで》になく、ひっそりと静まり返っている。道場に入る主を見送ると、供侍と小者《こもの》はそれぞれの控所に席を求めた。待つことには慣れていた。それが供の役目であった。

小姓組番とは、営中の警備と将軍出行時の扈従《こしょう》などを役目とするもので、束ねの地位にいるのが小姓組番頭《ばんがしら》。配下に小姓組頭一名、小姓組番五十名がおり、それが六組から多い時では十組あった。

小姓組番頭は、家禄が二千石以上の旗本から選ばれ、役高は四千石。小姓組頭は、家禄が二百から七百石で、役高千石。番衆と呼ばれる小姓組番は、役高三百俵であった。

将軍の警護を任ずるだけに武に対する思いは強く、研鑽《けんさん》のための道場を持っていたのである。

遅れて来た、と言っても、告げられた刻限より四半刻（約三十分）近く前であったが、他の者より後に来たひとりが着座するのを待って、ひとり他の者と向かい合うように上座に座っていた男が、おもむろに口を開いた。

「集まってもらったのは他でもない。前の番頭・関谷《せきや》様のご無念を晴らさんがためである」

男の名は俵木平内《たわらぎへいない》。小姓組頭であった。呼び集められたのは、番衆・野毛甲之助《のげこうのすけ》、奥村佐太郎《おくむらさたろう》、三津田惣之助《みつたそうのすけ》、岩間三郎太《いわまさぶろうた》、小塚源之進《こづかげんのしん》の五人。それぞれが、俵木に声を掛けられた時から、話の向きの見当は付けていた。

前の番頭・関谷様とは、『逢魔刻《おうまがとき》』の一件で、御役御免《おやくごめん》の上隠居の沙汰《さた》を下され、尚神田橋《なおかんだばし》御門外から飯倉町《いいぐらまち》へ屋敷替えにまでなった、前の小姓組番頭・関谷上総守《かずさのかみ》のことであった。

『逢魔刻』の一件とは、梅毒《ばいどく》の薬を作るために、何十年にも亘《わた》って幼子を勾引《かどわ》かしていた者どもと、それと知りつつ利があるからと仕入れていた薬種問屋と、求めていた顧客らを一網打尽にした事件であった。関谷上総守は、継嗣《けいし》の梅毒を治そうと求めていた顧客のひとりであった。

「関谷様は、皆もよく知っているように、お役目一筋のお方であった。我らの役目は上様御警護にあるからと、武道の鍛錬《たんれん》には殊更《ことさら》厳しくおありだった。その御頭《おかしら》様を、御役御免の上、隠居に追い込み、御継嗣・隆之介《りゅうのすけ》様を士道不覚悟と切腹させた不浄役人は、今何をしているか。のうのうと大手を振って生きている。俺には我慢が出来ん」

俵木は続けた。奴どもは正義を振り翳《かざ》し、あろうことか身分を偽《いつわ》り、薬種問屋《高麗屋《こうらいや》》を騙し、関谷様の御屋敷に乗り込み、狼藉《ろうぜき》に及んだ。しかるに、叱りだけで済んでいる。身分を偽るという大罪を犯したのに、だ。許せるか。正義という衣を着れば、何をしてもよいと言うのか。

「俺は、不浄役人どもに天誅《てんちゅう》を下すことにした。斬る」

俵木と向かい合った五人の身体が、微《かす》かに揺れた。腰と肩と、腕の筋が張り詰めたのだ。俵木は手応えを得、言葉を継いだ。

「そなたらに打ち明けたのは、奴どもの中に一ノ瀬真夏という手練《てだ》れがおるからだ。其奴さえおらねば、奴どもを倒すは、訳もないこと。だが、其奴を相手にしたのでは、ひとりではとても敵《かな》わぬ。無理には誘わぬが、もし同志として加わってくれれば、そなたらの腕は承知している。これ程心強いことはない。どうだ？」

「無論にございます」野毛甲之助が真っ先に言った。「御頭様のご無念、いかばかりかと思わぬ日はございませんでした。加わらせていただきます」

野毛に続いて、奥村、三津田ら四人も競うように加担を明言した。

「恐らく、事が発覚すれば、重いお咎《とが》めがあるはずだ。それでもか」

何を今更、と野毛らが語気を強めた。

「済まぬ」この通りだ。低頭する俵木に、奥村佐太郎が訊いた。

「小野寺《おのでら》が、おりませんが」

小野寺菊馬《きくま》は、切腹した隆之介とは幼少時からの道場の相弟子で、取り分け仲がよかった。

「菊馬は、倅や弟がおらぬゆえ外した。万一のことがあった時、野毛、奥村、小塚には家を継ぐ倅がおり、三津田と岩間には弟がいる」

「そこまでお考えに」

「家は守らねばならぬでな」

よいか、と俵木が声を押し殺した。

「狙《ねら》うは、二ツ森伝次郎と花島太郎兵衛。まずは、二ツ森からだ。奴どもは一度隠居したにも拘わらず、永尋を追うためと奉行所に返り咲いたところから、戻り舟などとほざいている。二度とほざけぬよう、冥土《めいど》に送ってくれようぞ」

奥村が拳《こぶし》で床を叩いた。四人が続き、最後に俵木が拳を打ち付けた。盟約はなったのである。

同じ時――。

赤坂田町《たまち》二丁目の料理茶屋《常磐亭《ときわてい》》の離れに、関谷家の用人・高柳三右衛《たかやなぎみつえ》門《もん》がいた。

赤坂田町は、赤坂御門から溜池《ためいけ》に沿って一丁目から五丁目まで横に長く続いている町屋である。元は田地であったところから田町の名が付いたところで、三、四丁目には人の住まない簡便な店、床店《とこみせ》が多く並び、五丁目は岡場所として知られているところだが、一丁目と二丁目には、吟味《ぎんみ》した料理を出す料理茶屋があった。《常磐亭》は、その中でも、辺りの大名家の中屋敷の贔屓《ひいき》が多いことでも知られていた。

高柳三右衛門は、苛立ちと不安に落ち着かない時を過ごしていた。約した刻限になろうとしていたのだ。仲立ちをしてくれたのは、関谷家に出入りを許されていた日本橋《にほんばし》の呉服問屋である。間違いはないはずだった。

――その者を使えば、いささか値は張りますが、後腐れなく片を付けてくれましょう。

殺しの請け人の元締、この稼業では闇《やみ》の口入屋《くちいれや》というが、鳶《とび》と称する闇の口入屋との橋渡しを頼んだのは、一月前になる。それが十日前に、日本橋の呉服問屋の手代と名乗る者が屋敷に現れ、《常磐亭》と刻限を記した文《ふみ》を届けて来たのだ。

向こうが、ここと言ったのではないか。まだ来ぬのか。まさか、この儂《わし》を待たせようという訳ではあるまいな。元小姓組番頭・関谷家の用人が侮《あなど》られたものよ。

話が済むまでは、料理を出さぬように言い付けておいたので、三右衛門は再び茶を口に含んだ。こんなことなら、酒を頼んでおけばよかったか。

遠くで時を告げる鐘の音がした。と、それとほぼ同時に、

「お待たせをいたしました」

開け放たれた障子の陰から色の浅黒い、小柄な男が姿を現した。店の者を先に通さずに、自ら離れに出向いて来たらしい。ここに慣れているのだろう。

三右衛門が、苛立ちを隠そうともせずに、元締の名を口にしようとすると、ゆったりと手で制し、

「手前は、呉服問屋《伊勢屋《いせや》》久兵衛《きゅうべえ》でございます。以降、《伊勢屋》とお呼びください」

鳶は一瞬射るように尖《とが》らせた目を柔らかく崩しながら、手前は一旦交わした約

定を違《たが》えることはいたしません、と言った。

「何があろうと、信じ抜く。その心がおありにならないのなら、この話はご破算ということにいたしますが」

「いや、儂としたことが初めてのことゆえ、戸惑《とまど》ってしもうての。其の方を信じる心に曇《くも》りはない」

「それを聞いて安堵《あんど》いたしました」

鳶は、三右衛門と向かい合うように座ると、どこまでお聞きになられたか存じませぬゆえ、改めて申し上げます、と言い、続けた。

「手前は、盗み、壊し、勾引かし、そして殺しまで何でもお引き受けいたします。お望みは、いずれでございましょうか」

「もそっと声を……」

三右衛門が手で抑えるような仕種《しぐさ》をしながら、庭に目を遣《や》った。月と灯籠《とうろう》の明かりに照らされた杉と松の葉が、夜の闇を一層濃くしている。

「配下の者が見回っておりますので、ご懸念は無用でございます」

三右衛門は再び庭に目を遣ったが、それらしい気配を感じ取ることは出来なかった。

た。

「するとこの《常磐亭》は？」

「詮索《せんさく》も無用ということで」

うむ。三右衛門は短く唸《うな》ると、殺してもらいたい者がふたりいるのだ、と言った。

「名を承りましょう」

「南町奉行所同心、二ツ森伝次郎。並びに花島太郎兵衛。このふたりだ」

「お引き受けいたしますが、町方でございますと、少々値が張りますが」

「如何《いか》ほどで受けてくれるのだ？」

「ふたりで三百両になります」

「構わぬ」

鳶が、三右衛門に事情《わけ》を話すよう促した。三右衛門が経緯《いきさつ》を述べた。

「では、まず半金を頂戴いたしまして、始末を終えた後に残りの半金を受け取るということで」

「相分かった。剣の腕の程など、訊かぬでよいのか」

「手の者を使い、明日より調べますので、ご懸念には及びませぬが、特に聞いておいた方がよいということなど、おありでしょうか」

「奴どもの仲間に、手練れがおるのだ。それも滅法《めっぽう》強いのが。しかも女子《おなご》なのだ」

「ほう」

興味をそそられたのか、鳶が身を乗り出した。三右衛門が、家中随一の剣客《けんかく》・菰田承九郎《こもだしょうくろう》と真夏との一戦を詳述した。

「差し出がましゅうございますが、それだけの腕をお持ちであれば、菰田様にお頼みになった方が御家中の内々でことを成せるのではございませんか」

「有《あ》り体《てい》に申すと、誘うたが断られたのだ。一ノ瀬真夏を倒す。それに専念したいと言うてな。評定所の裁定に異を唱える振る舞いに出ようというのだ。殿に咎《とが》が及ばぬよう、暇《いとま》を願い出、今は浪人となっておる……」

「お武家様の意地でございましょうな。出来ぬことでございます」

鳶は、僅かに頭を前に傾けると、それでは、と言った。

「いつ半金を?」

「明日、またここで、ではどうか」

「承知いたしました」

話は纏《まと》まりました。ご酒《しゅ》を運ばせましょうか。鳶が、手を叩こうとするのを三右衛門が止めた。

「済まぬが」

鳶への依頼は、関谷上総守の知らぬ、三右衛門のみの存念で決めたことではあったが、一刻も早く屋敷に戻ろうと思っていた。力を落とし、一回り小さくなってしまった上総守の近くにいてやりたかったのだ。

神田橋御門の方へと足が向いてしまう己に舌打ちをし、三右衛門は溜池に背を向けた。新たな拝領屋敷は、千代田の城から離れた飯倉町であった。


菰田承九郎は飯倉町の更に南、四《し》ノ橋《はし》を渡った先の白金村《しろかねむら》の百姓家にいた。百姓家は、中間として関谷家に奉公していた清七《せいしち》の生家であった。

某《それがし》のために働いてくれぬか。

無役となった雛寄せで暇を出された清七を、菰田は手先として雇い入れ、同時に己の住まいを得ていた。一ノ瀬真夏と立ち合うまでと日を限り、納屋を借り受け、人が住めるように改築したのである。清七は、承九郎の指図に従い、南町奉行所を見張り、真夏の動きを探っている。承九郎は、機が熟するまでは、と田地にある稲荷社の林に入り、日々鍛錬を怠《おこた》りなく続けていた。

この日もまた、承九郎の姿は林にあった。

承九郎は、これまでに二度真夏と立ち合っている。

一度目は、木刀を用いた立ち合いで、双方の木刀が折れたことで引き分けとなったが、あれは、と今でも思うことがある。俺の勝ちに等しい立ち合いであった。

二度目は、真剣であった。

八相《はっそう》の構えから刀を繰り出し、竜巻の如《ごと》き鋭《するど》さで野の草を一瞬のうちに薙《な》ぎ倒す、久住《くずみ》流秘太刀《ひだち》《野分《のわき》》で仕掛けたのだが、受けられ、小手《こて》を取られてしまった。しかも、いつ刀を返したのか、峰打《みねう》ちであった。大敗である。屈辱《くつじょく》だった。

あの時に俺が一ノ瀬真夏を倒していれば、関谷家は旗本である、支配違いのあの不浄役人どもを屋敷内で無礼討ちに出来たものを。さすれば、殿も御役御免などという悲哀を見ずに済んだのだ。

歯噛みをし、鉄を仕込んだ木刀を木立に何度も叩き付けた。

必ず倒す。何としても倒す。あの生《なま》ッ白《ちろ》い一ノ瀬真夏を倒し、殿のご無念を、久住流が受けた恥辱を晴らすのだ。

食い縛《しば》った歯の間から、泡になった唾《つば》を吐きながら、木刀を一閃《いっせん》させた。断ち切られた下草が跳ね、気配に驚いた野鳥が、ざわと木立から飛び去った。続けた。木刀を振り続けた。汗が噴き出し、飛び散った。己が振る木刀が風を切る音と、己の口角から漏《も》れる熱い吐息が林を埋めた。

四半刻の後、素振りを終えた承九郎は、岩に腰を下ろし、竹筒の水を飲み、野道を見ていた。目黒《めぐろ》不動に詣《もう》でる人が散見出来る。

気の合うた者同士なのか、夫婦ものなのか、田を見遣りながら歩いている。

それを見ている己がいた。

俺もあのように生きられたのか、とぼんやり思う。

八歳の時に、膂力《りょりょく》を買われ、菰田の家に養子に入った。菰田の家は、久住天《てん》厳斎《げんさい》が興《おこ》した久住流の高弟として知られた家であったが、継嗣が病没したために承九郎が養子に迎えられた。しかし、義父も承九郎が二十二の年に病で亡《な》くなり、以降は受けた教えを反復して技を磨《みが》いたのだ。それが、関谷の殿様の目に留まり、旗本家に仕える栄を授かった。妻をもらい、子も生まれた。だが、ふたりともふとした風邪《かぜ》が因《もと》で、この世を去った。菰田の家を遺すためにも、と後添いをもらう話が持ち上がり掛けた時に、殿の命で一ノ瀬真夏と立ち合った。思いがけず勝敗を分けたことで、後添いの話は立ち消えた。しかも、継嗣隆之介様の病を治さんと、子の生き肝《ぎも》を使った薬に手を出したがために咎めを受け、関谷家は無役となり寄合に入り、承九郎は御家を辞す羽目になってしまっていた。

俺のこれまでの生きてきた道は、何であったのか、と思うことがあった。なまじ腕が立ったがために、要《い》らぬ苦労を負うているのではないか。

いや、と心の中で首を横に振る。これは生き甲斐なのだ。一剣で身を興し、一剣で栄華を摑《つか》み、一剣で世を渡る。立ちはだかる者は斬る。

やらねばならぬ。明日を生きるためにも、一ノ瀬真夏を倒さねばならぬ。

承九郎は立ち上がると、再び木刀を振った。

夕刻、納屋に戻り、清七の母親の作った飯を食い、眠った。

第二章　闇討《やみう》ち

一

七月十四日。

読売に、《山形屋》の床下から見付かった白骨死体のことが載ってから十日近くが経った。この間辺りの者に、利八らがいなくなった頃、怪しい者を見掛けなかったか、訊いて回ったのだが、それらしい者はただのひとりもいなかった。また、旅支度をしていたが振り分け荷物がなかったところから、当時、荷を宿に遺したまま姿を晦《くら》ました者はいないかと考え、宿に当たると、大木戸から芝口橋までの間の四軒の宿から、それぞれひとりずつ、計四人について申し立てがあった。それぞれ年格好も背丈も違っていた。

「宿に着く。荷物だけ預けて、用を足してくるからと出掛け、戻らない。自身番の者を立ち会わせ、荷を解いた、と思いねえ。そしたら、中は……」

と言って鍋寅が、半六に後を投げた。

「ひとつ目は虫と蛙《かえる》の干からびた死骸で、ふたつ目は黴《かび》の生えた握り飯で、三つ目は、何と」

半六が隼に投げた。

「口にしたくもないよ。気持ち悪い」

隼が横を向いてしまったので、半六が近に言った。

「黒い細い紐《ひも》のようなものがぎっしりと詰められていた……」近の反応を見ながら半六が、言葉を継いだ。「蚯蚓《みみず》だったそうで」

口許を押さえている隼に近が言った。

「何だい、薬じゃないか。蚯蚓をぐらぐら煮え立った湯で煎《せん》じると、何に効いたんだっけ。熱冷ましだったかしらね」

「流石《さすが》、斬られのお近だ。動じねえやな」

笑い飛ばしている伝次郎に、しかし、ねえ旦那、と鍋寅が横に座りながら言った。

「あっしが不思議に思うのは、四軒それぞれが申し立てた人相、風体、年格好が違うってことです。同じ奴が、あちこちの宿をからかっているのではなく、別の者が同じような悪さをするってのが、気に入らねえんで」

「ひと昔前にはなかったな」

「ありやせんや。人気《じんき》がおかしくなってしまったんですかね」

「なるかもしれねえぜ。これだけ人が増えればよ」

違《ちげ》えねえや。鍋寅が、近から冷えた麦湯をもらおうと手を伸ばした時、門番が永尋掛りの詰所の前に立った。

「どうしたい？」伝次郎が訊いた。

「読売を見た、と言って訪ねて来た者がおりますが、いかがいたしましょうか」

「おう」と叫んで、伝次郎が框《かまち》から腰を浮かした。「待っていたんだ。半……」

伝次郎の言葉を待たずに、半六が大門に向かって駆け出した。

「仏の身性《みじょう》が割れれば、占子《しめこ》の兎《うさぎ》なんですがね」

いつもは冷静な河野道之助も、文机《ふづくえ》の上に広げていたものを閉じ、膝を向け直している。

詰所の中が静まった。戸口に近付いて来る足音がする。くっきりとした短い影が、敷居に掛かった。

「お連れしました」

　半六が、入るようにと促している。躊躇《ためら》うようにして男ふたりが詰所の敷居を跨《また》いだ。ひとりはひどく痩せた五十絡みの男であった。身のこなしからするとお店の主風体で、もうひとりは手代なのか、年は三十前後に見えた。主風体の男は顔色がよくない。若い者が、手を添えようと身構えている。

「暑い中をわざわざ済まねえな。まずはちいっと休んでくれ」

　框に腰掛けるよう勧め、近に麦湯を言い付けた。麦湯を口に含み、汗を拭うと、人心地ついたのか、詰所の中を見回している。

「早速だが、読売を見たと聞いたが？」伝次郎が訊いた。

「左様でございます」男が頭を下げた。夜宮の二代目・長兵衛であった。「手前は、京の山科に隠居している《安田屋《やすだや》》徳兵衛《とくべえ》と申します。三年前、二十二になります倅の徳松《とくまつ》が江戸に行くと言って、家を出ました。ところが、出たきり戻る気配もなければ、何の便りもございません。もう待てないからと、探しに来たのですが、お江戸は広うございます。途方に暮れていたところ、宿にあった読売を見て、この一件を知ったという訳でございます。歳が違うので、まさか、とは思いましたが、どうにも案じられたので、詳しい話を伺えたら、とお訪ねした次第でございます。申し遅れました。これは」

　と若い男を掌で指した。

「手前が病勝ちなもので、連れております、手代の初吉《はつきち》と申します」

　初太郎である。初太郎が両の手を膝許に当て、項《うなじ》が見える程に頭を下げた。

「二十二というと、仏とは違うと思うが、徳松という名が気になる。匕首にマツと書き記されていたからだ。身に付けていたものとか、見てもらえるか」

　鍋寅と隼の身体がぴくりと動いたが、伝次郎は構わず続けた。

「三年間、土に埋まっていたものだ。におうが、我慢してくれ」

「それはもう。見せていただければ、倅かどうか分かると思いますので、よろしくお願いいたします」

「出してくれ」

　伝次郎が隼に言った。事件に関わる品は、控帳を収めてある小部屋の隣の納戸に収められている。隼が、納戸から包みを取り出して来た。油紙に包まれ、紐で十文字に括《くく》られている。

　隼は紐を解くと、広げた油紙の上に腐ってぼろぼろになった袷と手甲、脚絆に足袋などとともに匕首を並べた。

むっと吐き気をもよおすような死骸のにおいがしたが、徳兵衛は身を乗り出すようにして仔細に見詰めてから、首を横に振った。

「違うようでございます……」

隼と半六が手早く油紙を畳《たた》み、納戸に戻している。

徳兵衛は袂《たもと》から手拭いを出すと、額の汗を拭った。

仏は三年前に江戸に発《た》った吉松に相違なかった。

匕首の柄に書かれたマツの字は、夜宮の中に同じ吉の字のある吉太郎《よしたろう》がいるので、吉松が自ら書いたものであったし、袷の柳茶は好みの色で、江戸に行く時にも着ていたものだった。

《山形屋》という小間物屋の床下から見付かった白骨死体は、吉松だったのだ。

「倅は、匕首など持つ子ではございませんでした。それに、柳茶は好みの色合いではありませんので、着ていたとも思えません……」

「そうかい。よかったじゃねえか。仏なんぞになっていなくて」

「はい、と申し上げては、仏になられた方に申し訳ないのですが、安堵いたしました」

「折角《せっかく》来たんだ。探している徳松について聞こうか」

とんでもないことでございます。徳兵衛が顔の前で大仰《おおぎょう》に手を振った。

「お手数をお掛けする訳には参りません。もう少し手前どもで探してみます」

それでも、何か分かった時のためにと、徳松の生まれ年と背丈と人相などを訊き、書き留めた。

「もうひとつ尋ねたいんだが」

「何でございましょう？」徳兵衛の口許がぴり、と締まった。

「お前さんには、京の訛《なま》りがねえが？」

「そうでございましょう。生まれも育ちもこちらでございますので」

市中のどの辺りか訊いた。

「若い頃でございますが、商いにしくじりまして、……額を地べたに擦《す》り付けても許してもらえず、棒切れで叩かれたり、石をぶつけられたり、それはもう血の涙を流したものでございます。江戸にはいられない。腹を括り、上方に逃げたものですので、それればかりは……」

「そうかい。商いは何を？」

「傘を商っております」

「苦労しなすったんでやすね」鍋寅が洟《はな》を啜《すす》り上げた。

近も目許を拭っている。

「あの」と徳兵衛が言った。「永尋掛りというのは、旦那とそちら様のおふたりで？」

河野道之助が、腕組みを解いて伝次郎を見た。染葉と真夏は、染葉が手掛けている一件のために、御用聞き・稲荷橋《いなりばし》の角次《かくじ》らと出掛けている。

「いいや。他にもいるが」

「皆様は？」

「あちこち出回っている」

「昔のお調べをしていると、宿で伺ったもので」

「黴の生えているようなのばかりだ」調べている者もな。伝次郎が、笑い声を上げた。

「ご冗談を」

腰を上げたところに、内与力の小牧壮一郎がひょっこりと戸口に立った。

素早く小牧を見た徳兵衛が、手間を取らせたことを詫び、帰ろうとした。「宿は、どこだい？」伝次郎が訊いた。

「南紺屋町《みなみこんやちょう》の旅籠《はたご》《近江屋《おうみや》》でございます」

「いつから泊まっている？」

「この月に入りましてからになります」

「そうかい。何もなければ、これで会うこともねえだろうが、達者でな。倅が見付かるよう祈っているぜ」

「失礼をいたしました」

大門の方へと引き上げる徳兵衛と初吉を見送り、伝次郎が半六に言った。

「後を尾《つ》け、《近江屋》に泊まっているか、確かめろ」

半六が身軽に詰所から滑《すべ》り出た。

「旦那。徳兵衛に、どうして写しを見せなかったのか、おれには合点がゆかねえんで」

隼が言った。油紙に包んだ着物や匕首を見せなくとも、調書に写し取った絵がある。それを見せればよいではないか、と尋ねたのである。

「勘だ。京訛りがないのが気になったんだ」

それとな、と言って、言葉を継いだ。果たしてどんな顔をして、見るかも確かめたかったのだ。

「食い入るように見てましたが」

「倅かもしれないと思ったのか、それとも……」

「何でやす？」鍋寅が訊いた。

「それが分からねえから、半六に尾けさせたんだが」

「奴《やっこ》さんは泊まっておりやすね」

「ああ、嘘《うそ》を吐《つ》くなら、もっと遠くを言う。南紺屋町は目と鼻のところだ。走られたら、直ぐに分かってしまう」

「でしたら、怪しいことは？」隼が言った。

「十分怪しいだろう。あまりに、ここに近過ぎる。まるで、ここに来るのに都合のよいところを選んだようにな。倅を探すなら、もっと繁華なところに宿を取るはずだ。噂《うわさ》を聞くにしても都合がいいだろうしな」

「そう言われてみれば……」

「何か隠していることがあれば、そのうち分かる。この世は、そういう風に出来ているからな」

「へい」

隼は伝次郎に答えると小牧に、申し訳ありません、と詫びた。

「お出ましと分かっていながら、ご案内もいたしませんで。つい引っ掛かっちまったもので」

「得心のいかぬことは、直ぐに問う。それが出来る間は、人は伸びる。気にいたすな」

「ありがとう存じます」

小牧は、よろしいですか、と伝次郎に訊いた。

「何でしょうか。永尋のことでしょうか」

「いいえ。そうではなくて……」

小牧は口籠《くちご》もると、ちらと土間にいる鍋寅と隼を見た。

「旦那ぁ」と鍋寅が伝次郎に言った。「暑いんで、前の腰掛茶屋で心太《ところてん》なんぞを食いてえと思いまして」

「いいじゃねえか」

「では、隼にお近さんも、付いて来ねえ」

飲み込みの悪い隼の背を押すようにして、近が、嬉《うれ》しいねえ、とはしゃいで見せた。

「偶《たまさか》には、私も行くかな」珍しく河野が言った。

「偶にはって、あそこに入ったことがあるのか」伝次郎が訊いた。

「確か、まだ天明《てんめい》の頃でしたから、二十年前くらいでしょうか。一回あります」

「するってえと、この二十年、入っていなかったと……?」

驚いている鍋寅に、小牧が言った。

「私も入ったことはありませんよ。何も奉行所の前にある茶屋に寄ることはないでしょう。沢山《たくさん》の目がありますし」

「そんなもんですか」

「そんなものだ。分かったら、行って来い」

河野や鍋寅らが出ると、伝次郎は小牧を風が通り抜ける框に座らせ、話とは何か、尋ねた。十日程前にも、何か言いたそうに詰所に来ていた。

「嫁取りの、ことなのですが」

「正次郎《しょうじろう》ですか。あいつなら、まだちいっとばかり早いですな」

「いいえ。正次郎殿ではありません」

「私ですか。それは駄目です。新治郎と伊都《いと》に叱られてしまいます。『父上、お年を考えてください』。目に見えるようです」

「違います。私です」

「あっ……、小牧様の……」

早とちりを詫び、どちらの家からもらうのか、尋ねた。

「これから使者を立てて申し込もうと思っているのですが、何と申しますか、その方に嫁に行く気持ちがあるのかどうかが分からなくて、何と切り出したものか、と」

「まさか」伝次郎が、背後に目を遣るようにして訊いた。「……ですか」

「その、まさか、です」

「御使者はどなたに？」

「二ツ森さんにお願い出来れば、と」

「この際、逆上する恐れのある一ノ瀬さんは無視して、当の真夏に訊けばよいですね」

「それでよろしいのならば、お願いいたします」折り目正しく礼をした小牧が、突然思い出したように伝次郎に訊いた。「二ツ森さんは、反対しないのですか、私では不満だとか」

「言った方がよいのなら」

「冗談です」

「ただ、嫁にと仰《おお》せならば、真夏のことで話しておかねばならないことがございます。それを聞いた上で、私を使者に立てるかどうか、お決めください」

「はい……」

唇を固く結び、一言半句も聞き逃すまいと身構えている小牧に、十六年前になる、と伝次郎が話し始めた。

同じ頃、南紺屋町の旅籠《近江屋》に徳兵衛と初吉が戻るのを見届けた半六が、急いで来た道を引き返していた。


奉行所を出てから、ずっと黙っていた徳兵衛こと長兵衛が、初太郎の淹《い》れた茶を飲みながら言った。

「吉松だな……」

「間違いございません。匕首のマツは、吉太郎の兄貴と区別するために書き入れたものです。彫ったらどうだ、と三代目が仰《おっ》しゃったのを、消せるからと筆で書いたことを覚えております」

「あの袷も奴の気に入りだった……」

「そうでございます」

「吉松は、俺の娘のことで江戸に来たんだ。てめえの用ではねえ」

「江戸に知り合いでもいたんでしょうか」

「聞いているか」

「いいえ」

「俺もだ。その吉松が、あの何とかという町に埋められていた」

「葺手町の小間物屋《山形屋》の床下です」

「何で吉松が、そんなことにならなくてはならねえんだ？　三年前。江戸に着いて間もなくの頃だ。奴に何があったんだ？」

「御頭っ」

「隠居だ」

「御隠居、三年前ってえと、もしかすると……」

初太郎が、長兵衛を見た。もし《山形屋》が富蔵ならば、話の筋は通る。長兵衛が、それよ、と低く叫んだ。まさか、とは思うが、それ以外には考えられねえ。

「葺手町に行って確かめてみれば分かることだ。行ってみようじゃねえか。その前に、宿の者に訊いて、絵師を探して、連れて来てくれ」

「何を描かせるんで?」

「決まっているだろうが。富蔵よ。奴の似絵《にせえ》を描かせるのよ」

上手《うま》い絵師だぞ。金は惜しむなよ。初太郎に言った。

二

伝次郎の孫の正次郎は、相変わらず例繰方《れいくりかた》に配されていた。

同心の役格は、全部で十一格あった。上から、年寄役《としよりやく》、増年寄役、年寄並《なみ》、物《もの》書役《かき》、物書役格、添物《そえもの》書役、添物書役格、本勤《ほんづとめ》、本勤並、見習、無足《むそく》見習である。正次郎は、まだ下から三つ目の本勤並であった。ひとつの家から、奉行所に勤め、正規の俸禄《ほうろく》を受け取れるのはひとり。父の新治郎だけであった。正次郎は、父から家督《かとく》を受け、新たに二ツ森家の当主として出仕するまでに、一通りの奉行所の役目を覚えておくために、無足見習、見習を経て本勤並へと段階を踏んで学んでいるのである。このまま新治郎がいつまでも隠居せずにいると、正次郎はまは本勤並のまま多年を過ごすことになるのだが、新治郎は四十三歳、正次郎はまだ十八歳と若いこともあり、暢気《のんき》に日々を過ごしている。

この日も、例繰方の仕事を終えるや、永尋の詰所にひょこひょこと顔を出そうとしていた。いささか空腹だったのである。詰所に行けば何か食べるものにありつけるだろうし、それよりも、隼や真夏がいるかもしれないのだ。朝から同じ本勤並の瀬田一太郎《せたいちたろう》の欠伸《あくび》を嚙み殺す間抜け面と、融通の利かない染葉鋭之介《えいのすけ》の堅苦しい顔と、筆頭同心の真壁仁左衛門《まかべにざえもん》の厚ぼったい顔ばかり見ていたのだ。若く潤《うるお》いのある女の顔くらい拝《おが》んでも罰《ばち》は当たるまい、と足を弾ませ、ひょいと詰所を覗くと、皆が一斉に立ち上がったところだった。

「おや、お揃いでお帰りですか」

正次郎に気付いた伝次郎と鍋寅に隼と半六、そして近と河野までが、顔を見合わせ吹き出した。

「どうだ、言った通りだろう？」

伝次郎に応え、鍋寅がへへへ、と笑い、隼が白い歯を覗かせた。

あっ、隼が笑っている。正次郎は自らもゆったりと微笑《ほほえ》んで、取り敢えず鍋寅に訳を尋ねた。

「お前の噂をしていたからだ」伝次郎が割って入ってきた。「待ってやっているのに、お前は来ない。こうなれば、行っちまおう。あいつは意地が汚いから、置いてけ堀を食わされるとなれば、妙な勘を働かせて直ぐにやって来る。そう言って立ち上がったら、お前がのこのことやって来たという寸法だ」

「それで、皆が?」隼に訊いた。

隼が困ったように小さく頷いた。仕種《しぐさ》が可愛い。隼は許そう。

「へへへっ」と半六も頷いた。可愛くない。許さん。

「朝から『御仕置裁許帳《おしおきさいきよちよう》』の繕《つくろ》いをし、腕が攣《つ》りそうに痛んだのですが、まだ余力があるので、見張りとか何かお手伝いが出来ないかと来たのですが、そうですか、意地汚いとまで言われたのなら、帰ります」

「まあまあ、若旦那」

鍋寅は、「若旦那」を時々で新治郎と正次郎に使い分けていた。

「旦那は若旦那が可愛くて仕方ねえんですから」

取りなそうとする鍋寅を掠《かす》めて伝次郎を見ると、ふん、という顔をしている。

「実のところは、正次郎様が来られるのを、まだかまだか、と待っておいでだったんですよ」

隼が言った。そうなんですか。目で問い、素直な心になって隼に応えた。

「実は、私も空腹で」

「何が見張りの手伝いだ。そら見ろ。食いたかったんではないか」

「旦那ぁ」

蒸し返しになるじゃねえですか。鍋寅が伝次郎の袖を引いた。

近も誘ったのだが、控帳をもう少し調べたいという河野とともに、染葉と真夏らが戻るのを待つと言う。染葉は朝出る時に、明朝も早いので今夜は付き合えない、と飲む仕種をして誘った伝次郎に言っていたこともあり、鍋寅たちとで飲みに行くことにしたのだ。

それぞれが昨日の十三日は早々に組屋敷に戻り、精霊《しょうりょう》棚《だな》作りや迎え火を焚いたり、伝次郎は新治郎の代理として麻の裃《かみしも》を着て先祖の霊を迎えたりと大忙しだったのだ。その慰労という程のことでもないが、この十日程居酒屋に立ち寄ることなく過ごしていたので、偶には、となったのである。

「何もありはしないと思いますが、万一の時は、どこに走ればよろしいでしょうか」

「そうよな……」

奉行所に近いと言えば、直ぐに思い付くのは、竹河岸《たけがし》の東隅にある居酒屋《時雨屋《しぐれや》》だった。《時雨屋》ならば、倅を探していると言っていた《安田屋》徳兵衛が泊まっている南紺屋町の旅籠《近江屋》からも程近い。京橋川《きようばしがわ》を挟んだ斜め向かいだ。ちっと見ながら行くか。

近に場所を教え、打ち揃って奉行所の大門を出た。

数寄屋橋御門を出、弥左衛門町《やざえもんちよう》を北に行き、新肴町《しんさかなまち》、弓町《ゆみちよう》を越せば南紺屋町だ。旅籠《近江屋》は横町にあった。一見《いちげん》の者の宿泊は断るという勿体《もつたい》ぶった旅籠だ。いずれ京か大坂の大店が身性の証をしているのだろう。

中《なか》ノ橋《はし》を渡った。左が槇《まき》河岸で右が大根《だいこん》河岸だ。大根河岸の名は、以前に青物市場があった時の名残《なごり》である。大根河岸を行き、京橋の北詰を横切ると竹河岸になる。河岸の東端をひょいと折れた小路の角に、《時雨屋》はあった。小路を見通すと、白張提灯《しらはりぢようちん》や切子《きりこ》提灯などの盆提灯が軒からずらりと下がっていた。もう少し暗くなり提灯に火が灯《とも》されると、いかにも盆という風情《ふぜい》になる。それが七月の一日に始まり、八月の五日から七日頃まで続くのだ。七月中は先祖の霊や新仏のために、八月からは無縁仏のために灯されるのである。

「無縁仏ってところが泣かせやすですね」

「この世に悪い奴はいねえって思いたくなっちまうよな」

「ところが……」

「これが、うじゃうじゃといやがるんだ」伝次郎が暖簾を潜り、ここにもいたぞ、と言った。

「あらま、旦那」

女将の澄《すみ》の上擦った声が、開け放たれた戸口から表にまで零《こぼ》れ出した。

「いたって、どなたかいらしたんですか」

「女将のことだ。盆山《ぼんやま》に行っているかもしれねえ、とちらと思ったものでな」

十四日から十七日に掛けて、大山詣《おおやままい》りに行く者が沢山いた。盆の時期の大山詣りを盆山と言った。

「そんな身分じゃありません。口が干上がっちまいますよ」

「こちとらも似たようなもんだ。何せ暑かったからな、すっかり干物になっちまってるって寸法よ。冷やっこいのを頼むぜ」鍋寅が声を張り上げている。

最後に半六が入るのを見届けていた影が、よし、今夜だ、と言った。待った甲斐があったというものだ。女武芸者はおらぬし、まさに好機だ。

影は七つあった。奉行所から、気付かれぬようにと、間遠に尾《つ》けてきた俵木平内らであった。俵木は、改めて皆の羽織《はおり》を見回した。無紋である。

「頭巾《ずきん》は、持っているだろうな？」

普段は供侍か小者に任せていることを、今夜は己でしなければならない。稽古の後、酒を飲むからと、供の者は俵木の家臣・種田元太郎《たねだもとたろう》ひとりを残し、帰していたのだ。種田元太郎は、艪《ろ》を操れることから同行を許されていた。首尾を果たした後、舟で逃げるためである。俵木は、自らも懐《ふところ》に手を当てた。

皆が、頷いた。気儘《きまま》頭巾を忍ばせているのである。気儘頭巾は、すっぽりと被《かぶ》ると、目のところだけが開いている頭巾であった。

「では、交替で小腹を満たし、奴どもの帰りを待つぞ。元太郎も何ぞ、食して来い」

俵木ら三人を残し、三人が小路を奥に進んだ。元太郎は、ひとり違う方へと消えた。小路を奥に進んだ三人は、蕎麦《そば》屋に入った。

入れ込みに上がり、酒を飲んでいる客から離れたところに腰を下ろすと、野毛甲之助が奥村佐太郎に、低いが強い口調で言った。

「目が血走っているぞ。落ち着け」

「……分かっている」

「人を斬ったことは？」

「ない。甲之助は？」

「無論、ない。人ひとり斬っておらずに御警護など、絵空事よ。試してくれようぞ」

「気負い過ぎだぞ」三津田惣之助が言った。「我らは悪行をなそうとしているのではない。言ってみれば仇討《あだう》ちだ。それを忘れるな」

「分かっておるわ」

「斬ったはよいが、捕まらんだろうな？」奥村の目が僅かに震えた。

「案ずるな。そのために俵木様が種田なる家臣を連れて来ただろうが。今更、詰まらぬことを言うな」

「詰まらぬことではないぞ」

「もうよせ。蕎麦が来る」三津田がふたりに言い、腹をさすった。「一枚では足りぬな。親父、もう一枚くれ」

「俺もだ」野毛が言った。

「俺は、いらぬ」奥村が横を向いて言った。

「しかし、流石は旦那だ。ねえ、若、聞いていらっしゃいますか」

鍋寅の口が、僅かの酒で解けている。

「『同じ茸手町ってところが癇に障る』」伝次郎の口真似《くちまね》をした。「障ったんでやすよ。ぴたりとね。あれには、魂消《たまげ》やした」

「爺《じぃ》ちゃん」隼が取り皿を置いた。

「爺ちゃんじゃねえ、親分って言えって、何遍《なんべん》言ったら分かるんでえ」

「まあまあ」と正次郎が、冷《ひ》や奴《やっこ》を危うげに取り分けながら言った。「親分の言いたい気持ちはよく分かりました。私も孫として、一歩でも近付くように努めたいと思っております」

「旦那ぁ」と鍋寅が、伝次郎に膝でにじり寄りながら、流石に若だ、と半泣きになった。「旦那のすごいところが分かってらっしゃる。あっしは嬉しいんでやすよ。それが」

「酔うには、まだちいっと早いんじゃねえのか」

「何を仰しゃいやす。酒の五兵衛《ごんべえ》じゃびくともしねえ、鍋寅様ですぜ。あっしはね、旦那」

はい、親分、よく存じておりますよ、と澄が小女《こおんな》の春《はる》と肴《さかな》を運んできた。薄切りにした瓜《うり》を塩で揉《も》み、洗って絞《しぼ》り、刻《きざ》んだ塩昆布と和《あ》えたものに、剝《む》いた皮を千切りにし、胡麻《ごま》油で炒め、醬油《しょうゆ》と塩と砂糖で味を調え、擂《す》り胡麻を掛けた金《きん》平《ぴら》。それに、瓜と油揚げと青菜を煮込んで冷やしたものが折敷《おしき》に並んだ。この盆の期間中、江戸の者は鳥肉や魚を口にしなかった。

「瓜は火照《ほて》った身体を冷やしてくれますからね。さあ、召し上がってください。冷やっこくなりますよ」

「ありがてえよう」

鍋寅が早速箸を伸ばして、塩揉みを口に入れた。噛み切る音が心地よく響く。

「うんめえ。こいつはいいや」

「お口に合ってようござんした」

澄は瓜の煮物を汁ごと掛けた丼を運ばせ、隼に勧めている。隼が丼に顔を埋めるようにして食べ始めた。

あらま、と返した掌を口許に当てて笑うと、正次郎を見て、若様、と言った。

「ちょっと見ない間にご立派になって」

「あっしの自慢のひとつでさあ」鍋寅が片口《かたくち》の酒をくいと飲んだ。

「何が立派なものか。食い意地だけだ、ご立派なのは」

「そんな憎まれ口を。今夜は、ご機嫌悪いのですか」澄が鍋寅に訊いた。

「いつもの通りでさ」

澄は、それが口癖の、あらま、を呟くと、他の客の方へと回っている。

隼がようやく丼を下ろし、ふうと息を吐いた。

「美味《うま》そうでしたね」正次郎が言った。

「汁掛け飯が大好きなもので」

「こいつの亭主になる奴は可哀相《かわいそう》なもんですよ。毎日、汁掛け飯を食わされることになるんですからね」

鍋寅が、汁の沁《し》みた瓜を啜り込みながら言った。

汁掛け飯か、と正次郎は、金平を口に頬張《ほおば》った。それも悪くないな。二ツ森の家は、当時の武家の家がそうであるように、味噌汁《みそしる》を掛けることとさえしない家であった。

「おい」と言う伝次郎の声に、正次郎はふと我に返った。「にやにやして食ってないで、お前も飯をもらったらどうだ？」

「では、汁掛け飯を」

「てめえで言え」

正次郎が立ち上がろうとすると、隼が素早く立って、澄の許に向かい、告げている。

「ありがとう」

「いいえ」

「おれにもって頼みました？」半六が訊いた。

「聞こえた？」

　隼と半六が大きな口を開けて笑っているうちに、丼がふたつ来た。

《時雨屋》の中を窺《うかが》っていた元太郎が、足早に戻って来た。

「ようやく引き上げるようです」

「うむ」

　六人は俵木の背後に回って物陰に隠れた。つい先程まで灯っていた盆提灯も片付けられ、人通りもめっきりと減って来ていた。

《時雨屋》の店先が賑《にぎ》わっている。鍋寅の足許が乱れたのだ。

「相当に酔っているようですな」

「狙うは、二ツ森伝次郎一人《いちにん》だが、他の者が邪魔立てするようならば、構わぬ、斬れ」

「はっ」

俵木らは、気付かれぬようにと二十間（約三十六メートル）の間合を空けて、伝次郎らを尾けた。

酔った寅吉に手下の半六なる者が肩を貸している。そのふたりに合わせているので、歩みがひどく遅い。時折孫の正次郎なる同心の卵が振り返っては、組屋敷まで送らずに帰るように言っているが、なりません、と酔った声で答えている。

「歩みを合わせていると、尾けているのを悟《さと》られてしまう。もそっと間合を取るぞ」

俵木たちは物陰に入り、歩みを止めた。

伝次郎らは弾正橋《だんじょうばし》を西から東に渡っている。渡れば、本《ほん》八丁堀だ。

「先達《せんだつ》っ」と正次郎が伝次郎に言った。

先達の呼び名は、大真面目に祖父上《おおじうえ》と言っている正次郎に、捕物の道の先達だからと、伝次郎が言い出したものだった。

「分かっている。三、四人か」

「親分に話し掛ける振りをして見たところ、五、六人かと」

「そりゃいやがるな」

相手が二、三人ならば、正次郎とふたりで何とかなるかもしれないが、五、六人では多過ぎた。おまけに、酔っていなくてもよろよろしているお荷物がいる。

「仕方ねえ……」

　橋を渡り終えるところで隼を呼び、石を拾うように言った。飛礫《つぶて》にするんだ。正次郎も拾え。ふたりが這《は》うようにして四つ見付けて来た。よし、正次郎は半六に訳を言って渡せ。お前は剣で凌《しの》ぐのだ。

　一町（約百九メートル）先には、辻《つじ》番所がある。詰めているのは町屋の爺さんたちだから、腕なんぞ当てには出来ないが、六人はいるはずだった。飛び出してくれれば、人相風体を見られるのを恐れ、尾けている者どもが引くかもしれない。

「ちいと急ぐか」

　早足になった。

　途端に後ろの影が動いた。追い始めたのだ。

　弾正橋に追っ手の足が掛かった。橋板を踏む音が小さく響いた。

「いよいよ始まるようだな」

　と俵木らの後ろ姿を見送った男が、両隣のふたりに言った。伝次郎を殺すために、鳶に遣《う》わされていた殺しの請け人であった。中央にいるのが池永兵七郎《いけながへいしちろう》。その左右に藤森覚造《ふじもりかくぞう》と赤堀光司郎《あかぼりこうじろう》。三人ともに、人を殺《あや》めることに何の躊躇いも覚えぬ者であった。池永は、両隣のふたりに目配せをすると、三人の後ろに控えていた男に、

「こっちは、彼奴《きやつ》どもに任せ、俺たちは深川《ふかがわ》に行くとするか」と言った。

「よろしいので？」

男が訊いた。男の名は宗助《そうすけ》。鳶の手下で、首尾を見定めるためと舟を操るために付いて来ていた。

「追っ手は身形からして、どこぞの大名か旗本の家臣だろう。八丁堀を狙うだけあって、それぞれ修練は積んでいる。比べて、八丁堀の方は、そこそこ剣を振えるのは伝次郎《おいぼれ》だけだ。俺たちの出る幕はない」

「請け金だけもらって済まぬが、殺すために出向いて来たのだからな。払えぬ、は通らぬぞ」赤堀が言った。

「そのようなことはいたしません」

「一応気になるので、彼奴どもが何者なのか、調べておいてくれ」

「手前も、そのつもりでおりました。お任せください」

宗助は振り向くと闇に向かって、手招きをした。目端の利きそうな若い男が走

り出て来た。名を蓑吉《みのきち》という。

　宗助は、蓑吉にことの顚末《てんまつ》と襲おうとしている侍の身許を確かめておくように言い、三人を連れて白魚橋《しらうおばし》の袂にもやっておいた舟に乗り込んだ。艪《ろ》が撓《しな》った。舟は川面《かわも》を滑るようにして八丁堀を進んでゆく。

「池永さん」

　藤森が、顎で堀沿いの道を指した。鍋寅が荒い息を吐き、へたり込んだところだった。追っ手の者が間近に迫っている。

「どうします？　見ますか」

「いや。行こう。町の木戸が閉まる前に、深川の妙な爺さんを、いや婆《ばあ》さんと言った方がよいのか、其奴を片付けてしまおうではないか」

「承知しました」

「外出《そとで》もせずに一日いたという話だったな」

「左様で」

　宗助の艪の動きが速くなった。

三

弾正橋を駆け渡って来る六つの影が見えた。走れ、と叫んだが、鍋寅の足が止まってしまった。ぜえぜえと息を吐いている。無理もない。酔って足許が覚束《おぼつか》ないところで走ったのだ。

「仕方ねえ。ここで戦うぞ」伝次郎は正次郎に言うと、隼と半六に声を潜めた。

「引き付けて、かわせねえ間合で飛礫を投げろ。狙うは鼻っ柱だ」

「合点でさあ」

ふたりが声を合わせた。目が吊《つ》り上がっている。

「頭巾を被っていやがるな」

「はい」

「余裕があったらでよいが、紋所を見ておけ」

「無紋です」

「見えるのか」

「見えます」

「頼もしいの。来たぞ」

影が走りながら刀を抜いた。月明かりを受け、白刃が細く光った。

「南町の二ツ森伝次郎だ。人違いじゃあるめえな」伝次郎が叫んだ。

影が刀を振り翳した。

「やれ」

隼と半六が、渾身《こんしん》の力を込めて飛礫を放った。ぎゃ、と叫んで隼の飛礫を受けたひとりが倒れ、もうひとりが肩を押さえた。岩間三郎太と奥村佐太郎である。

六人の足が止まった。

「代われ」

伝次郎と正次郎がふたりを庇《かば》うように抜刀して身構えた。隼と半六が下がり、鍋寅と呼子《よびこ》を夜空に向けて吹いた。

「さあ、どうする？　ここは八丁堀だ。襲うにしては、場所が悪い。てめえら、頭の方はからっきしのようだな」

「斬れ」

叫んだ俵木に、野毛と肩に飛礫を受けた奥村が加わり、伝次郎に斬り掛かった。残る三津田と小塚が正次郎に向かい、鼻に飛礫を受けた岩間は鼻を押さえ、転げ回っている。伝次郎も正次郎も、背後に回り込まれないようにと、下がりながら剣をかわした。ひゅうと呼子が、か細い音を立てた。と同時に、風を切る音が正次郎の耳許を通り過ぎ、小塚の顎に当たった。半六が呼子を銜《くわ》えたまま、飛礫を投げたらしい。よろめいている小塚に斬り掛かろうとしたが、三津田に邪魔され、太刀は届かなかった。二合斬り合い、双方が少しずつ下がった。小塚は頭巾の上から顎を押さえると、

「おのれ」

正次郎の許を離れて、鍋寅たちの方へと回り込もうとした。それと見た正次郎が、小塚の背後に向かって叫んだ。

「皆さん、こっちです」

何。小塚が振り向いた瞬間だった。正次郎が、小塚の足許に身を投げ出し、身体が地面に当たる寸前、剣を水平に払った。剣は、小塚の右の足首をざくりと斬り裂《さ》いた。小塚が、どうと倒れた。その時には、正次郎は転がって小塚から離れ、弾みを付けて立ち上がっていた。

辻番所からも人が出て騒ぎ始めた。

伝次郎を見た。何とかかわし続けている。

「投げろ」

隼と半六が小石を拾っては、投げ付けた。背や腰に当たっている。

「これまでだ。引き上げるぞ」

鼻に飛礫を受けた岩間と足首を斬られた小塚を担ぎ上げ、頭巾の男どもが走り去って行った。弾正橋の袂からひとつの影が走り寄り、肩を貸している。

ふうと息を吐き、伝次郎が剣を支えに立ち尽くしている。

「先達、お怪我《けが》は？」

「大丈夫だ。それよりも半六とふたりで追え」

「分かりました」

正次郎と半六が賊を追って、弾正橋を越えた。

「旦那ぁ。若ぁあ、強ええ」

「腕は向こうの方が遥《はる》かに上だった。だが、道場の稽古にはねえ喧嘩《けんか》剣法のお蔭で、勝ちを拾ったのだ。二度とは利かぬ」

「それにしたって、勝ちは勝ちでさぁ。なあ、隼」

「おれたちを守ろうと、ご立派でした」

「奴ら、どこのどいつでしょう？」鍋寅が訊いた。「浪人じゃなさそうですし、するってえと、どこぞの御家中となりやすが」

「俺は今、襲われるような物騒なのは抱えてねえぞ。ってことは、これまでの遺恨だろうが、分からねえな。恨《うら》みだけは人一倍買っているからな」

辻番が恐る恐る近付いて来た。南町の二ツ森だと名乗っているところに、正次郎と半六が戻って来た。

「早いな。舟か」

「そのようです。真福寺橋《しんぷくじばし》の船着き場で血が途切れていました。三十間堀川《さんじっけんほりかわ》を汐留橋《しおどめばし》の方へ逃げたようです」

「追わなかったのか」

「皆のことが気になったもので。まだ、どこかに残党がいないとも限りませんし」

「仕方ねえな」

逃げる舟と船頭を手配していたのだ。追ったとしても、追い切れるとは思えなかった。

だが、その真福寺橋から出た舟を、陸《おか》から追っている者がいた。鳶の手下の蓑吉である。目の前から乗り込みやがった舟だ。逃がすもんじゃねえ。

蓑吉は、それが癖である楊枝《ようじ》を銜えると、足音も立てずに、夜の町を走った。

その頃、殺しの請け人・池永兵七郎ら三人を乗せた舟は——。

八丁堀を下り、稲荷橋を通り、越前堀《えちぜんぼり》から御船手頭・向井将監《むかいしょうげん》の屋敷をぐるりと回って大川《おおかわ》を上り、深川に向かっていた。

「大したものだな」池永が宗助の櫂捌《かいさば》きを褒《ほ》めた。

「旦那をお乗せするのは、初めてでしたか」

「舟は酔うのでな、いつもは歩いて橋を渡るようにしている」

「これは、やっとうの先生とも思えないことを」

「それにな、水は足許が頼りないので恐いのだ」

「水練のお心得は？」

「ない。其の方は？」

「河童《かっぱ》でございます」

「得手があるのはよいことだ。必ず身を助けてくれる」

「逃げる時には、役に立つかもしれません」

「逃げを打てればよいのだ。逃げられねば、死ぬしかないからな」

舟は永代橋《えいたいばし》を潜り、佐賀町《さがちょう》を右舷《うげん》に見ながら大川を上った。舟が軋《きし》んだ。上《うえ》ノ橋《はし》を潜って仙台堀《せんだいぼり》に分け入ったのだ。揺れが収まり、櫂の音が川面に響いた。更に進み、海辺橋《うみべばし》を潜り抜ける。ここで仙台堀は二十間川《にじっけんがわ》と名を変える。次の橋が亀久橋《かめひさばし》である。

櫂を操る手が止まった。舟はゆっくりと滑るように船着き場に着いた。

舟を下り、陸に上がった。大和町《やまとちょう》である。

宗助は池永らに、こちらです、と目で言った。ここからは、口は利かない。呼吸で伝え合う。ひとりでの殺しの時もあるが、相手に武道の心得がある時は、三人で組む。組んで四年。息は合っていた。

宗助が板塀に挟まれた小路を指した。突き当たりに、門がある。片開きの引戸門である。宗助は屈《かが》み込むと、引戸の下に匕首を差し込み、浮かすようにして引戸を開けた。正面に玄関があり、左手に回ると、廊下の奥が居室になっている。雨戸は立てられておらず、居室から明かりが漏れている。萌黄《もえぎ》色を帯びているところから、蚊帳《かや》を吊っているのが分かった。

池永が赤堀に、右手から裏に回るように指で示した。赤堀は、足許に気を配りながら裏に向かった。池永らは、にじるように居室の方へと動いた。

虫の音が止んだ。

その時、花島太郎兵衛は、行灯《あんどん》の薄明かりの中で小魚の甘露煮《かんろに》を肴に冷や酒を嘗めていた。

狙われる覚えはなかったが、それを自らに問うている暇もなかった。庭先の闇が濃くなっている。表だけではない。裏にも回られている。体術の心得のある太郎兵衛にしても、刀を振り翳す敵に挟み撃ちされたのでは、凌ぎ切れるか確たるものはなかった。

火鉢《ひばち》を引き寄せた。夏である。火は入っていない。武器となる火箸を身近くに置いておくための方便である。火箸を掴むと行灯に突き刺して火を落とし、次の瞬間蚊帳から飛び出した。

刀を手にした時には、庭からふたりの賊が家の中に踏み込んでいた。裏戸を蹴破る音も届いて来た。庭からの賊が蚊帳を斬り払った。ふわりと落ちた蚊帳の向こうに、月明かりを背にして黒く浮かび上がった賊の姿が見えた。影目掛けて火箸を投げた。咄嗟《とっさ》に気配でかわそうとしたらしいが、投げたのは手練れの太郎兵衛である。火箸を肩口に受け、藤森覚造の上体が泳いだ。そこを透かさず太刀を横に払い、柄を握る右手指に叩き付け、庭に飛び降りた。続いて、男が飛び出して来た。

宗助も匕首を構えていたが、目の前に現れたのは紫の寝召《ねめし》に丸髷《まるまげ》の男女《おとこおんな》である。女装しているのは知っていたが、一瞬見とれている間に、通り過ぎてしまった。

宗助を目の隅に捨てた太郎兵衛の動きは素早かった。庭の造りも板塀の隙間も、己の家である。目を瞑《つむ》っていても、どこに何があるか、熟知している。池永兵七郎が追い付く前に、浮いている板塀を手で突き払い、隣家の庭を素通りして姿を消してしまった。

「済まぬ」

藤森が右手の指先から血を滴らせながら言った。人差し指と中指が、皮一枚でぶらさがっていた。骨を断ち斬られたらしい。裏から回って来た赤堀が、素早く下げ緒で手首を縛《しば》った。

池永が、振り向いて宗助に言った。

「ありのままを元締に伝えてくれ。次は、間違いなく殺す、ともな」

「承知いたしました。と言うあっしも、奴を見て、棒立ちになっておりました。

こんなことは初めてです。いるものなのですね。奇妙な奴が」

宗助は首を小さく左右に振ると藤森を見、医者に診せますか、と訊いた。

「この商売をしていると、指を落とすことはままあることだ。手当てしたことがあるので、要領は分かっている。案ずるな」

藤森は、皮一枚でぶら下がっていた人差し指と中指を引き千切《ちぎ》ると、藪に捨てた。

宗助が先に立って、小路に出た。

四

翌七月十五日。朝五ツ（午前八時）前——。

男がひどく不機嫌な顔をして大門を通り抜けた。門番は男の後ろ姿に目を遣っていたが、互いに見交わすと、また何事もなかったかのように門を背にして立った。

男は黒の紗《しゃ》の紋付羽織に白衣、すなわち着流し姿で、髪は総髪を無造作に束ねて背に垂《た》らしていた。丸髷を解いた花島太郎兵衛である。太郎兵衛が奉行所に出仕することは滅多にない。探索に加わる時以外は、勝手を決め込んでいた。それは、真夏の父・一ノ瀬八十郎と同じであった。

大門裏にある御用聞きの控所から、新治郎の手先・堀留町の卯之助と手下の太吉が飛び出して、永尋の詰所に向かう太郎兵衛を目で追った。

「親分……」

「大旦那が襲われたんで慌ててお出ましって寸法か。今日は旦那も詰所に行きなさってるし、こらまた、大騒ぎになるぞ」

訳知り顔に言いはしたが、卯之助の見立ては違っていた。太郎兵衛が出仕して来たのは、己が襲われたと知らせるためだった。

「そっちもか」

突然現れた太郎兵衛にも驚いたが、詰所に入って来るなり、襲われたぞ、と言い放った太郎兵衛の言葉には、伝次郎も新治郎も河野に鍋寅、そして今朝は鍋寅らとともに出仕していた真夏も一驚した。

「寝酒を楽しんでいたら、不粋《ぶすい》にも表と裏から斬り込んで来やがった。上手いこと逃げたが、奴らが引き上げるのを外で待っている間に藪っ蚊には食われるし、気に入りの寝召の裾《すそ》に、鉤裂《かぎざ》きをつくってしまったわ」

畜生め。太郎兵衛は吐き捨てるように言うと、言葉を継いだ。

「三人とも月代《さかやき》は伸びていたから浪人のようだったが、伝次郎もか」

「俺の方は、どこぞの家中の者だな。行儀はよくねえが、身形はまともだった」

「面は？」

「気儘頭巾を被っていた。着ているものにも紋はなかった」

「俺のとは違うな。とすると、仲間ではないのか」首を捻《ひね》ってから、他に襲われたのはいないのか、と太郎兵衛が訊いた。「染葉はどうなんだ？　忠右衛門は腕がなまくらだからな」

「いや。あいつには用心棒が付いていたから心配ねえ」

「何事もありませんでした」真夏が応えた。

何が心配いらんのだ？　染葉が出仕して来た。太郎兵衛がいるのに気付き、珍しいな、何かあったのか、と尋ねた。

「それよ」伝次郎が、ふたりが襲われたことを話した。

「心当たりは？」河野が伝次郎と太郎兵衛に訊いた。

「伝次郎に訊け。俺は隠居してこっち、誰ぞを御縄にしたのは……」大きいところと言えば、窩主買《けいずかい》から露見した《池田屋《いけだや》》の一件と、幼子を勾引《かどわ》かして胆を抜き取った一件くらいのものだ、と言って皆を見回した。「あの時の旗本、関谷上総守と言ったか。あれなどはくさいな。倅は切腹、己は隠居、小姓組番頭を御役御免になったのだからな」

「あの一件は去年の暮れだ。恨みで襲って来るのなら、もそっと前ではないか」

染葉が言った。

「それに、旦那を襲ったのは主持ちのお武家でしたが、花島の旦那を襲ったのは、浪人風体なんでございますよね？」鍋寅だった。

「浪人を雇うという手もある。それは、何とも言えぬ」

「伝次郎を襲ったのと、太郎兵衛を襲ったのに繫《つな》がりはあるのか。そこが問題だな。襲われたのが、ふたりとも計ったように同じ晩であることと、真夏殿が伝次郎の傍《かたわ》らにいない時を狙ったとすれば、ずっとふたりを見張っていたことになる。取り敢えずは手分けして、襲った者どもを探すことから始めるしかあるまい」

伝次郎が染葉の言葉を引き継いだ。

「手掛かりはふたつ。正次郎が負わせた刀傷と、隼が鼻っ柱に当てた飛礫の怪我だ。必ず医者に診せているはずだ」

「俺も右手の指を二本、斬ってやった。切っ先が届きそうだったので、ぐいと伸ばしてやったのだ。今朝、庭の隅の藪に蠅が集《たか》っているので見たら、人差し指と中指が捨てられていた。引き千切って、捨ておったのだ。藤四郎《とうしろう》では、手当ては無理だろう」

藤四郎は隠語で、素人《しろうと》の意である。

「よし」と伝次郎が言った。「市中の医者を片っ端から当たり、足首と指に刀傷を受けた者か、飛礫を鼻に受けた、と手当てを受けに来た者がいねえか調べるんだ。それと薬種問屋だ。てめえで治そうとすれば、金創薬《きんそうやく》をしこたま買い込むはずだ」

芍薬《しゃくやく》の根や蒲《がま》の花粉など血止めの効能のあるものを粉に碾《ひ》き、胡麻油で練《ね》ったものが金創薬で、これを紙か布に塗り、油紙を被せて患部に貼《は》り、布で巻く。医者でない者にも出来る手当てと言えば、それくらいであった。

「父上。卯之助の手下を走らせ、市中の御用聞きに当たらせます」

聞き役に回っていた新治郎が、ついと膝を進めて言った。

「済まねえな。頼む」

多助《たすけ》も、用が済んだら借りるぜ、と河野に言った。この日は、河野の調べもので、深川まで出張っていた。勿論です。河野が答えた。

「あっしらも、甲羅《こうら》干ししているのを駆り出しやす」

「走れねえのは、いらねえよ」

「そいつは、言いっこなしってことで」鍋寅が、顱頂部《ろちょう》を掌でぺし、と叩いた。

「では、間違えねえように、敵に負わせた傷について正確に話しておく。まず正次郎が斬った足首だ……」

伝次郎が、河野が差し出した筆で懐紙に足首の絵を描き始めた。

「それは、何だ？」筆先を見ていた太郎兵衛が訊いた。

「足だ。右の足首だろう。見て分からんのか」

「そうか。足か。とても、そうとは見えなかったものでな」

伝次郎の顳顬《こめかみ》に青筋が奔《はし》った。

「花島の旦那ぁ」鍋寅が泣きを入れた。

「気にせず、続けてくれ。俺が斬ったのは指だから描かなくてもいいな？」

「見たくねえ」

伝次郎が描いた絵を素早く描き写すと、新治郎が立ち上がった。

「この一件、百井様にも伝えておきますが、よろしいですね？」

百井亀右衛門は年番方与力《ねんばんかた》である。年番方与力は、最古参の与力が就き、町奉行所に勤める与力・同心を支配する頂点に立つ役職であった。

「あいつに言うと、話がでかくなっちまうからな」

「父上っ」

「分かった。そなたに任せる」

「御用繁多《はんた》で、今日も既に出仕しておられるのです。何か訊かれた時には、ご無礼のないように頼みますよ」

「くどくど言うな。年を取ったんじゃねえか」

明らかに怒ったらしい。むっとした顔で新治郎が飛び出して行った時には、詰所にいたのは伝次郎と太郎兵衛に真夏と近の四人だけになっていた。染葉は稲荷橋の角次と約した場所に走り、河野と鍋寅らは大門裏の御用聞きの控所に走っていたのである。真夏は、今日は染葉の供をしなくてもいいらしい。

「さてと、俺はいても役に立たん。帰ることにするぞ」太郎兵衛が言った。

「帰ってもよいが、どうだ、落着《らくちゃく》するまで、今夜から鍋寅の家に住まんか。また襲われるかもしれぬしな」

「それがよろしゅうございます」真夏が言葉を添えた。

「俺は喜んで迎えられたことがない。嫌な思いはしたくないし、させたくもないのだ」

「試してみてはいかがですか。あの家には、私と隼さんと、男の身形をしたのがふたりいるので、釣り合いは取れるかと存じますが」

何と。太郎兵衛が短い笑い声を上げた。

「そのような誘い方があろうとは、知らなんだ。すると、あの一番まともそうでない鍋寅が、一番まともということになるのか」

「いいえ。私どもがまともなのです。心のままに振る舞う。それが出来るのですから」

「流石、一ノ瀬さんの娘御だな」

「恐れ入ります」

「頑なになっているばかりが能ではない。甘えてみるか」

家を空けるとなれば、気に入りの小袖などの始末がある。前には、伝次郎の組屋敷で預かってもらったことがあった。

「私がお供して、鍋町までお運びいたしましょうか」近が言った。近と太郎兵衛は、ふたりで見回りに出ることもあった程、気が合っていた。

「そいつは願ったりだ。頼めるか」

「任せておくんなさいまし。斬られのお近が、お引き受けいたしました」

「そりゃ、頼もしいわいなあ」太郎兵衛が科《しな》を作ってみせた。

近は手早く水回りを片付けると、太郎兵衛と詰所を出て行った。

残っているのは、伝次郎と真夏のふたりとなった。河野と鍋寅の奴、揃いも揃って、まだ控所で油を売ってやがるのか。落ち着かぬ間を持て余し、ちらと真夏を見た。目をくりっとさせて、真夏が伝次郎を見返した。さて、どこから話そうかと迷い、ありのまま話そうと決め、小牧様がいらした、と言った。

「内与力の小牧壮一郎様だ」

「はい……」

嫁に、という話を受けたことを話した。

「親父殿にも訊かねばならぬが、どうする？　嫌なら、断ってもよいのだぞ」

「嫌ではございません。小牧様は、私には勿体《もったい》ない程のお方でございます。しかしここはお断りすべきかと存じます」

「そう言ううた」

「私は、捨て子です。もし生みの親が現れ、その人が貧しくとも正しく生きていればよいのですが、万一にも凶状《きょうじょう》持ちだった時、小牧様にご迷惑をお掛けしてしまいます」

「そなたの身の上については、話した」

「何とお答えになられたのでしょうか」

「そなたはそなただ。気にすることではない、と」

「それがために、小牧様のみならず、坂部様にも火の粉が飛んでも、でしょうか」

真夏が口にした坂部様とは、南町奉行・坂部肥後守氏記《うじのり》のことであった。

「そんなことを考えていたら、嫁には行けぬぞ」

「行かぬつもりで剣に打ち込んで参りました」

「捨て子でないことにすれば、嫁に行ってもよいのか」

「はい……。でも、そのようなことが出来るのですか」

「俺が父親だというのは、どうだ？　そなたが生まれたが、新治郎と伊都の手前、家に入れることが出来なかったので、一ノ瀬さんに預けた。これで、父親は出来た。どうだ？　一ノ瀬さんも俺も、誰に訊かれても口は割らぬぞ」

「そんな……」

「もっと簡単な方法もある。養女に行くのだ」

「どこに、でございますか。私のような者を喜んで迎えてくださる方がいらっしゃいますか」

「いる。泥亀《どろがめ》だ。年番方与力なら、文句はあるまい。そんな時のために、泥亀を飼っているのだからな」

泥亀は、伝次郎が百井亀右衛門につけた渾名《あだな》だった。

「先達」と真夏が、真顔になって言った。「お言葉が過ぎます」

「うん……」

「先達はいつもそのように、百井様のことを仰しゃいますが、先達が我《わ》が儘《まま》いっぱい振る舞えるのも、百井様が懐深く呑み込んでくださっているからです。感謝しても、したりないはずです。それを飼っているとは、失礼にも程があります」

「分かった。言い過ぎた。感謝しているのだが、照れくさくて言えぬのだ」

「分かっておりました」

「…………」伝次郎は金魚のように口をぱくぱくと動かしてから、よいのだな、と言った。「養女の話を進めても？」

「一ノ瀬の父の許しを得られた時には、お願いいたします」

真夏が手を突いた。

「下高井戸から出て来るのを、暢気《のんき》に待っていられるか。話だけでも通しておくぞ」

「……はい」

「いや、よかった。小牧様なら、人柄も申し分ないしな。一ノ瀬さんも喜ばれるだろう」

「そうだとよいのですが……」

誰かが戻って来たらしい。足音が近付いて来た。河野だった。河野は、伝次郎と真夏を見、何かありましたか、と言った。

「百井様が、外に立っておられましたが」

気付かなかったが、話を途中まで聞かれていたのかもしれない。

「日延べだ」と伝次郎が真夏に言った。「てめえのことを言われたので、入るに入れなかったに相違ないわ。こっちも合わせる顔がねえ」

「また何ぞ悪口を言っておられたのですか」

河野が笑いながら裏の井戸の方へと詰所を出て行った。

「どこまで聞かれたのでしょう?」真夏が小声で言った。

「ほとんどすべてと思っていれば、間違いないだろうな」

「でもこれで、隠しごとがなくなったのと、日延べになったことで、少しほっとしました」真夏が息を吐いて、小さく笑った。

第三章　天神下《てんじんした》の多助《たすけ》

一

七月十六日。五ツ半（午前九時）。

染葉と真夏に、稲荷橋の角次らが出掛けて半刻（約一時間）程が過ぎた時、ひとりの男が奉行所の大門に駆け付けて来た。茸手町の自身番に詰めていた店番の与吉だった。永尋掛りの詰所に通された与吉が、伝次郎を見て叫んだ。

「大変でございます」

似絵を持って、《山形屋》のことを聞き回っている男がいるのだと言う。

「怪しいでございましょう？」

「どんな奴だ？」

「三十絡みの男でございます」

「よく知らせてくれた。今もいるのか」

「さあ、どうでしょうか」

愚問だった。飛び出した後のことを知っているはずがねえ。伝次郎が咳払いをひとつくれていると与吉が、瀬戸物屋《萬屋》の小助、覚えておいでですか、と訊いた。

「床下に埋められていた死体を掘り出してもらったのだ。忘れちゃいねえ。

「小助さんに見張ってもらっています」

「それを早く言え。行くぞ」

　数寄屋橋御門を潜り抜け、山城《やましろ》河岸を南に走り、土橋を越えたところで息を継ぎ、久保町原を横切って尚も走り、葺手町の自身番に辿《たど》り着いた。

　大家から麦湯をもらい、立て続けに三杯飲んだところで、どうなっているかを訊いた。

「今の今まで、あちこち訊き回っていたのですが、つい先程行ってしまいました」

「そうか、遅かったか」

言ってから、瀬戸物屋の小助の姿が見えないことに気が付いた。奴は？

「勿論、尾けています」

伝次郎の頭のどこかで血の管がぶちっと音を立てて切れたが、ぐっと堪えて、静かに言った。

「で、どっちに行った？」

車坂町の方を指さした。今駆けて来た方だ。どこかで擦れ違ったか。通った小路が違ったかだ。

「よし、もうひとっ走りだ」

声は出たが、伝次郎も鍋寅も足の出が悪くなっていた。鍋寅なんぞは、風にそよいでいる柳のように、時折横に靡《なび》いている。しょうがねえな、と言って伝次郎も足を止め、隼と半六を先に行かせた。

「水売りは、いませんかねえ」鍋寅が囁くように言った。

「さっき麦湯を飲んだだろう」

「旦那は三杯飲みましたが、あっしは二杯でしたんで……」

「大して違わねえだろうが」

前を見ると、半六が手を振っている。脇に小助の姿も見えた。

「追い付いたようだぞ」

「本当でやすか」

ありがてえ。足に力が甦《よみがえ》ったのか、鍋寅が跳ねるようにして駆け出し、つと振り向いて言った。

「旦那、急ぎやしょう」

日盛りの道に、ひとり伝次郎が取り残されていた。鍋寅にくるりと背を向け、どこぞに消えてやろうかとも思ったが、お役目である。待ってやった恩を仇で返しやがって。今に見ていろ。悪態を吐きながら、鍋寅の後を追った。

「蕎麦《そば》屋に入っています」

小路の中程に小体な蕎麦屋があった。小助が言うには、似絵を持って「《山形屋》さんは、この絵のような方でしたか」と訊き回っていたらしい。

「お前さんのところにも？」

「隣です。当然参りました」

威張《いば》って言うことか、と言いたかったが、目を瞑《つぶ》った。茶々《ちゃちゃ》を入れるより、大切なことがある。

「その似絵だが、《山形屋》だったのか」

まさに、とか、左様でございます、という返事が来るものと思って待っていると、小助が僅かに首を捻った。

「似ていると言えば似ているのですが、違うと言えば違うような……」

「どっちなんだ？」

「まあ、似ているかな、と」

隼を呼んだ。

「へい」

「ひとっ走りして、《山形屋》の周りの店の者に訊いて来い。似絵は、《山形屋》だったかどうか、だ」

戻って来る間に動きがあった時は、こいつを、と小助を指した。残しておくから、見当付けて追って来い。

「承知いたしやした」

答えた時には、駆け出していた。隼の後ろ姿から目を移すと、蕎麦を食らうにしちゃ長いでやすね、と鍋寅が伝次郎に言った。

「ちょいと様子を見て来やしょうか」

そうよな。伝次郎は答える前に、小助に訊いた。

「この蕎麦屋は古いのか」

「さあ、存じませんが」

「近くだろうが」

「離れておりますですよ。近いと言うのは、おい、と呼べば、へい、と答えられるくらいのところでございます」

「済まなかったな。遠くのことを訊いて」

「遠いという程でも……」

「ないか」

「へい、まあ……」

「それを、近いと言うのだ」

「………」明らかに不満があるのだろう、小助が横を向いた。

「様子見は、なしだ」と伝次郎が鍋寅に言った。「蕎麦屋とそいつに、どんな繋がりがあるか、分からねえ」

蕎麦屋の前に駕籠が着いた。駕籠屋が乗り手の求めに応じて出す宿《やど》駕籠である。長半纏《ながばんてん》に政《まさ》の字が染め抜かれていた。

「神谷町《かみやちょう》の駕籠屋《駕籠政《かごまさ》》でございます」小助が訊かれもしないのに言った。

「駕籠賃が高《たこ》うございまして、あらよっと乗っただけで、五百文（約一万円）は取られるとか」

「そいつはすごいな」

「ですから、別名《勘当箱《かんどうばこ》》。あれで日本堤《にほんづつみ》を走り抜けてごらんなさい。どんな若旦那だって一発で……」

「止めろ」伝次郎が言った。小助が口を閉じた。「出て来たぞ」

蕎麦屋の暖簾を分ける手が見えた。次いで、男がふたりゆっくりと現れ、年嵩の方が駕籠に乗り込んだ。若い方が駕籠に並んで歩き出した。

「旦那っ」鍋寅が皺首を伸ばして言った。

「あの男でございます。間違いありません。似絵を持って訊き回っていた男です」

小助が、捲《まく》し立てるように言った。

男どもは、読売を見たからと詰所に来た《安田屋》徳兵衛と、手代の初吉だった。

「間違いねえんだな？」

「へい」

「訊き忘れていた。自身番に知らせてくれたのは、お前さんか」

「左様でございます。目の前におります、手前でございます」

「大手柄だぜ」

　鼻の穴を膨《ふく》らませている小助の脇から、そろそろ、と鍋寅が言った。尾けやしようか。

「行くか」

　伝次郎は小助に、隼が戻るまで待ち、俺たちが行った方を教えてやってくれ、と頼み、日盛りの道に飛び出して行った。

　隼が追い付いたのは、伝次郎らが三斎小路を抜け、愛宕下広小路を北へ、新《あたら》シ橋《ばし》に向かって蟬時雨《せみしぐれ》の中を、足を急がせていた時だった。

「分かったか」

「へい。似絵は《山形屋》利八に間違いないと、皆が口を揃えておりやした」

「似てねえような口振りだったじゃねえか」鍋寅が、口を尖らせた。

「顔の作りはあまり似てはいないそうなのですが、頰から口に掛けてと、何よりも顎の黒子《ほくろ》が利八だという決め手になったようです」

「黒子だあ？　そんなこと一言も言わなかったぞ」鍋寅が尾けている身を忘れて怒鳴り声を上げた。「あのど阿呆《あほ》の目ぇは、節穴か」

「静かに話せ。常に俺を見習い、冷静になるんだ」

「へいへい」

駕籠は土橋を越えると東に折れ、難波《なんば》橋で北に向かった。真っ直ぐ行けば、南紺屋町である。

「宿に帰るようでやすね」

「面白くねえが、見届けてやるか」

駕籠は人の流れるままにゆっくりと進んで行く。急ぎではない、と言われているのだろう。尾ける伝次郎と鍋寅の足にも余裕が出て来た。伝次郎が黙って駕籠を見詰めている隼に声を掛けた。

「《安田屋》の動きを言ってみな」

「へい……」隼は、きっ、と前方の駕籠を見据《みす》えると、口を開いた。「読売を見やした。書かれている死体《ほとけ》に心当たりがあったので、奉行所に行った。旦那の話を聞き、身に付けていたものを見た。死体が誰だか分かった。そこで思った。《山形屋》ってのはもしかすると……。そいつの似絵を作らせたら、ぴたり当たったってところでしょうか」

「流れは、そんなもんだ。奴らは奉行所に来た。臑《すね》に傷持つ身なら近寄りたくもねえところだろうし、堅気のもんでも奉行所の大門を潜るってのは、かなり勇気が要るはずなのにな……」

「それでも来たってことは、余程見付け出したい奴なんでしょうね」隼が訊いた。

「そうなるな」

「《山形屋》と《安田屋》は、どう繋がっているんでしょう?」

「それが分かれば」と隼に答えた。「すべて解けるだろうよ」

着きやした。鍋寅が小声になった。

初吉が駕籠舁きに支払いを済ませた。駕籠舁きがしきりに頭を下げている。過分な酒手《さかて》を与えたのだろう。徳兵衛が初吉に支えられながら宿に入って行った。

病勝ちと言っていたが、ひどく具合が悪いように見えた。

「あの様子では、もう動かねえな。暑いし、奉行所に帰るか」

話していると、初吉が宿から出て来た。せかせかと歩いている。尾けるぜ。鍋寅らは、伝次郎の後に続いた。

初吉は、一町（約百九メートル）程戻り、弓町の《十五屋《じゆうごや》》の暖簾を潜った。定飛脚問屋《じようびきやくどんや》である。江戸の者は飛脚屋のことを《十七屋《じゆうななや》》と呼んだ。陰暦十七日、すなわち十七夜に昇る月を立待月《たちまちづき》と言うのにかけて、たちまち着くところから《十七屋》と呼んだのだが、他の飛脚屋よりももっと早く着くという気概で《十五屋》の看板を上げている店であった。蕎麦屋で時を過ごしていたのは、恐らく文を書いていたのだろう。

程なくして初吉が出て来た。旅籠に戻るのだとは思ったが、徳兵衛らには見張りを付けるようになるかもしれない。見張り所として借りられそうなお店を探させる序《つい》でに半六に尾けさせ、伝次郎らは《十五屋》に入った。

黒の紋付羽織に着流しである。身形を見れば八丁堀だと分かる。常ならば後退りして手代を呼ぶ小僧の姿がない。そこに至り、ああ、今日は藪入りか、と思う己に衰《おとろ》えを感じた時、手代らしい男が番頭と思われる男を呼んだ。帳場に行き掛けていた撰糸《せんし》小紋を纏《まと》った男が、振り向いた。手には初吉から預かった文を持っている。

「これは、これは。手前は、番頭の喜右衛門《きえもん》と申します。本日は、何か」

衰えを感じ始めていた己のことなど、宙に消し飛んだ。

「南町の二ッ森伝次郎だ。店先だ。長居はしねえ、野暮も言わねえ。答えてくれ。たった今出て行った、三十絡みのお店者が預けたものを見せちゃくれねえか」

「そのような方は……」喜右衛門が手にしていた文を背に回そうとした。

「尾けていたんだ。隠さねえでくれ」伝次郎は羽織を跳ね上げ、腰を下ろすと、それかい、と顎で喜右衛門の後ろを指した。

「何か、お役人様のお手を煩《わずら》わせるようなことをしたのでしょうか」

「だらしねえが、それが分からねえんだ。そこでな、何でも知りたがっているって訳だ」

「確かにこれは」と文に目を遣る仕種をし、喜右衛門が言った。「先程の方からお預かりしたものでございます。ですが、まだ悪行を働いたという証《あかし》もないうちに、当人様の許しを得ずに見せたとなれば、手前どもの信用に関わります。どうか、ご勘弁を」

「尤《もっと》もだ。お前さんが正しい。だから、見せなくていい。ただ、そこに置いてくれ。そっちがまだ仕舞う前にちらと覗くだけなら、お前さんに落ち度はないし、お店にも責めはねえ」

「そのようなことは、いたしかねます。手前どもの商いは、一に信用、二に信用でございます」言いながら、喜右衛門が文を膝許に置いた。

宛先は京三条《さんじょう》の《安田屋》とあった。恐らく代を譲って山科に隠居するまでいたのが三条なのだろう。差出人の名に何と書いているのか見たかったが、言いづらい。さて、どうするか、眉を掻いていると、喜右衛門が文をひょいと裏返した。南紺屋町の宿の名と、徳兵衛の名が記されていた。

「助かった。ありがとよ」

「手前どもは何もいたしておりませんが」喜右衛門がさらりと言った。

「そうであったな。では、ひとつだけ教えてくれ。それは《並便り《なみだよ》》ってことはねえよな？」

《並便り》は、昼間のみ走るので、まごまごすると片道三十日も掛かることがあった。

「そう来ましたか。参りました」

「参らなくていい。他愛もねえことだろう」

「《早便り》でございます」

「《十日限《とおかぎり》》か《六日限《むいかぎり》》か」

十日で届ける便か、六日で届ける便かと訊いたのである。喜右衛門が答えない。違うと言っているらしい。

「まさか《四日限《よっかぎり》》か」

「《四日限仕立飛脚《したてびきゃく》》でございます」

《仕立飛脚》は、己一人の用のために走らせる飛脚便で、金子四両という高額になる。町屋の者がおいそれと仕立てられる飛脚便ではない。

「済まなかったな。俺は分かっていながら無理を言った。許してくれ」

「流石戻り舟の二ツ森様、面白い御方でございますな」

「俺を知っているのか」

「この稼業は早耳でございますから。鮮《あざ》やかなお働き振りと評判でございます」

「何も出ねえよ」

「手前も大したものは出しておりません」

「邪魔したな。あっ、今のことは、内密にな」

「二ツ森様は、何もされてはおりません。そこに座られただけでございます。内密にすることなどございませんが」

「そうだ。お前さんの言う通りだ」

「左様で」

《十五屋》を出ると半六が駆けて来るのが見えた。初吉は真っ直ぐ宿に戻ったらしい。

「よさそうなお店はあったか」

旅籠の辺りは大店ばかりが居並んでいるが、横町に折れ込む角口に銅物屋《かなものや》があったらしい。銅物屋は、襖《ふすま》の引き手や火鉢《ひばち》、灯籠など銅物で出来た建具や器物を商っていた。

「そこからなら、表の出入りが見通せます」

「よし、見てみよう」

いいじゃねえか。伝次郎は、徳兵衛らに不審な動きがあった時には、銅物屋《上州屋《じょうしゅうや》》の二階を借りることにし、奉行所に引き上げた。

「その前に、俺たちを狙った賊どもを、お天道様の下に引きずり出してくれようぜ」

しかし、市中に散った御用聞きからの知らせはなかった。

そして七月二十日——。

徳兵衛こと長兵衛の文は、僅か四日で京三条の《安田屋》に着いた。文を見た弥五郎が、伊佐吉と亥助ら手下をすべて集めて命じた。

「富蔵が江戸にいた。三年前になる。見付けた吉松を殺して、行方を晦《くら》ませたらしい。奴がまだ江戸にいるかどうかは分からねえが、先代の勘だと、市中のどこかで息を潜めているに違いねえそうだ」

ここは先代の勘に縋《すが》ろうじゃねえか。弥五郎は話を続けた。

「これから、手分けして江戸に出るんだが、固まると万一ってこともあれば、人の目にも留まる。伊佐、お前は五人で先に行ってくれ。俺も亥助らと五人で一日遅れて後を追う。となれば、通行手形だ。江戸行きの人選びは任せる」

「直ぐに手配いたします」伊佐吉が答えた。

「明日の昼には発てるな」

「勿論でございます」

「よし。落ち合うのは、北品川《きたしながわ》宿の旅籠《相模屋《さがみや》》。八月三日だ」

「あっしらは十分ですが、頭たちは」伊佐吉が言った。

弥五郎らが一日遅れて発つとなると、十日で品川に着かねばならない。京から江戸に向けての当時の平均的な日数は、十三日から十五日である。

「何を言うか。若い頃は、韋駄天《いだてん》と言われた俺だぞ。とは言え、足の速いのを俺の方に回してくれよ」

「そのようにいたします」

「先代の宿は南紺屋町の《近江屋》だ。京三条の傘屋《安田屋》の隠居・徳兵衛に初吉の名で泊まっていなさる。まずは先代を訪ね、話を聞いてからだ」

「承知いたしました」

「うむ」

後のことは、初代に頼んでゆく、と弥五郎が居並んでいる配下に言った。

「と言ってもお年だ。夜宮の庄之助として、京大坂の町屋の衆を震え上がらせていた昔とは違う。皆で《安田屋》を見ていてくれ。富蔵を始末したら、直ぐに戻る。戻ったら、次の仕込みに掛かるぞ」

翌日伊佐吉らが、一日遅れて弥五郎らが京を発った。

二

急ぎ旅である伊佐吉や弥五郎らの足は速かった。それぞれが瞬《また》く間に距離を稼ぐのだが、ここで一旦時を、伝次郎や太郎兵衛が襲われた翌日の、七月十五日に戻す――。

正次郎に右足首をざくりと斬られた小塚源之進の屋敷は、四ツ谷伝馬町《てんまちょう》三丁目舟坂横町《ふないたよこちょう》の中程にあった。小塚は立ち居も思うにならぬ身を、奥の居室に横たえていた。

昨夜に続き、伊賀町《いがまち》の金創医・村山洞庵《むらやまどうあん》が足首の傷と飛礫を受けた顎の治療を終えたところに、俵木平内が見舞いに訪れた。

足首は腫《は》れ上がっていた。その上に、血止めのためにと布と油紙を幾重にも巻かれているので、余計に腫れて見えた。

俵木平内は洞庵に礼を言うと、小塚と奥方を残し、見送りと称して居室を出た。

俵木は家禄五百八十石の旗本である。殿様にそのようなことを、と驚き慌て、恐縮し、家人に送るよう命じている奥方の声を背で聞き、洞庵と廊下を玄関に向かった。追い付いた家人の香取孝太郎《かとりこうたろう》が先導に付いた。傷の具合を聞こうにも聞けない。玄関に香取を留め、敷石を行き、長屋門の前で洞庵に小塚の容体を尋ねた。

「顎は打っただけですので後十日もすれば治りますが、足の方はよろしくございいません」

「血は止まりそうであったが」

「直ぐに血止めをされたのが効いたようでございます」

「問題は腱《けん》か」

「左様でございます」

「歩けるようになろうか」

「恐らく切れておりましょう。切れておりましても、布で固めておいたら治ったという話もございますが、小塚様の場合は……」

「難しいか」

「と存じます」

「今までのようには動けぬ、と言われるのだな」

「杖を要すれば何とか歩けましょうが、これまでのようにはとても……」

「承った。このことは他言無用。無頼《ぶらい》の者との刃傷沙汰《にんじょうざた》ゆえ、役目に障《さわ》るでな」

「申すまでもございません」

「当人のみならず、身共《みども》がよいと言うまで、この家《や》の者にも、杖のことは今暫《しばら》く内密に頼む」

小姓組番は将軍家の警護を役目とする職掌《しょくしょう》である。足が悪いとなれば、隠居しなければならなくなる。だが、源之進の跡取りはまだ元服前である。小普請支配に入り、俸禄も半減されることになるかもしれない。洞庵は、目だけ上げて俵木を見、頷いた。

「分かりました……」

「では、引き続き、手当てをお願いいたす」

「明日またお伺いいたします」

「頼み入る」

薬箱を下げた小者を促し、洞庵が帰った。振り返ると、滅多に玄関には姿を現さない奥方が、衝立《ついたて》の陰から不安げに俵木を見ていた。若党と小者らも、離れた廊下の隅で膝を揃えている。

「本当は何があったのでしょう？　昨夜は無頼の者との諍《いさか》いだと申しておりましたが」

「済まぬが、一瞬のことで、何が起こったのか、我らもよく飲み込めておらぬのだ。今其奴どもを市中隈無く探しているところゆえ、暫《しば》し待ってくださらぬか」

「足は大丈夫なのでしょうか？　出仕に差し障りはないのでしょうか」

「洞庵によると、治療次第ということであるらしい」

「治ってくれるとよいのですが」

「身共も、そう願うておる」

廊下を足音が近付いて来た。幼子の歩みである。若様、と止めようとする侍女の声とともに、幼い声がした。

「母上様、父上様がお呼びです。香取もじゃ」

継嗣の駒太郎《こまたろう》であった。

申し訳ございません。若様がどうしても、と。侍女が、廊下に手を突いている。

「よいよい。小さいながら、役に立ちたいと思っているのであろう」

駒太郎が元服するまでに、七、八年はある。

長いな……。俵木は呟きを胸の底にしまい込み、小塚の横臥《おうが》している座敷に入った。香取が続いた。洞庵が何と言ったのか、と小塚が香取に尋ねている。俵木は、奥方に話したことと同じことを小塚に告げた。小塚の顔に、僅かに赤みが射した。

「香取、組頭様が仰せられたこと、父に話して来てくれ。奥も、ご案じになられぬよう、よく言うてくれ。駒太郎も行くがよいぞ。そなたが行くと、喜ばれるでな」

奥方と香取と駒太郎らが隠居部屋へと去るのを見届け、

「岩間の具合はどうですか」

小塚が、飛礫を鼻に受けて昏倒《こんとう》した岩間三郎太の容体を気遣った。俵木の屋敷から近いので、小塚の屋敷に来る前に見舞って来ていたのだ。俵木の屋敷は市《いち》ヶ谷《や》御門内にあり、岩間の屋敷は市ヶ谷御門と四ツ谷御門の中程にあった。十四日の夜は、小塚の屋敷に急いだ俵木らと四ツ谷御門近くで別れ、野毛と三津田に付き添われて屋敷に戻ったのだ。医者は、岩間のよく知る市ヶ谷田町《たまち》の吉田慶南《よしだけいなん》を呼んで診てもらっていた。

「鼻の骨が折れたそうだ。熱を出し、唸っている。医者が言うには、腫れが引くまでは冷やすしか、手の施《ほどこ》しようがないらしい」

「苦しいでしょうね」

「足の方が、まだ楽そうに見えるぞ」

小塚が苦しげに笑った。辞す頃合だった。

「また来る」

「これからどちらへ」

「野毛らと会うことになっているのだ」

「皆によろしく伝えてください。案ずるな、とも」

「そんなことよりも、そなただ。まずは傷を治すことに専念するのだ。焦るなよ」

野毛らと会うのは嘘だった。会うと約していたのは、菰田承九郎であった。

玄関へと向かう途次、雨戸を立てたままの座敷があった。先程から前を通っていた座敷であった。襖は開いていた。仏間であった。奥で精霊棚が暗く沈んでいた。不吉なものを見た思いがし、俵木は目を背けた。

赤坂御門を北東に見渡すところに裏伝馬町《うらてんまちょう》がある。一丁目、二丁目と続き、目当ての鱗店《うろこだな》は二丁目の外れになる。その鱗店の中程に、居酒屋《鶴屋《つるや》》はあった。

供の小者を帰し、俵木はひとりになり《鶴屋》の暖簾を潜った。入れ込みを見回すと、菰田承九郎は既に来ており、奥で壁を背にして飲んでいた。俵木は亭主に酒を申し付け、入れ込みに上がった。遅れて入って来た町人が、小女に酒を頼んでいる。

「何かお持ちいたしますか」亭主が俵木に尋ねた。

「適当に頼む」

「盆ですので、鳥《にく》も魚もございませんが、よろしいでしょうか」

「見ての通り、口は驕《おご》ってはおらぬ」

「ご冗談を」

客商売である。立ち居振る舞い、刀の拵《こしら》え、着ているもので、地位のある者と見定めたのだ。亭主が小女に酒を急いでお持ちするように言っている。

菰田と向かい合うように腰を下ろした時には、酒がきた。町人にも酒がいったらしい。咽喉を鳴らしている。

「早いな。ありがたい」

菰田が下げた頭を上げ、片口を手に取り、酌《しゃく》をした。

「よく某の住まいがお分かりになりましたな」

「御頭の屋敷を訪ね、聞いたのだ。驚いたぞ」

「高柳様でございますか」

「いや。他出しておったので、坂井《さかい》殿に聞いた。まさか、暇を取ったとはな」

坂井は高柳に次ぐ、次席の用人だった。

「存念がございましたので」

「そのことで参った」

「…………」

菰田が杯《さかずき》で口を塞《ふさ》いだ。小女が、瓜のぬたを運んできた。俵木が、即座に口に入れた。白瓜を嚙み切る、涼しげな音が立った。うん、と頷き、俵木が亭主に声を掛けた。

「美味《うま》いな。辛子《からし》の具合が実にいいぞ」

手を拭きながら台所から現れた亭主が、嬉しげに、これは手早く作るのがこつなのでございます、と言った。

「水に漬け、冷やしておいた白瓜を薄く切る。塩を振り、少し待って水洗いをし、絞る。後は辛子酢味噌で和える。簡単な品で恥ずかしい程でございます」

「気に入った。他にも」と言って菰田の肴を見た。茶筅茄子《ちやせんなす》が皿に残っていた。

「よいか」

菰田に訊き、かぶりついた。揚げた油は湯で程よく落ち、濃い煮汁が沁《し》みていた。

「これを俺にもくれ」

亭主が笑い、小女も口許を押さえて笑った。

「驚きました」と、今度は菰田が言った。「俵木様は小姓組頭様。まさか、このように捌《さば》けたお殿様がおられようとは」

「それは、言わぬが花の吉野山《よしのやま》、と言うのだ。今の地位は、俺が勝ち取ったものではない。偶々《たまたま》その家に生まれたがゆえ、継いだだけだ。捌けているというなら、生まれついてのものだろう」

「殿は番頭様として、よい組頭様を持たれていたのですな」

「それは、もうよい。今日菰田殿に来てもらったのは、御頭のことでだ」

「…………」

菰田が瞳に光を宿して俵木を見た。

「有り体《てい》に申す」

俵木は一旦言葉を切ると、入れ込みを見回した。客は後から来た町人ひとりきりで、その者は杯を嘗めるようにして飲んでいる。俵木は小声で、二ツ森伝次郎を襲った顚末を話した。

「飛礫も卑怯《ひきよう》だが、足を狙うとは許せませぬな。しかし、そもそもが夜陰に紛れて襲おうなどとなさらずに白昼堂々と襲えば、御一統の腕からして飛礫などかわせたでしょうに」

「そうなのだが、御頭の恨みは晴らしたいが、家名だけは守りたいという浅ましき思いに縛られていたのだ」

「分からぬではありません……」

小女が茶筅茄子と揚げ大根を持って来た。揚げ大根は、太鼓《たいこ》に切った大根を胡麻油で揚げたものに、卸《おろ》した大根と生姜《しょうが》を乗せ、醬油を垂らしたものだった。俵木は即座に箸を付け、褒めてから、話があるでな、暫くはこれでよいぞ、と言い渡し、改めて菰田に言った。

「小塚は、恐らく御役御免となるだろう」

「足首の腱が切れたとすると、警護は出来ませぬか」

「家禄は二百八十石。まさかこのようなことになるとは考えもしなかったので、倅がいるからと同志に加えたのだが、元服まで間がある。家禄半減ともなれば、暮らし向きも立ち行かぬかもしれぬのだ」

「…………」菰田は杯に酒を注ぐと、ぐいと飲み干した。

「無論、援助はする。だが、小塚のためにも、我らは今度こそ二ツ森を討たねばならぬのだ」

「そこで、某に何を？」

「我らに、加わってはもらえぬだろうか。我らだけの時は、例の一ノ瀬真夏がおらず、且《か》つ人通りの絶えた時を狙うしかないのだが、菰田殿がいてくれさえすれば……」

尚も言葉を継ごうとした俵木を菰田が手で制し、

「実は」と言った。「高柳様から二ツ森某と花島某を始末するよう乞《こ》われたことがあるのです」

「まさに、それだ」

「だが、お断り申し上げました」

「なぜだ？」

「某はひとりで一ノ瀬真夏を倒す。それしか考えておらぬからです」

「だから、力を合わせよう、と申しておるのだ。菰田殿には他の者が邪魔。身共らには一ノ瀬が邪魔。ぴたりと合うではないか。どうだ？」

「何人いようと構わぬのです。相手はひとりです」

「しかし。ひとりでとなると、狙う算段などどうするのだ？」

「清七なる者が動いてくれております。殿の屋敷にいた中間ですが、覚えておられますか」

色が浅黒く、身のこなしが素早い者です。

「分からぬが、中間など信に足るとは思えぬが」

「人は筋が通っているか否かです。あの男は、通っております」

「そうか。口説いても叶わぬようだな」

「申し訳ございません」

「一剣に生きる其の方らしい返答であった。勝つように祈っているぞ」

「殿様も」

「うむ」杯を上げ、ともに飲み干した後、それにしても、と俵木が言った。「この瓜も大根も茄子も美味いの」

「左様でございますな」

「瓜のぬたを折に入れてもらってもよいものかな?」

「よろしゅうございましょう。ですが、汁が垂れるかもしれませぬ」

「それはちと困るな」

「そのように存じます」

「致し方ない。我慢するか」

翌十六日七ツ半（午後五時）。

赤坂田町の料理茶屋《常磐亭》の離れで、関谷家の用人・高柳三右衛門は《伊勢屋》久兵衛こと闇の口入屋・鳶に呼び出され、密談に及んでいた。

鳶は、太郎兵衛暗殺に失敗したことを隠さずに話し、相手も用心しているので、再度襲うまで少しの猶予《ゆうよ》を、と切り出した。

「なかなかに手強《てごわ》いゆえ、支度を密にせねば、と考えておりますので」

「その間に二ツ森を襲えばよいではないか」

「ところが、その二ツ森を襲うた者がいるのでございます」

「そなたの息の掛かった者ではないのか。それは、誰だ？」

二日前の夜、俵木平内らは、三十間堀川を行き、汐留橋で下りると、種田元太郎に探させた辻駕籠に小塚源之進と岩間三郎太を乗せ、それぞれにふたりずつ付いて四ツ谷御門の方へと向かった。駕籠はふたつ。追う身はひとつ。蓑吉は、皆が頭を下げていた俵木が付き従った小塚に標的を定め、伝馬町の屋敷を見届けたのだ。更にその翌日の昨日、蓑吉は屋敷の主の名と役職を聞き出した上、訪れて来た俵木を尾け、菰田承九郎との《鶴屋》での酒席にまで臨んでいた。俵木に遅れて《鶴屋》に入り、酒を飲んでいたのは蓑吉であった。

「詳しいことは、只今手の者に調べさせております」

鳶には、俵木らの企てを高柳に伝える気は毛頭なかった。関谷の殿の無念を晴らそうと、組頭と御用人が互いにそうと知らずに策動《さくどう》しているのである。鳶にとっては滑稽《こっけい》なことであった。

「恨んでいる者は他にもいるのだな」

「八丁堀でございますから」

「腸《はらわた》が煮え返る奴どもよな。それで、どうするのだ?」

「二ツ森伝次郎はそちらに任せ、こちらは花島太郎兵衛を亡き者にしようと考えております」

「では、ひとり分の代金は只取りいたすつもりか」

「いいえ。其奴どもでは果たせぬでしょうゆえ、追い払い、安堵したところを我らで仕上げするつもりでおります」

「上手くゆくのであろうな?」

「前の者にも引き続き狙わせますが、もうひとり凄腕を加えますので」

「余計な金子は払わぬぞ」

「勿論いただきません。こちらの手落ちでございましたゆえ」

「吉報が待ち遠しいの」

「では、酒などを」

久兵衛が、手を叩いた。

三

七月二十日。

多助は焦り始めていた。医師と薬種問屋を調べるよう言い付かって、五日になる。以前の縄張り内はすべて回った。気心の知れた御用聞き仲間の畑（縄張り）も回った。しかし、手応えは何もない。

かつては天神下《てんじんした》の親分と言われ、肩で風を切っていたこともあった俺が、何てこったい。老いたってか。そんなことは、百も承知してらあな。昔なら、ちょいと勘を働かせれば、ちょちょいと見付けたものをよ。犬っころみてえに、尻尾追っ掛けて、同《おんな》じところをぐるぐる回ってよ。ざまあねえぜ。

思わず立ち止まり、てめえの年を数える。七十八か。身内に八十の声を聞いたのはいたか、と考える。父親《てておや》のおっ死《ち》んだ年なんぞ、とっくに過ぎた。母親のも過ぎた。爺様は幾つでお迎えが来たのか。思い出せなかった。何でえ、何でえ、俺も焼きが回ったもんだぜ。

湯島《ゆしま》の聖堂の近くにいた。さて、どっちに行くか。

久し振りに覗いてみるか。独《ひと》り言《ご》ちながら、神田川《かんだがわ》に沿って水戸《みと》様の方へと足を向けた。若い頃は、夜昼なく目にした道筋だった。神田川に架かる上水の懸樋《かけひ》を見、水道橋《すいどうばし》、小石川《こいしかわ》御門の前を通り、船河原橋《ふなかわらばし》の袂に出た。井《い》の頭《かしら》池や善福寺《ぜんぷくじ》川《がわ》などからの水を取り入れた関口大洗堰《せきぐちおおあらいぜき》から船河原橋までが江戸川《えどがわ》。その江戸川の水が神田川に流れ込んで来る、この辺りから大川までが神田川で、牛込《うしごめ》御門の方は外堀《そとぼり》と名が分かれる。

「草臥《くたび》れやがったな」橋桁《はしげた》を撫で、声に出して呟く。

御用の途次、何度か渡ったことはあったが、しみじみ立ち止まったことはなかった。わざと素通りしていたのかもしれない。この橋には思い出が染み付いていた。ちょいと先の揚場町《あげばまち》の長屋で所帯を持ち、間もなく餓鬼が生まれ、よく女房とふたりして餓鬼の手を引き、この橋まで歩いたものだった。

三十ちょい過ぎよ。若くて、力も余っていた。

その頃多助は、軽子《かるこ》を生業《なりわい》としていた。神田川を上って来た舟の荷揚げ人足《にんそく》である。荷揚げに使うもっこを軽籠《かるこ》と言ったところから人足を軽子と言い、町の名も荷揚げの場だから揚場町と呼ばれていた。

汗みずくで働く。女房と餓鬼が川端まで迎えに来る。餓鬼が片言を話す。何でもおかしかった。他愛なく笑い、泣き、日を過ごした。四十の声を聞く前だった。ひょんなことから御用聞きの手伝いをすることになり、捕物の面白さにのめり込み、そうこうしているうちに女房が病で死に、俺は倅を他人《ひと》に預けて捕物に夢中になっていった。倅のことなんか、考えなかった。てめえ自身が親の温もりなんぞ知らずに育ったから、倅も勝手に育ってゆくものと思っていた。違った。そんな多助に愛想を尽かし、家を出、大坂に行っちまった。以来音沙汰のひとつもない。倅は四十七になっているはずだった。

それでいいのよ、餓鬼なんてもんは。

勝手に生きて、勝手に死ねばいい。俺だって勝手に死んでやろうじゃねえか。そうと決めていた。なのによ。あの旦那のせいで、またぞろこうやって御用を承って、手掛かり探して歩くことになろうとはよ。この世ってぇ奴は、くそ面白く回ってくれるもんだぜ。

船河原橋を越え、武家屋敷の前を通り、揚場町に入った。江戸の町が大きくなっていくに従って立派な河岸があちこちに出来、荷揚げの場が増えたので、揚場町に昔の賑わいはない。かつては、独特のにおいがあった。それは裸の男の汗のにおいであり、ほぼ一日中居酒屋から漂《ただよ》う魚を焼くにおいであり、それを嬌声《きょうせい》と罵声《ばせい》と赤子の泣き声と下手《へた》な三味線《しゃみせん》の音色が掻き混ぜていたものだった。それが、

「静かになっちまった……」

もう褌《ふんどし》ひとつで歩いている者は少なかった。腰巻き一丁で、太い乳房を汗で光らせて魚を焼いている飲み屋の女もいなくなっていた。

「乙に澄《す》ましていやがるぜ」

軽子坂《かるこざか》を上り、かつて暮らしていた長屋に足を向けた。更地になっていた。六年前には、まだあったじゃねえか。

ふん、と多助は鼻先で笑い、踵《きびす》を返した。三年前に見て、空き地になっているのは知っていたのだ。知っていながら来てしまった己を笑ったのだ。

「埒《らち》もねえ……」

唾を吐き、軽子坂を下り、お堀に沿って歩いた。牛込御門の前を過ぎ、武家屋敷を越し、堀沿いに長く延びた町屋を見ながら歩みを続けた。

子供が泣いている。

駕籠が追い抜いて行く。

立派な身形のお武家が、供を連れて歩いて来る。

堀に空が映っている。雲が流れて行き、日差しが遮られる。目を上げた。黒い雲が空の半分を覆《おお》っていた。

いけねえ。来やがるぜ。

市ヶ谷御門の向かいにある市ヶ谷亀《かめ》ヶ岡八幡宮《おかはちまんぐう》まで保つか、保たねえか。こいつは賭《か》けよ。

単衣《ひとえ》の裾を絡《から》げ、足裏で跳ねるように駆け出した。市ヶ谷田町の三丁目が過ぎ、二丁目に差し掛かったところで、ぽつりと最初の一粒が額を打った。

待っちくれ。

一丁目との境の杉屋横町《すぎやよこちょう》を越えたところで、空が俄に暗さを増した。いけね。呟いたと同時に、釜の底が抜けた。ぼたぼたと音を立てて落ちて来たと思った時には、通りが白く煙《けむ》り、見通しも利かなくなった。横っちょにあった茶店に飛び込んだ。

「助かったぜ」

葦簀《よしず》の奥へと逃げた。縁台を打つ雨粒《あまつぶ》が跳ねている。

「これで、ちったぁ涼しくなってくれますかね」

愛想を言う亭主に麦湯を頼み、表に目をやる。暗くなっていた通りが、僅かに明るくなり始めている。雨は早くも通り抜けようとしているのだ。

濡《ぬ》れ鼠《ねずみ》になった若い衆《の》が、駆け込んで来た。多助は膝を送りながら男を見た。男の二の腕に布が巻かれていた。手際がいい。藤四郎が巻いたものではなかった。

「済まねえ。それは怪我かい?」

男は一瞬険しい目付きをして多助を見下ろし、何でえ、と言った。藪から棒に。

「そうじゃねえんだ。気を悪くしたら謝る。俺の弟が怪我しちまってよ。医者を探しに走って来たら、この雨に閉じ込められたって訳だ。と、ありがてえことに、兄さんが来たって寸法よ」

「そうかい。こっちこそ、気ぃが立ってたもんで、済まなかったな」

「いいってことよ。若《わ》けえ時は、そんなもんだ」

「この先のへっつい横町を入った直ぐのところに吉田慶南っ《て》ぇ偉いお医者がいなさる。これは腕がいいよ。打ち身切り傷に限ってだけどな。腸《はらわた》の塩梅《あんばい》は皆目って話だ」

「包丁で指を切っちまったんだ」

「ぴったりじゃねえかい。藁店《わらだな》の勝次《かつじ》に教えてもらった、と言ってみな。直ぐに診てくれるぜ」

「ありがてえ。茶代は俺に持たしてくんな」

「悪いな」

「なに、僅かばかりのことで、礼を言われる方がこそばゆいぜ」

「行くなら早くした方がいいぜ。何でもよ。旗本のお殿様が、でかい声じゃ言えねえが、どこかで鼻っ柱に石をぶつけられたとかで、診に行くって話だったからな」

　そいつだ。間違いねえ。当たりだ。叫びたいのを堪え、多助は渋面《しぶつら》を作ってみせた。

「そりゃ、痛そうだな」

「唸っていなさるらしいやな」

「殴られても痛いのに、石ころは敵《かな》わねえな」

「まったくだ」

多助と勝次が同時に外を見た。雨の尻尾が通り過ぎようとしていた。

「お代は、ここに置いとくぜ」

言うが早いか、小雨の中を多助が飛び出した。

「いいことをしなさったですね」

亭主が、雨空を見上げている勝次に言った。

「そんなんじゃねえよ」

勝次は居心地悪そうに呟くと、多助とは逆の方に駆け出した。

市ヶ谷御門を過ぎた先を茶筅髷《ちゃせんまげ》が歩いていた。薬箱を下げた供を連れている。

伊勢屋か犬の糞《ふん》じゃねえんだ。そうそう医者に出会《でくわ》して堪るけえ。ありゃ慶南に違いねえ。

勝次が言っていたように旗本の屋敷に出向くとなれば、占子《しめこ》の兎《うさぎ》。こうなりゃあ、尾けるの一手よ。すっぽんの異名を取ったこたぁねえが、すっぽんになってやろうじゃねえか。

多助が手に唾《つば》して尾けているとも知らず、慶南は火除地の前を通り、市ヶ谷田町四丁目を越し、浅野大学《あさのだいがく》様の御屋敷で西に折れ、辻番所の先にある片番所付き長屋門の屋敷に入った。片番所とは、門番所が門の両側ではなく、片側にだけある門番所を言った。しかも形ばかりでなく、門番が控えている。それで、家禄が三百石を超える旗本だと分かるのである。

多助はひょいと戻り、辻番所の番士に腰を低くして、どなたの御屋敷か尋ねた。

「岩間三郎太様です」

詰めていたのは、足軽ではなく、町屋の老人であった。ありがてえ、口が軽い。

「岩間様は確か、御書院番でございましたでしょうか」

「いいえ、御小姓組番のはずですが」

「左様でございましたか。ご病気で？」

「怪我をされたらしいですな」

「おやおや、いつのことです？」

「確か、十四日の夜だったと思うけど……。お前さん、しつこいね。どなたさんで？」

「御書院番ではないのですね？」

「違うと言ったでしょ」

「すると、間違えたのかな？」

丁寧《ていねい》に礼を言い、占子占子と叫びながら、一目散《いちもくさん》に南町奉行所を目指した。

「旦那は？」詰所にいた近に訊いた。

頭のど天辺《てっぺん》から噴き出した汗が顔面を流れ、顎で結んで土間に落ちた。

「外回りに出ているけど、急ぎのようだね？」

話しながらも近の手は動いた。麦湯を手渡し、多助が飲んでいる間に、手拭いを首に掛けた。

「済まねえ。って、見付けたんだ。医者を」

「旦那たちが懲《こ》らしめた奴を診たって医者だね」

「それよ。早くお知らせしねえと」

「困ったねえ。どこに行くって何も聞いちゃいないからね」

唸った近の表情が明るく弾けた。若様がいなさるよ。

「若様って、正次郎様かい?」

「あの方は、普段はぼんやりされているけど、ここぞって時はすごいんだよ。旦那の居所なんてぴたりと当てちまうんだよ。前にね……」

長くなりそうな近の口を遮り、若を呼んでくれ、と掌を合わせた。

「任せときな」

近は胸を叩いて詰所を出たが、正次郎はお勤めの途中である。しかもまだ本勤並の身分である。無理は利きそうもなかった。

どうしたと仰しゃっていたんだっけ? 真夏が、玄関で受付をしている若い当番方与力を強引に説得した時のことを思い出した。押し切ったのだ。あれしかないね。


憤然《ふんぜん》として玄関に近付いて来る近を見て、当番方与力の若いふたりは顔を見合わせた。何を言い出すのかと待っていると、二ツ森正次郎に火急の用があると言う。前にもあったな、と思いながら、本勤並の者に職務途中で勝手をさせる訳にはゆかないと額面通りに答えていると、近が突然片肌を脱ぎ、背を見せた。刀傷が走っている。

「斬られのお近が、頭を下げ、これ程頼んでも、嫌だと、出来ないと、仰しゃるんですか」

頭など下げていなければ、これ程と言っても、まだ一度しか頼んでいないではないか。

どうしましょうか。補佐として後ろに控えている熟練の当番方同心を見た。面倒です、呼びましょう、と目で答えている。身性《みじょう》の分からぬ者ではない。そうするか。

「分かった」とひとりが近に言い、もうひとりが、人目がある、袖を通して刀傷を仕舞い、永尋の詰所で待つようにと言った。

正次郎は直ぐに詰所に来た。多助が飛び付いた。

「旦那に知らせたいことがあるんです。居場所を教えてくださいやし」

「知りませんが」

「前にぴたっと当ててくれたじゃないですか。また当ててくださいましな」近が縋るようにして言った。

「と言われても、何か手掛かりになるものがないと、見当の付けようがありません」

「駄目ですかい？」

「どうしたんです？」

多助が見たことを捲《まく》し立てた。

「分かりました。ここは動くより、少し待ってみましょう。戻って来るかもしれませんよ」

すごい降りでしたからね、と正次郎が天井を指さした。近と多助が戸口に出て、空を見上げた。雲が切れ、青空が覗いている。先程の雨が嘘のようである。

暫しの時が流れた。

「正次郎様、戻らなくてもよろしいのですか」近が訊いた。

「よろしくはないですが、よろしいことにいたします」

折角出て来たのだからと、麦湯を飲み、菓子を摘んでいると伝次郎らの声が聞こえて来た。近が驚いたように正次郎を見た。正次郎の頰が弛《ゆる》んだ。

詰所から飛び出した多助が、見付けやした、と叫び、岩間の名と小姓組番であることを告げた。

「太郎兵衛が言ったことが当たったようだな。よし、着替えたら直ぐ行くぞ」

羽織は半乾きになっているが中はびしょ濡れである。通り雨にやられた、と鍋寅らが騒いでいる。このような時のために、伝次郎も鍋寅らも、着替えを一揃え詰所に置いてあった。それぞれがその場で着替えている。ちらと見回したが隼の姿だけない。どこで着替えているのかと探していると、何ゆえお前がここにいる？　と伝次郎に訊かれた。

「若様に、旦那がどこにいらっしゃるか、お尋ねしていたのです」近が代わりに答えた。

「どこか、とんでもねえところを言ったんだろう？」

「待っていれば戻られる、とお答えになられたと思ったら、この通りです。若様に惚《ほ》れ直しました」

「へへへっ」

だらしなく笑うんじゃねえ。伝次郎の声とともに、着替えを終えた隼が裏から戻って来た。目が合った。恐らく総後架《そうこうか》か戸の陰で着替えたのだろう。

「散々食ったようだな。戻れ」

伝次郎は正次郎に言うと、近に、

「皆が戻ったら、ここで待つように言ってくれ」

「承知いたしました」

行くぞ、と隼に言った。

「案内しろ」今度は、多助にだった。「よく見付けたな。大した眼力だ」

多助の足が軽々と上がった。

「向こうを早めに片付けて、後で私も参ります」

正次郎が帰るのを見て、近は皆が脱ぎ捨てた羽織や着物を集め始めた。洗えるものは洗い、干すものは竿《さお》に架けなければならない。


夕刻になり正次郎が詰所に行くと、伝次郎に真夏、染葉に河野、そして隼と稲荷橋の角次らとともに、鍋寅の家から呼び出されたのだろう、太郎兵衛の顔が揃っていた。

正次郎は隼に小声で鍋寅の親分たちはどうしたのか、訊いた。辻番所で見張りをしているらしい。

「そこの、ぴよぴよ。駆け出し。うるさいぞ」

済みません。隼が素早く頭を下げた。

「いえ、私のことでしょう」正次郎が隼に頭を上げるように言った。

「そうだ。分かりが早くなってきたな。己の足らざるを知る。いいことだ」

正次郎が頰を膨らませているうちに、話は進んだ。

多助が、飛礫を鼻っ柱に受けた武家を見付けたこと。その武家は、旗本・岩間三郎太。小姓組番の番衆であること。岩間が属するのは、俵木平内を小姓組頭とする三の組で、番衆の数は五十名。

「そいつらを束ねていたのが、関谷上総守。元小姓組番頭様だ。今話したことは、河野が武鑑《ぶかん》で調べてくれた」

河野が僅かに低頭した。

「その岩間は、隼が投げた飛礫に当たったのに相違ないのか」染葉が訊いた。

「辻番の言うところによると、怪我をしたのは十四日の夜ってことだから、まず間違いねえ」

「見えたな」と染葉が言った。

「番頭様のご無念を、とか言って寄り集まったのだろう。殺され、胆を取られた子供や親の苦しみ悲しみなんぞは、天から頭にねえんだな」

「何で俺は狙われないのだ？」染葉が伝次郎と太郎兵衛に訊いた。

「いたのか」太郎兵衛が訊いた。

「何を言うか。大奥《おおおく》御年寄・太郎兵衛様の添番として伝次郎とふたりで、応援の間に入ったではないか」

「あの」と河野が言った。「よろしいでしょうか」

「おう、何だ？」伝次郎が言った。

「あの時、私は伊賀者《いが》役で玄関脇におりましたので、後で話を聞いただけですが、二ツ森さんと花島さんが交互に口汚く責め立てたとか」

「正確ではないな。交互に、ではなく、伝次郎がひとりで口汚く吠《ほ》えたのだ」太郎兵衛が澄ました顔で続けた。「俺は、それをうっとりと聞いていただけだ」

「そのせいではないでしょうか。あのふたりを許してなるものか、と」

「ずるいな」と伝次郎が染葉に言った。「昔のことだが、悪いのを三人で責めに掛けた時、仏の役はいつも染葉だったよな」

「そうだ。俺は不満だった」太郎兵衛が口をへの字に曲げている。

「あのですね。今はそういうことではなく、その岩間なる旗本が、襲った者なのか否か、ほぼ間違いないと思われますが、確たる証を見付けるとともに、一味を芋蔓《いもづる》式に挙げる算段をしなければならない時かと存じますが」

「河野様の仰しゃる通りでございます」真夏が言った。

「今、多助と鍋寅たちに見張らせているが、怪我の具合を案じて見舞いに来た者を尾けるよう言ってある。そのうちに仲間の正体が割れるだろうぜ」

「訪れるのは、襲うて来た者どもとは無縁の縁者かもしれぬぞ」染葉が言った。

「その時は、その時だ。縁者であろうとなかろうと、尾けまわすしかねえ」

「すると、太郎兵衛のは私怨《しえん》か」

「そうだとも、違うとも言い切れねえが、襲われたのが同じ日だからな。小姓組番が関わっているような気がする」そこでだ、と伝次郎は続けた。「これからのことだが。鍋寅、隼、半六と多助に正次郎。済まねえが、交替で辻番所に詰めてくれ。相手が小姓組番となると、いささか厄介だからな。抜かるんじゃねえぞ」

河野が岩間三郎太と組頭の俵木平内の屋敷と紋所を書き出してくれた、と伝次郎が紙片の束を持ち上げた。

「俵木は関わっているかどうか、まだ分からないが、三の組の仕業となれば、関わりがあるかもしれねえからな。皆念のために持っていてくれ」

「あの、私、お勤めを休んでもよろしいのでしょうか」正次郎が訊いた。

「そんなこと、誰が言った?」

「今、先達が、交替で辻番所に詰めろ、と……」

「非番の時の話だ。朝から晩までだぞ。取り敢えず明日は非番だな?」

「そうですが……」

「案ずるな。飯は差し入れてやる」

「はい……」

来なければよかった。悔やんだが、遅かった。

第四章　掏摸《すり》の安吉《やすきち》

一

七月二十二日。

元掏摸《すり》の安吉《やすきち》は、横町から横町へと抜け、本所《ほんじょ》は中《なか》の郷竹町《ごうたけちょう》の裏通りを歩いていた。暑い。汗を拭きたかったが、左手は幟《のぼり》を摑んでいるため塞《ふさ》がっている。

思わず右手を使いそうになり、苦く笑う。右手は手首から先がないのだ。

一年前になる。大店の主風体の男の懐を狙い、首尾は果たしたのだが、浪人に右の手首を斬り落とされてしまったのだ。紙入れを掏摸取った相手からと、伝次郎らからの見舞金を暮らしの費えにして治療に専念し、どうにか鼠取《ねずみとり》薬売《くすりう》りとして真っ当に暮らし始めたところだった。《石見《いわみ》銀山《ぎんざん》鼠取受合《うけあい》》の幟を腋《わき》で支え、手拭いで汗を拭った。薬を入れた箱がずり落ちそうになり、慌てて担ぎ直した。

　通りの先に、水菓子と書かれた赤行灯が見えた。西瓜《すいか》売りの店の印だった。手拭いを仕舞い、行灯を目指した。緑の西瓜が並び、切り分けられたものもあった。

「ひとつ、もらおうか」

　亭主が手渡そうとして、右手に目を遣り、動きを止めた。細く切った晒《さら》しを巻いているが、手首から先がないのは一目で分かった。安吉は、幟と薬の箱を置き、銭を取り出した。

「……どうしなすったんで？」亭主が訊いた。

「酔った浪人に斬られちまって。ざまぁねえですよ」

　商いを始めてから身に付けた言い訳だった。

「そいつは気の毒に」

「なあに、お蔭で憑《つ》きものが落ちたような気もしてましてね。こつこつと働いていれば何とかなる、なんて殊勝《しゅしょう》なことを考えるようになりました」

　掏摸から足を洗えたとは、とても言えなかったが、相手がどう受け取ろうと、それは相手の勝手だった。

縁台に座り、西瓜にかぶりついた。甘くて瑞々《みずみず》しくて美味かった。

「美味《うめ》え」

しゃくしゃくと頬張り、種を飛ばし、またしゃくしゃくとかぶりついた。

亭主が奥に向かって大声を上げた。

うるせえな。食っている耳許でよ。てめえ、それでも商人《あきんど》か。以前ならば怒鳴ったところだが、片手では喧嘩は出来ない。傷口もまだ何かの拍子に痛むことがある。

何だい？　奥から女の声だけが返って来た。

鼠が出るって言ってたな。

出るなんてもんじゃないよ。爺鼠《じじ》に婆鼠《ばば》、おっとう鼠におっかあ鼠、近頃は曽《ひ》孫鼠《まご》まで出て来ちまってるよ。

「聞いた通りだ。少し鼠取りを置いていってくれねえか」亭主が安吉に言った。

思わず腰を浮かせた己が、頭を下げている己が、いた。

「よしてくれ。売り物に買い物だ。そんなに頭を下げられることはしちゃいねえよ」

口許を拭い、箱から薬を取り出していると、傷口は塞がっているのか、と訊かれた。くっ付いてはいるが、痛むことがある、と答えた。

「そうかい。だったら、次の横町を」と亭主が通りの先を指さした。「左に折れると大通りに出る。そこを右に少し行ってみなせえ。薬種屋の《成島屋《なるしまや》》ってのがある。そこは金創の薬でちいと知られている店だから、訊いてみるといい」

「金創の……」

四日前、浅草の御蔵前《おくらまえ》を流していた時に、御用聞きの鍋寅にばったりと出会《でくわ》し、堅気になったと喜んでくれた後、薬種屋を調べ回っていると聞いたことを思い出した。

――指を切り落とされた者と、鼻に石をぶつけられた者を、探しているんだ。薬種屋で、金創か打ち身の薬を沢山買ったお武家か浪人がいたと聞いたら、知らせてくれ。

お役に立てるかもしれない。安吉は、亭主と奥のかみさんに礼を言い、大通りに向かった。《成島屋》は直ぐに分かった。

幟と薬の箱を抱え、暖簾を潜った。客を見回した。二本差しはいなかった。手代が擦り寄ってきた。

「番頭さんを頼む」

手代は、何か、という表情をして、安吉を見た。掏摸で鍛えた目付きで、手代を睨《にら》み付けた。手代は、ひとつ息を呑むと帳場に下がり、番頭を伴ってきた。

「お忙しいところを申し訳ございません。手前は、十手捕縄を預かっております神田鍋町の寅吉のところの安吉と申します。お調べのことで、伺いたいことがあるのですが、なに、手間は取らせません。この八日程の間に金創か打ち身の薬を纏《まと》めて買い求めたお武家かご浪人はいなかったか、それを教えてもらいてえんで」

「左様でございますか。少々お待ちいただけますか」

番頭が手代に、訊いてくるように申し付けた。手代が、店の者を集めている。

「そのお手は？」と番頭が訊いた。

「お恥ずかしいことですが、町の衆に乱暴を働いていた浪人を捕らえようとして、やられちまいました」これも言い訳のひとつだった。

「それはそれは。いつのことで？」

「一年前になります」

「では、まだ痛むでしょう」

「へい。冬場は特にいけません」

でしたら、と言って番頭が塗り薬と飲み薬を持ってきた。

「毎日これを傷口に塗り、痛んだ時には煎じて飲むとよいでしょう」

「このような高価な品は、手前にはとても買えませんので」

「何を仰しゃいます。親分さんに進呈させてくださいまし。町の衆のために負った傷です」

礼を言う腰の曲げ方にも慣れてきていた。腰がくいと折れた。頭を上げると、先程の手代の他にもうひとり手代がおり、番頭に話している。

「どうやら、ご浪人様にそれらしい方がいらっしゃいますですね」番頭が僅かに誇らしげに言った。「金創薬を沢山買われております。台帳によりますと、十五日に買われておりますですね」

「どこを怪我していたか、分かりやすすか」

「さあ」と手代が揃って首を捻った。

「見なかったのですかい？」

「見ましたが、お怪我はしていらっしゃいませんでした」

「するってえと仲間が買いに来たのか。どこの誰かまでは分からねえですよね？」

「そう捨てたものではございません。手前どもの手代が、そのご浪人様を見たことがあると申しておりますです」

「そのお人はどこに？」

「手前でございます」もうひとりの手代だった。「定之助《さだのすけ》と申します」

定之助が回向院《えこういん》の近くで、酔って町衆を殴る蹴るしていた浪人を見たのは、今年の夏前のことだった。

「そいつなんでやすね？」

「いいえ、その殴る蹴るしていたのを、懲らしめたのを見たことがあると」

「それでは、いい奴じゃねえですか」

「それは分かりませんでございますよ。人というものは、右手で子供の頭を撫でながら、左手で頬を抓《つね》る生き物です。とても一口では言えません」

「講釈はありがてえが、またにしてくんない。その浪人、見れば分かるかい？」

「手前は物覚えがよいことでは、お店一の定之助でございます」

「そいつは頼りになりそうだ」

番頭から定之助を借り受け、回向院に急いだ。

だが、浪人の姿は見付けられなかった。

「仕方ねえ、出直すか」

「また、でございますか」

「嫌かい？」

「嫌ではございませんが」

定之助は、慌てて煮売り屋に入ると何かを尋ね、こちらです、と先に立った。

この辺りは御用聞き嫌いが多いので、お含みおきを、と言いながら裏通りの長屋に入り、腰高障子《こしだか》に《彫金《ちょうきん》　辰《たつ》》と書かれている借店の前で足を止めた。ごめんなさいよ。小金槌《こかなづち》で鏨《たがね》を打つ音がふいに止んだ。

「こちらのお人が、お前さんを助けたっていうご浪人さんに力を借りたいって言うんだけど、どこの誰だか教えちゃくれませんか」

こちら、殴る蹴るの上、腕まで斬られてしまったんですよ。定之助が安吉の手を見せた。

「えらい目に遭われたんでやすね」

「へい……」

「悔しいって、ひと月もの間泣き続けたんですよ」

「そうですかい。そんな鬼畜生がいたんですかい」

彫金師が、浪人の住まいと名を口にした。

「駒形堂《こまがたどう》近くにお住まいの池永兵七郎様でございます」

彫金師の長屋を辞した。

やるじゃねえか。いたぶられていたのから聞き出すなんざ、大《てえ》したもんだ。

「済まねえが」と続けた。「その駒形堂まで付き合ってくれねえか。その池永ってのが、金創薬を買った浪人かどうか、突き止めねばならねえんだ」

「ここまで来たら、とことん親分さんの手伝いをさせていただきます」

「ありがてえこと言ってくれるじゃねえかい」

安吉は胸にチクリと痛みを覚えたが、気付かぬことにした。親分と言われることは思いの外、心地のよいものだった。

しかし、住まいは駒形堂近くの《弥勒長屋《みろくながや》》と分かったが、翌日になっても池永は借店に帰って来なかった。

「こうなりゃ、根比べだな」

「安吉親分……」

泣きを入れた定之助を宥《なだ》め、後一日、と安吉が頭を下げた。

二

七月二十四日。

非番の正次郎は、夜明けともに起こされると、握り飯を持たされ、岩間三郎太の屋敷を見張りに市ヶ谷御門と四ツ谷御門の中程にある辻番所に急いだ。

二十一日に次いで二回目の張り番となる。相棒は、前回と同様多助だった。多助は辻番所に泊まり込んでいた。真夏は染葉とともに別の一件に関わっている。し、隼は伝次郎や鍋寅らと医師や薬種屋を探して市中を歩き回っている。非番の日には、多助の助《す》けとして、一日中辻番所に詰め、岩間三郎太の屋敷を訪れる者を見張る。正次郎に割り当てられた役目だった。

正次郎は、多助と辻番所の奥に置かれた衝立の陰で握り飯を食べると、仮眠を取る多助から離れ、岩間様の御屋敷に出入りする者がいたら起こしてください、と辻番の老人に頼み、壁に凭《もた》れて目を閉じた。眠気は直ぐに襲って来た。ぐいぐいと眠りの底に引きずり込まれてゆく己を楽しんでいると、誰かが腕を揺すり始めた。

うっすらと目を開けると、誰かがいた。隼のような気がした。あれっ、どうしてここに？　と言おうとして、目の前にいるのが隼ではなく、辻番の老人であるのに気が付いた。

「来ましたよ」と老人が言った。「前にも岩間様を訪ねて来られた方です」

「おっ、そうですか」

跳ね起きた時には、多助も起きていた。

「今来たところです」

「そのようでございますね」

多助は甕の水を桶にあけ、手早く顔を洗うと、手拭いでごしごしと拭いた。尾ける支度は出来た。後は、出て来るのを待つだけである。

「あっしが先に行きますので、若は後から離れて付いて来てくださいやし」

「そうしよう」

通りを向こうに行かれちまうといけねえですから、と多助が箒《ほうき》を持って辻番所の陰に立ち、岩間の屋敷を見張った。

小半刻して、屋敷から小者を連れた武家が出て来た。武家は、通りを見回すと、辻番所とは逆の尾張徳川《おわりとくがわ》家の御上屋敷の方へと歩き始めた。多助が辻番所の板壁をこつんと叩いた。正次郎も裏から出、多助の後に付いた。ふたりはまだ知らなかったが、武家は俵木平内であった。

俵木は歩き慣れているのか、武家屋敷の間を走る路地を右に左にと折れ、坤《ひつじさる》（南西）の方へと進んで行く。

正次郎が多助を追って、ひょいと角を曲がると、次の角口で多助が土塀に貼り付いていた。足音を忍ばせ、そっと近付くと、若、と多助が囁くように言った。

「危ねえ、危ねえ。立ち止まっておりました。あいつはおっそろしく用心深い奴でございます。若は、もちっと離れて付いて来てください。ようございますね」

多助の口調には有無を言わせぬ響きがあった。

「承知した」

「へい。では」

多助がふわりと舞うように角口から消えた。正次郎は遅れじと、だが慎重に足を踏み出した。それから何度か路地を折れた後、俵木は麴町《こうじまち》の十三町目横町《じゅうさんちょうめよこちょう》を抜け、四ツ谷御門から大木戸へと通じる大通りに出、西に折れた。人通りが多い。多助が人影に隠れて、尾けている。肩が、背が、腰が生き生きと跳ねている。

捕物の血が騒いでいるのだな。後ろ姿を見ていると、多助の動きが止まった。俵木の姿が通りから消えている。曲がったのだ。

「やたらにおいます。ここらでしょう」

横町を覗き込んでいた多助が振り返り、参りましょう、と言った。多助に続いて横町に入った。少しの間町屋が続き、その先は武家屋敷になっていた。町屋の軒先から首を伸ばしていた多助の顔が、にんまりと解けた。

「大当たりでした。そろっと行きやしょう」

多助は正次郎の背後に回ると、小者のように従った。言われたように、そろりと進んだ。

「次の御屋敷に入りました」

「うむ」

さり気なく門構えを見た。長屋門だが、門番は置いていなかった。冠木門《かぶきもん》ではなく、長屋門だから二百石以上の家禄である。だが門番がいないところからして、三百石には届かない。

「どうやら誰かを訪ねて来たようでございますね」通り過ぎてから多助が言った。

「屋敷に戻ったのではないですか」

「それはございません。あの絽の羽織と袴なんぞ、高禄のお方でなければお召しになれませんし、ちらと見えた紋所は丸に片喰《かたばみ》でございました。小姓組頭の俵木様の紋所でございます。恐らく尾けていたのは俵木平内様に相違ありません」

河野道之助が書いてくれた紙に、俵木の紋所が書かれていたことを思い出した。丸に片喰だった。

「とすると」

「この御屋敷のどなたかが、正次郎様に足首を斬られたお方かもしれません。そのお方が三の組だとすると、今回の闇討ちは、俵木様が命じられたのか、それとも関谷上総守様が裏にいるのかまでは分かりませんが、俵木様が率《ひき》いる三の組の仕業でほぼ決まりかと存じます。とは存じますが……」

「が？」

「単に組頭が、怪我をしている番衆を見舞っただけとも考えられなくはございません。そこんところが、どうも……」

「よしっ、出て来るのを待ちましょう」

「その前にすることがございます。この屋敷にお住まいのお方を調べなければなりません。ちぃと訊いて参ります」

辺りを見渡した多助が横町の出口に戻ろうとしていると、横町に折れ込んで来た男の姿が見えた。箱を手にした供を連れている。頭に目をやると、総髪だった。医師であるらしい。供が持っているのは、薬箱なのだろう。正次郎は身形を整える振りをして、医師が俵木と思われる武家の入った屋敷を訪れるのを見定めた。

「ここでは目立ちますんで、若もいらしてくださいやし」

横町の角口辺りには、諸国の銘茶《めいちゃ》を商う店や、醬油や酢を商う店が並んでいた。

ちょいとお待ちを。多助は銘茶屋に入ると、屋敷の主の名を聞き出して来た。小塚源之進。それ以上は怪しまれるといけないからと、引き返してきた。

さてと、どこで見張りましょうか。多助はお店を見回すと、

「こちらがよろしいでしょう」

選んだのは、足袋や股引を商う店だった。格子窓から横町が見渡せた。

「若様、お調べで店の隅を借り受けたい、と言ってくださいやし。後は適当にあっしが喋くりますので」

「名乗るのですか」

「へい。ありのままがよろしいでしょう。あっしは御用聞きってことで」

「分かった」

御免よ。多助が暖簾を手の甲で跳ね上げ、店に入った。続いて入った正次郎が、主か番頭を呼ぶように小僧に言い付けた。主が、直ぐに帳場から出て来た。

「身共は南町奉行所定廻り同心・二ツ森新治郎が一子・正次郎と申す。今父の手伝いで調べを行っている。相済まぬが、往来を行き来する者について探りたき儀があるゆえ、暫しの間店の隅を借り受けたいのだが」

「お手間は取らせません。ほんの四半刻か、それくらいと存じます。手前は天神下の多助。御用を務めさせていただいている者でございます」

主に否やはなかった。床几台《しょうぎだい》と茶まで出て来た。

見張ること小半刻で、医師が出て来た。

「へえ。病の方がいなさるんですかい？」多助が、ゆったりとした口調で傍らにいた番頭に訊いた。「あの方は？」

「村山洞庵先生でございます」

「本道《ほんどう》かい？」

今で言う内科を、本道と言った。

「金創でございます。腕はよいという評判で」

「塩町《しおちょう》ですか」正次郎が訊いた。

「伊賀町でございます」

「わざわざお呼びになるところを見ると、腕のいいお医者なんでございましょうが、怪我なんぞは真《ま》っ平《ぴら》御免でやすね」

「左様でございますね」

僅かの後、俵木らしい武家が小塚の屋敷を辞しているのが見えた。武家は横町を出ると、来た道を戻って来ている。

「世話になった」

「ありがとよ」

一呼吸空けて足袋股引所を出、十分な間合を取って、尾けた。多助が懐から河野道之助が書いた紙片を取り出した。

「あのお武家が、俵木平内様だとすると、御屋敷は市ヶ谷御門内ですので、方角としては合っております」

ところどころで違う道を通ったが、ほぼ同じ道を辿って市ヶ谷御門へと出た。

「やはり、俵木様でございますね」

　してやったり、と正次郎に笑って見せた多助を、八幡町《はちまんちょう》の軒先から見ている男がいた。男は唾を吐き捨てると、あの爺ぃ、と呟いた。慶南先生のところに行ってねえし、俺を騙したんじゃねえだろうな。多助に医師・吉田慶南を教えた藁店の勝次だった。

　勝次は多助とともにいる正次郎を見詰めた。若い。それに、袴を着けている。どう見ても、町回りをしている奉行所の者とは思えなかった。だが、多助の身のこなしは、御用聞きそのものだった。

「おいっ」と、横で詰まらなそうに欠伸を嚙み殺していた弟分の平太《へいた》に言った。

「あの爺ぃに見覚えはねえか」

「いいえ」

「そうか……」

「何か」

「何でもねえ」

　御門の中へと消えて行く多助を睨み付けた。

市ヶ谷御門を抜けた先に辻番所があった。番士らが、頭を下げている。俵木は左に折れると、三番町通りを北に向かった。

多助が辻番所に進み出た。正面に突棒《つくぼう》、刺叉《さすまた》、袖搦《そでがらみ》を置き、番士は足軽が詰めていた。

「恐れ入ります」多助が腰低く尋ねた。「今、通られたお殿様は、俵木様でございましょうか」

「そうだが、何か」

多助は足軽には答えず、振り向いて正次郎に言った。

「若様、丁度よい頃合でございました」

「そうか」正次郎は、この辺りの機転は利いた。番士に言葉を掛けた。「御屋敷は、この先か」

「はい。長屋門の上に、二本の松の大木がございますのが、俵木様の御屋敷でございます」

松の大木は、そこからでもよく見えた。

「造作を掛けた」

番士が平伏したのだろう。頭が見えなくなった。

その隙に、さっさと歩みを重ね、俵木家の門前に達したが、家人か小姓組番か、武家がいたので通り過ぎ、遠回りして市ヶ谷御門を潜り抜けた。

「さて、どうするか、ですが」

俵木平内、小塚源之進、とふたりの名が割れたのだ。

「ここまでの経緯《こと》を、詰所に知らせておきましょう」

私は、と門前の八幡町を見渡すと、堀端に自身番屋があった。あそこに詰めて、もう二刻（約四時間）程したら戻りますので。

「でしたら、ご一緒させておくんなさいやし。若様は呑み込みが早くていらっしゃるんで、一緒にいると、堪らなく面白いんで。どのみち、この刻限では皆さん出払っておいででしょうし」

言われてみれば、まだ四ツ半（午前十一時）を回った刻限である。

「ならば、そうしますか。腹も減っているし、何か食べましょう」

「そいつはいいや」

ひょこひょこと歩き始めた多助が、ふいに足を止め、いけね、と言った。あっちの辻番所に知らせとかねえと、若は行方知れずになっちまいまさあ。

「ひとっ走りして来ますんで、飯はその後ってことでよろしいでしょうか」

「忘れていました。済みませんが、お願いします」

「若、その丁寧な話し方、ちょいと直していただけませんか。おうっ、行っちくれい。合点でさあ。そんな呼吸だと、足の出がよろしかろうってもんなんですが」

「分かりました。行っちくれい。どうです？」

「へい。承知いたしやした。八幡町の自身番に移ると伝えて来ます」

多助が尻をからげて、ぱたぱたと走り出した。

それにしても腹が減った。多助が戻るまで待っていたのでは、動けなくなるかもしれない。何か腹に入れるか。見回すと、八幡宮の参道に団子屋があった。自身番への手土産《てみやげ》として買う。序でに、何本か摘む。理に適《かな》っているではないか。

団子を八本買い、自身番に向かった。団子から立ち上って来る醬油の焦《こ》げたにおいが、鼻をくすぐる。堪らんな。多助を真似て、ひょこひょこと自身番の者に声を掛けようとした時、四ツ谷御門の方からせかせかと急ぎ足で来る武家がいた。年の頃は三十代の半ば。精悍《せいかん》な面構えをしている。武家は市ヶ谷御門へと折れ、更に足を速めている。

正次郎は自身番に寄るのを止め、武家の後を追った。御門を抜けると、武家の足は三番町通りの方へと向かっている。

におうな。

呟きを呑み込み、正次郎は辻番所に歩み寄った。ふたりの番士は正次郎を覚えていた。何か、と問いたげに正次郎を見た。

「先程は忝《かたじけ》なかった。これは、団子だ。小腹を満たしてくれ」

ふたりが真っ平らになっている間、正次郎は武家の後ろ姿を目で追った。

またふたりが、何か、という顔をしている。

「今の武家だが、何を慌てているのであろうな。この暑いのに」

「奥村様でございますか」とひとりが言った。

「小姓組番であったかな？」

「左様でございます」ひとりが答えた。

「小姓組番ならば、相当の家禄であろう。供は付けぬのか」

「いつもは連れておいでなのですが」

「このところは、供の方を連れていない時が多いようでございます」

「そうか。ではな。団子、食べてくれ」

またふたりが真っ平らになったところで、踵を返した。

このような時には何と言うのだったかな。正次郎は以前半六に教わった言葉を思い出そうとした。占子であったかな。占子、占子か。そうか。占子の兎か。

思わず笑い声を上げそうになったのを堪え、御門を潜って自身番に入った。

茶をもらい、汗を拭っているところに、多助が戻ってきた。小姓組番の奥村某が俵木の屋敷に入ったことを話した。この奥村が、半六の飛礫を肩に受けた者であることなど、正次郎は知らない。

「どういたしましょう。尾けますか」

「どこぞに行くかもしれませんからね」

「承知いたしましたが、若の腹は保ちますんで？」

忘れていた。目が回りそうに腹が減っている。だが、食べに行く余裕はない。

では、何か簡単なものを探して参りましょう、と言う多助に巾着《きんちゃく》を渡した。中身は伊都が、お役目です、足りないでは済まされませんからね、と十二分に入れてくれていた。

多助が買って来たのは団子だった。やれやれ、と一串取り上げたところで、市ヶ谷御門から出て来る奥村の姿が見えた。

自身番の者たちに団子を食べるように言い、外に飛び出し、奥村の後を尾けた。

「団子、悔しゅうございやしたね」

「縁がないのでしょう」

「へっ……?」

　四ツ谷御門の方へと歩みを進めていた奥村の足が、曲がり角で、ふと止まった。正次郎と多助が詰めていた辻番所があり、その先は岩間三郎太の屋敷がある曲がり角だった。奥村の足が動き掛けたが、思い直したのだろう、またせっせと歩き出した。

　多助が正次郎に頷いて見せた。一味だ、と言っているのだ。正次郎も頷き返した。

　奥村は、四ツ谷塩町で西に、七軒町《しちけんちょう》で南に折れ、そのまま大横町《おおよこちょう》から往来を渡り、武家屋敷の建ち並ぶ小路に入った。武家屋敷小路になると、人通りが少なくなる。間合を取って、ゆっくりと歩いた。

　急ぎ足のまま奥村が、冠木門を通り抜けた。門は広く開け放たれていた。中からは、竹刀《しない》の音が微かに聞こえてきた。

「何でございましょうね」

「道場のようだが、看板はないしな……」

誰か通る者は来ないかと待ったが、猫の子一匹通らなかった。

四半刻が経った。奥村が表に出て来た。小者を伴っている。小者をここに残して、単身で俵木の屋敷に出向いたことになる。「間違いねえ、ですね」

多助が思いを口にした。

奥村の足は、鮫河橋坂《さめがばしざか》の方へと向いている。尾けた。

奥山は武家屋敷小路を抜けると鉄砲坂《てっぽうざか》を下って鮫河橋谷町《たにまち》に出、南へと進み、長屋門の屋敷に入った。

通り掛かった町屋の者にどなたの屋敷かと訊くと、奥村様という名が返って来た。

「占子の兎、ですね」

多助が目を丸くしてから、脂《やに》で汚れた歯を盛大に見せた。

「よし」と正次郎が言った。「どこかで、飯を鱈腹《たらふく》食いましょう」

三

正次郎と多助が、市ヶ谷八幡宮の一膳飯屋で丼飯を腹に詰め込んでいる頃――。


伝次郎と鍋寅らは、疲れた足を引き摺り、中ノ橋を渡っていた。渡り切れば、目の前は徳兵衛が泊まっている旅籠《近江屋》のある南紺屋町だった。

「死んじゃいねえでしょうね？」鍋寅が小声で訊いた。

「あいつは俺たちと同じよ。簡単にくたばる相はしてねえ」

五日前になる。この日のように奉行所に戻る道すがら《近江屋》の前を通ると、番頭に送られて医師が出て来た。問うと、客の容体が悪くなったのを診ての帰りだった。徳兵衛であった。

医師によると、胃の腑に腫物があり、昨日血を吐いたとのことだった。以来、身動きもならず凝《じ》っとしているらしい。

宿の門前を掃除している小僧に番頭を呼んでもらい、

「前を通ったものだから」

と様子を尋ね、序でに飛脚便が来なかったか訊いたが、それらしいものは京から届いていなかった。

動きがないので見張りも置いていないが、何ゆえ似絵を描かせてまでして《山形屋》利八を調べているかを、いずれは訊き出さなくてはならない。精々《せいぜい》養生してくれよ。

数寄屋河岸《すきやがし》に出、御門を通り、奉行所に戻ると、近が詰所から飛び出して来た。

「若様がお手柄です」

近の言う若様は正次郎の方だ。しかし近は正次郎を贔屓目に見ているから、どこまでのお手柄か分からない。

疑わしげな顔をしてしまったのだろう。河野が口添えをした。

「三人も見付けて来たのですから、まさに手柄と言えましょう。小姓組頭・俵木平内五百八十石、番衆・小塚源之進二百八十石、この者は、金創医の手当てを受けているところからして、正次郎殿が足首を斬った者でしょう。後ひとりは、奥村佐太郎三百二十石。武鑑で調べたところ、ともに三の組の番衆でした。これで、飛礫を受けた岩間三郎太を加えると、四名の者が割れたかと思われます」

名が出る度に、おっ、おっ、と合いの手を入れていた鍋寅が、若ぁ、と叫び、汗と鼻水を垂らしながら言った。

「たったの一日で、すげえですよ」

「俺たちは、見当外れのところを蚯蚓《みみず》のようにのたくり回っていたのだからな」

嫌味を言う太郎兵衛を宥めると鍋寅が、流石、と伝次郎に言った。

「二ツ森家の若様でございますねえ」

「後で褒めてやるから、頭から順に話してみろ」

皆がぐるりを取り囲むようにして座ったところで、正次郎が話し始めた。

「まず言っておきたいのは、今回のことは私の手柄ではありません。私は多助さんの指図に従っただけなのです」

若、と口を挟もうとした多助を制して、正次郎が続けた。

「そのことを、初めに申し上げておきます」

「そんなことは分かっている。多助とは年季が違うんだからな」

「旦那ぁ」鍋寅が、正次郎に話を促した。

正次郎は、辻番所の老人に揺り起こされたところは省《はぶ》いて、俵木を尾けたところから話を始め、小塚源之進と医師・村山洞庵を経て、俵木平内、奥村佐太郎の屋敷を見届けたところで話を終えた。

「多助さんが河野様が書かれていたのを覚えていて、丸に片喰の紋所。あれは小姓組頭の俵木様だ、と言うので驚きました」

「役に立ったようだな」河野が言った。

「屋敷の場所も書かれていたので、助かりました」

「ご立派でございます」近が目頭を押さえている。

「大したもんじゃねえですか」

ねっ、旦那、と責付《せっつ》いている鍋寅を無視して、伝次郎が正次郎に訊いた。

「その奥村佐太郎が寄ったという道場のようなのは何だったんだ？　分かったのか」

「あっ」と叫んで、正次郎が額に手を当てた。「忘れていました。あんまり腹が減っていたので、食べることで頭が一杯になってしまいました」

「多助もか」

「面目ござんせん。あっしもで」

「天神下の多助と言やあ、御用聞きの中でも飛びっ切りだ。その多助が忘れるくらい動いたとなれば、これは褒めるしかねえな。よくやった」

　正次郎が、へへへっと皆に笑顔を振り撒《ま》いている。座ろうともせず土間にいた多助が、膝に手を当て、頭を下げた。

「多分」と河野が言った。「小姓組番のための道場でしょう。何年か前に、明屋《あけや》敷《しき》を鍛錬のための道場にしたと聞いたことがあります」

「関谷様は武芸を好まれたからな。そんなところだろう」

「どんどん繋がりますですね」鍋寅が言った。

「伊賀町の医者だと言ってたが、あの辺りの御用聞きは誰だ？」

　伝次郎が鍋寅に訊いた。

「藍染《あいぞ》めの貫助《かんすけ》親分です」

「あいつか」

　藍染めの羽織を目印にしている十手持ちだった。てめえが酒をまったく飲めないので、女房に汁粉《しるこ》屋をやらせていた。

「よし、明日、汁粉屋に行くぞ」

　少なくとも汁粉を五杯は食べるんだぞ、と伝次郎が隼と半六に言った。

「よろしいんで？」

「あの野郎は何やかやと甘い汁を吸って懐を肥《こ》やし、その内証のよさで他の店より甘い汁粉を売り、評判を取っている男だ。上前《うわまえ》を撥《は》ねてやろうじゃねえか」

「では、遠慮なく」隼と半六が小躍りしている。

「縄張り内だ。医者の弱味を、ひとつでもいい、知っていてくれるとありがたいんだがな」

医者の口が堅かろうとも、弱味を衝いて問い質《ただ》せば、小塚の傷が足首かどうか分かる。今は、足首だろう、で話を進めているに過ぎねえんだからな。足首で、しかも正次郎が斬ったものだと分かったところで初めて、俵木がどこまで関わっているか、分かろうってもんだ。

「相手が旗本家の当主となると、厄介ですね」

『逢魔刻』の一件の時は、旗本が関わったとは言え、彼等が手を下した訳ではなかった。しかし、此度はそうはゆかない。直参旗本が、しかも将軍の警護を職務とする格の高い役職に就いている者らが、徒党を組み、町方同心を襲ったのだ。累《るい》は、支配である若年寄にまで及ぶかもしれない波乱を含んでいることになる。

「吟味《ぎんみ》するにしても評定所で大目付立ち会いで行わなければなりませんし、五百石以上のお方がおられますので、大名預けにするか否かという問題も起きてきます。これは大変な騒動になりますね」

「もう腹なんぞ斬らせたくはねえんだが、何人かは止むを得ねえだろうな」

ふう、と息を吐くと、伝次郎は続けた。

「こっちにもやり過ぎはあった。何とかしてやりたいと思わないでもねえが、逆恨みされているこっちの身は守らねばならねえしな。さて困ったことだ……」

話の接《つ》ぎ穂《ほ》がなくなった。それぞれが、何か気の利いたことを、と思いはしたが、なかなか出て来ない。鍋寅が、隼が、半六が、正次郎を見た。私が、ですか。目で訊いた。鍋寅が、隼が、半六が、目で答えた。お願いしやす。分かりました。正次郎が、おもむろに口を開いた。

「ええと、ですね……」

伝次郎と目が合った。何と続けるか、考えていた訳ではない。太郎兵衛を見た。太郎兵衛も正次郎を見ている。

腹は減りませんか、と言ったら怒鳴られるだろうか。だが、それしか思い浮かばなかった。腹を括った。息を吸い、話そうとした時に、誰か来る足音がした。門番だった。

「安吉なる者が来ておりますが、いかがいたしましょうか」

「誰だ？」伝次郎が鍋寅に訊いた。

「あっ」と声に出し、掏摸でございやす、と言った。「片方の手を斬られた」

「あいつか」

妙な因縁で、水売りを探させたり、荷物を持たせたことがあった。

六日程前に出会った時に、薬種屋で金創か打ち身の薬を沢山買ったお武家か浪人がいた、と聞いたら知らせてくれ、と言っておいたのだ、と鍋寅が言った。うろつく奴は掏摸でも使えって言いやすからね。

「今は堅気になって、石見銀山の鼠取りの振り売りをしておりやす」

「連れて来てくれ」

半六が直ぐに表に走り、幟と薬箱を手にした安吉を連れて来た。

「どうした？　何か聞き付けたか」鍋寅が訊いた。

「お探しの方かは分かりませんが、十五日に金創薬を沢山買い求めた浪人を見付けました。当人は怪我なんぞしていないので、お仲間のために買ったと思われます。住まいは駒形堂近くの《弥勒長屋》で、お名は池永兵七郎。訊いたところ、何をしているのかは分からないのですが、金回りはよいとのことでした」

「剣の腕は？」

「立つと思われます。町衆をいたぶっていた浪人を懲らしめたそうで」

「いたぶった方ではねえのか」

「いいえ。助けた方だそうです」

「調べてみよう。ありがとよ」伝次郎が礼を言い、麦湯を飲むように勧めた。安吉は、咽喉を鳴らして湯飲みを空にすると、勿体ねえ、と声を押し出すようにして言った。

「御礼なんて、とんでもねえことでございます。こうして堅気になれたのも、旦那のお蔭でございます」

礼は言いっこなしとするか。その浪人をどうして探し出したのか。経緯を訊いた。

ひょんなことからなんで。安吉は《成島屋》から話を起こし、手代の定之助と見張ったのだ、と話を継いだ。

ふたりで見張りに付いていて、二日目になった。これ以上は堅気の衆に迷惑は掛けられない。後は、てめえで見張り、戻ったところで定之助を迎えに行くしかない、と腹を括った時、浪人が長屋の木戸を潜った。

――あのご浪人です、と目を据えて見ていた定之助が言った。

「言ってくだされば、いつでもご案内出来ます」

「明日、頼めるか」

「承知いたしやした」

「早くて済まねえが、六ツ半（午前七時）、前の腰掛茶屋で茶でも飲んでいてくれ。少し回り道するが、頼りにしているからな」

今夜は酒でも飲んでゆっくり眠ってくれ、と褒美を与えた。

「商いを休ませた埋め合わせも含めてだ。少ねえが気持ちだ。受け取ってくれ」

安吉が、押しいただき、くどい程礼を言って帰って行った。

翌朝、伝次郎や鍋寅らと出仕して来た真夏に、これはこれは掏摸殿、と言われ安吉は棒立ちになったらしい。江戸に初めて出て来た真夏の懐を狙い、腕を捩《ねじ》り上げられ、尻を蹴飛ばされたことがあったのだ。それはさておき――。

「何だか、すごい一日でやしたですね」鍋寅が、麦湯を近に頼んだ。

「ここに戻る足は重そうだったが、急に元気になりやがったぜ」

「旦那もですよね」

「同じだ。こんな日もあるってことだ。まだ当たっているかは分からねえがな」

今夜は、飲むか、と伝次郎が皆を誘った。そのうちには真夏たちも帰ってくるだろう。そしたら飲もうぜ。

「帰りが遅くなりやすよ」

「構うものか。真夏に送ってもらえばいい。多助の労をねぎらってやろうじゃねえか」

遠慮する多助に鍋寅が、麦湯を飲みながら、嬉しいんですよ、と言った。天神下の親分が正次郎様に捕物を教える。こんなこと、思ってもみないことでしたからね。

「よく喋る男だな。若い頃からお喋りだったが、爺さんになって箍《たが》が外れやがったな」

捨て鐘が三つ鳴った後、暮れ六ツ（午後六時）の鐘が鳴り始めた。

「そろそろ店を閉めますが……」

南町奉行所の大門前に張り出した腰掛茶屋の親父が、ひとり残っている男に言った。

「長居しちまって済まなかったな」

男は過分に茶代を払うと、腰掛茶屋を出、数寄屋橋御門外脇へと移り、切石に座った。男は、菰田承九郎のために真夏の動きを見張っている清七であった。この日は、真夏に尾行を悟られたので、奉行所前で帰りを待ち受けていたのだが、染葉とともに朝出てから戻って来ない。

何を追っているのか。よく出歩きやがるぜ。菰田様に言って、奴らの抱えている一件が落ち着くまで、暫く、放っておくか。

そうと決めたら、いつまでもいることはない。申し上げてみよう。

清七はひょいと切石から腰を上げると、夕陽を横に見ながら走り出した。

切石に残した清七の温もりが消えた頃、染葉と真夏と稲荷橋の角次が、数寄屋橋御門を通り抜けた。

四

七月二十五日。

正次郎が出仕したので、八幡町の自身番には太郎兵衛と多助が詰めることになった。

ところが、俵木には動く気配もなければ、訪ねて来る者もいない。止むを得まい。太郎兵衛の命を受け、多助が市ヶ谷御門内の辻番所の番士に訊きに行くと、見張るべき俵木も出仕の日で不在だと知れた。

「ここにいても、しょうがねえな」

小塚源之進の屋敷を見張った時の辻番所にでも移るか、と太郎兵衛らが八幡町の自身番を出ようとしたところを、通り掛かりの男が目に留めた。薬店の勝次と弟分の平太のふたりだった。勝次は多助とともにいる太郎兵衛を見た。着流しに黒羽織は八丁堀の身形だったが、総髪である。奉行所の者なら、総髪は許されていない。

「何者なんでぇ……」

尾けようとして、自分らの前に太郎兵衛らを尾けている男がいるのに気付いた。風呂敷包みを持ち、商家の手代風の身形をしているが、懐に匕首を呑んでいるのが見て取れた。

「こいつは、面白いことになるかもしれねえぞ」

勝次は平太と男の後を尾けることにした。

太郎兵衛と多助は、人通りがあるためか、尾けられているとは気付いていないようである。火除地の前を通り、浅野大学様の御屋敷を過ぎたところで西に折れた。手代風体の男が左右に目を走らせた。包みを僅かに持ち上げている。男の姿が角の向こうに消えた。

野郎、何か為出《しで》かすつもりだぞ。勝次は平太を急かした。

辻番所があった。多助が辻番の老人に頭を下げている。太郎兵衛は、その後方に立って話を訊いている。男がすっと近付いて行った。手許で何かが光った。

「危ねえ」

思わず勝次が叫んだと同時に、身を投げ出しながら振り向いた太郎兵衛と男が、瞬間纏《もつ》れ合うようにしてから離れた。

男の手の中の匕首が、浮き、沈み、生き物のように動いて、太郎兵衛に襲い掛かった。しかし、太郎兵衛も並の腕の者ではない。刃をかわしながら、男を捕まえようとしている。男はちっと舌打ちをすると、身を翻《ひるがえ》して勝次らの方に向かって来た。

「冗談じゃねえ」

勝次と平太は壁に貼り付いてかわそうとしたが、男の足の方が早かった。男の目がふたりを射た。ふたりは金縛《かなしば》りに遭ったように身動きが出来なくなっていた。

「駄目だ」

目を閉じたふたりの傍らを、男が風のように走り抜けて行った。足許から力が抜け、勝次と平太は尻から地に落ち、止まった。

「怪我はないか」と頭の上で、総髪の声がした。

「へいっ」

「ありがとよ。お蔭で命拾いをしたぜ」

「そいつは、……ようございました」

「名を聞かせてくれい。俺は南町の花島太郎兵衛だ」

「同心の旦那で？　するってえと」

勝次は多助を見た。多助は、勝次の顔を覗き込み、おうっ、と言った。

「あの時の兄ぃじゃねえかい」

「左様で」

「助かったぜ。俺は天神下の多助ってもんだ。礼を言うぜ」

「とんでもねえ……」

「こないだは、兄ぃを騙すようなことを言って済まなかったな。気ぃ悪くしていたら謝る。この通りだ」

多助が片手で拝んで見せた。

「そんなことねえですよ。多分そうじゃねえかなって」

なあ？　言われた平太が慌てて相槌《あいづち》を打った。

「その兄ぃが、今日は、どうして、ここに？」

「親分さんの姿が見えたので、どうしたのかな、と思って……」

「そうかい、そうかい」

改めて礼をさせてくれ。多助が勝次と平太を帰すと、急ぐぞ、と太郎兵衛が多助を促した。このことを、伝次郎に知らせなければならない。

十四日の夜に襲って来た連中は、諦めてはいないのだ。前は浪人で、今度は町衆の身形をしていた。それは、奴らが殺しの請け人だという証でもあった。

「殺しを頼んだ者が、いやがるんだ」

「するってえと？」多助が訊いた。

「俺たちを狙っているのは、小姓組番と、闇の口入屋に殺しを頼んだ奴、ということになる」

「二組も、ですか」

「余程嫌われているんだな。伝次郎は」

いいえ、旦那もそのおひとりで、と言おうとしたが、多助は黙って言葉を呑み込み、太郎兵衛の後に続いた。


それより一刻近く前、伝次郎らは伊賀町の汁粉屋《花房《はなぶさ》》の二階にいた。

朝から多人数で押し掛けて来た伝次郎らに、何事かと最初は怯《おび》えていた藍染めの貫助だったが、縄張り内の医師・村山洞庵の名を出すと、ほっと胸を撫で下ろしたのか、俄に口が軽くなっている。

二階に上がったのは伝次郎と鍋寅のふたりで、隼と半六は一階《した》の入れ込みで汁粉を、安吉は白玉を流し込んでいた。

「腕はいいんだな？」伝次郎が訊いた。

「評判でございます。名医と言う者もいれば、生き仏なんて言うのもおります」

「知りたいのは、生き仏様の弱味なんだが、何かねえか」

「そうでございますね」

貫助の目が小狡《こずる》そうに動いた。話してしまうのと、黙っていてやったからと、洞庵から小金をせびり取るのとどちらが得か、秤《はかり》に掛けている面だった。

「いいか。俺たちは、いつあの世からお迎えが来るかもしれねえ年だ。こっちにいる鍋寅なんぞは、もう片足を棺桶《かんおけ》に突っ込んじまってるくらいだ。お前さんの返答を、長々と待ってはいられねえんだ」

「思い出したか」鍋寅が訊いた。

「洞庵が、何をしたんで？」

「いつ俺がそんなこと、訊いた？」伝次郎が透かさず言った。

「思い出す呼び水で」

「俺に倅がいるのは知っているな？　南町の定廻りだ」

存じ上げております……。貫介が、か細い声で言った。

「倅の息子、つまり孫は、今本勤並だ。後々には定廻りは間違いないと言われている奴なんだが、誰に似たのか、冷え切った血が流れていてな。お前さん、何やら駆け引きをしたそうな面をしているが、これから向こう五十年、南町を敵に回したいというのなら空《そら》っ惚《とぼ》けていてもいいが、南町と少しでも仲良くしていたいと思うなら話した方がいいってもんだぜ」

「孫の若旦那ってのは気性の激しいお方で、こないだも虫の居所が悪かったのか、賊の鼻の骨を砕《くだ》いちまった程だからな。ねえ、旦那？」

「……あれは、すごかったな」

「請け合いますが、いつか取っ捕まえたのをぶら下げて、鮟鱇《あんこう》のように吊し切りにしますぜ」

「どうだ、何か思い出したか」

「思い出しましたです」

「おう、教えてくれ」

「妾《めかけ》がおります。女房がえらい鉄火《てっか》な上に、ひでえ焼きもち焼きなんで、必死に隠しておりますが」

「幾つくらいだ？」

「三十をちょいと出たってところでしょうか。これがまた、不幸の塊《かたまり》のような女でして、あっしなら御免蒙《こうむ》りたい手合でやすね」

「詳しいな」

「世話したのは、あっしで」

それを弱味として売るなんざ、ひでえ男じゃねえか。

「これも身過ぎ世過ぎでして……」

「名前は？」

「雪《ゆき》です」

「住まいは？」

「内藤新宿の下町です」

「他には？」

「これと言ってありやせんです。妾の他は、切り傷を見て喜んでいるだけで」

階下に降りてゆくと、隼はにんまりとしていたが、半六はげっそりした顔をしていた。隼が五杯、半六が七杯汁粉を平らげたらしい。

「見ている方が気持ち悪くなりました」とは安吉が言ったことだった。

「ここはどうか、あっしの顔を立てて」

そのつもりで食べさせたのだが、貫助の言葉に甘えた振りをし、馳走になって店を出た。多分、塩を撒かれただろうが、知ったことではない。汁粉屋なんだから、砂糖を撒け、という程俺も若くはない。枯《か》れ始めているのだ。

「なあ?」と鍋寅に言ったが、返事が来ない。可哀相に、耳が遠くなっているのだろう。

裏篁《うらたん》笥町《すまち》にある村山洞庵の家は直ぐに分かった。

よくもこれだけ怪我をしている者がいると思う程患者が来ていたが、塗り薬の交換などを弟子にやらせているため、洞庵自身が診る患者は少ないらしい。間もなくして奥に通された。五人で入るには、中は手狭だった。伝次郎と鍋寅が入り、隼らは家の外で待った。

八丁堀だと名乗っているのに、茶の出る気配もない。愛想がねえじゃねえか。丁度いい、心置きなく妾で脅すことが出来る。洞庵が現れると、直ぐに本題に入った。

「小塚源之進様の刀傷のことを、伺いたいのだが」

「はて、そのお方は、どなたでしょうか。と申し上げるより、私は医師です。患《かん》家《か》のことは口に出来ません。お引き取り願いましょう」

人を呼ぼうとした洞庵を手で制して、伝次郎が言った。

「あの傷は、人を闇討ちしそこなって受けた傷なんだ。それでもですか」

「……それでもです」

「殿様と呼ばれ、人の上に立つ者が、それも上様の御警護を役目とする小姓組番が、そんな非道な振る舞いをした。評定所で吟味を受ける時は、連座する覚悟なのですな」

「それは……」

「口の滑りが悪いらしい。滑らかにして差し上げよう」

「何をしようと言うのです？」

伝次郎が半六を呼び、鍋寅とともにひとっ走りするように言い付けた。

「内藤新宿の下町までだ。雨だか雹《ひょう》だか霰《あられ》だか知らねえが、何とか言ったな？」

鍋寅に訊いた。

「その抜け落ちている奴でございます」

「寝物語に何か聞いているかもしれねえ。連れて来い」

「ここに、でございますか」洞庵の声が上擦《うわず》った。

「ここ以外にどこがある？　それとも奉行所の方がいいってか」

「お待ちください」洞庵が言った。

「いいや。待てねえ。俺たちはお調べのためなら、どんな手でも使う。これ以上まつわりつかれたくなかったら、話せ。出処《でどころ》は言わねえ」

「闇討ちを仕掛けたというのは、間違いないのでございますね？」

「本当だ。襲われた当人から直《じか》に聞いた」

「分かりました。何でもお訊きください」

伝次郎は半六を下がらせると、洞庵が旗本の小塚源之進の屋敷に行き、傷を診ていること、またそこに俵木が訪ねていることを話し、問うた。

「間違いねえな？」

　そこまでお調べに？　その通りでございます、と洞庵が答えた。

「傷は、どこだ？」

「足首を斬られていました。刀傷です」

「傷を負ったのは、いつのことだ？　正確に言ってくれ」

「十四日の夜中でした」

　伝次郎らが襲われ、正次郎が斬った夜だ。

「診療の日録を付けているので、間違いございません」

「呼ばれたのだな？」

「はい。それから毎日診に行っております」

「十四日の夜中に呼びに来たのは、誰だ？」

「小塚家の家人で、名は香取孝太郎様です」

「屋敷に行った。誰がいた？」

「御継嗣様はまだお小さいので、奥方様と俵木様ともうひとりお武家様、そして香取様たちがおられました。そのお武家様の名は、確か佐太郎様とか呼ばれていました」

奥村佐太郎。正次郎が尾けた小姓組番だ。

「傷の具合は？」

「腱が斬れておりました」

「治るのか」

「まだ言い切ることは出来ませんが、元のような立ち居振る舞いはご無理かと……」

そこに至り、町奉行所が旗本家のことを調べているのが気になったらしい。洞庵が、どうして、と尋ねて来た。

「知らなくていいことだ。それから、俺たちが調べに来たことは、呉々《くれぐれ》も内密にな」

「言いませんし、言えません」

「いい心掛けだ。邪魔したな」

外に出ると隼と半六が鍋寅に駆け寄って来た。鍋寅が、口角に泡《あわ》を溜めて話している。よしっ、と呟いて、隼と半六が拳を握り締めた。安吉は三人の脇に立ち、洞庵の診立てを受けに来た者たちを捌いている。

こいつは使えるかもしれねえな、と思いながらも、伝次郎の心は違う方へと流れて行った。正次郎のことである。

恨みを買っちまったか。

奉行所の役人になる以上、避けては通れないことだったが、十八という年が気になった。少し早いが、仕方ねえか。

「旦那、次は？」と鍋寅が安吉に目を遣った。

「待たせちまったな。駒形堂だ」

「頼むぜ」と鍋寅が安吉に言った。

五

浅草寺《せんそうじ》の南、材木町《ざいもくちよう》と諏訪町《すわちよう》に挟まれたところが駒形町である。町は駒形堂を中心に南北に分かれており、駒形堂の前は浅草寺に詣でる者の船着き場になっている。

一行は、この暑いのに歩けるか、と叫ぶ伝次郎に従い、船河原橋から舟に乗り、神田川から大川に抜け、駒形堂前へと着いたところだった。素早く下りた安吉が、こちらです、と先に立って南に向かい、横町の中程にある長屋の木戸を指した。

「《弥勒長屋》は、あそこでございます」

見張りを付ける前に、まず長屋にいるかどうかを確かめなければならない。小便が漏れそうになっている鍋寅を、孫娘の隼が手を引き、長屋の後架を借りる、という筋書きで木戸を潜らせた。お爺ちゃん、早く。うるせえ。と、怒鳴り合うふたりの声が外まで聞こえて来た。程なくして戻って来た鍋寅が、おりやすぜ、と鼻の穴を膨らませた。そうとなれば、見張り所を案配しなければならない。

長屋の斜向《はす》かいにある草履《ぞうり》屋の二階を借り、安吉とともに窓辺に腰を下ろした半六が、旦那、と小声で言った。花島の旦那と多助親分ですぜ。

ふたりは背を向け合うようにして、横町を見回していた。背中が汗で黒く濡れている。ちょいと、そこの人。鍋寅が、咄嗟の機転で、女の声色を通りに投げた。仰《あお》いだふたりの目に、安堵の光が奔った。上がれ、と伝次郎が声には出さず、仕種《しぐさ》で伝えた。

たったたっ、と階段を上って来たふたりが畳に座り込んだ。隼が階下に下り、水を持って来た。ありがとよ。ふたりは息も吐かずに飲み干すと、太郎兵衛が改めて、探したぜ、と言った。見張りはどうしたのかと訊く伝次郎に、太郎兵衛がここに至った経緯《いきさつ》を話した。

「請け人か」

「間違いねえ。前の浪人も此度の町人も、根は同じだと思う」

「枝葉を捕まえるより幹を捕まえねえと、ことは収まらねえか」

「そうだ。闇の口入屋と、俺たちの殺しをそいつに頼んだ奴だ」

「出て来ました」

安吉が頭を引っ込めながら、小声で言った。

窓から身を乗り出した太郎兵衛が、あいつか、と後ろ姿の浪人を睨《ね》め付けた。

俺を殺そうとしたのは。

「左様でございます。名は池永兵七郎と申します」

「尾けるぞ」

階下に下り、間遠に縦に一列になった。先頭には鍋寅と多助が付いた。

池永は吾妻橋《あづまばし》を渡ると、中の郷竹町に入り、薬種屋《成島屋》の暖簾を潜った。安吉は数歩駆け戻り、伝次郎に番頭と手代の定之助の世話になったことを話した。

「膏薬《こうやく》と痛み止めの煎じ薬を買ったのだと思います。これから見舞いに行くのでしょう」

「分かった」

池永が店を出、来た道を吾妻橋の方へと戻って行く。伝次郎は引き続き鍋寅と多助を先頭に据えると、安吉と《成島屋》に入った。逸早《いちはや》く気付いた番頭と手代の定之助が、

「親分さん」

と安吉に言いながら摺《す》り足で出て来て、たった今、例のご浪人がいつもの薬を、と表を指さした。

「尾けているから心配は無用だ。俺は」

と名乗り、力添えの礼を述べ、後日また礼に来る、と言い残して皆の後を追った。

「申し訳ありません。御用に関わっていると嘘を吐《つ》いておりました」

安吉が済まなそうに言った。

「嘘じゃねえ。立派に御用を務めているじゃねえか」

「……ありがとうございます」

「どうだ」と伝次郎が言った。「いっそのこと、これからも手伝っちゃくれねえ

か」

「いいんですかい？　俺は、いやてめえは、掏摸上がりですぜ。それも改心して辞めたんじゃなく、手を斬られ、よんどころなく辞めた、言ってみれば心は掏摸のままなんですぜ」

「そこが面白いところだ。駄目と思ったら追い出すから、やれるだけやってみな」

「へい……」

涙を流しながら追い付いた安吉を見て、隼と半六が怪訝《けげん》な顔をしている。

「今日から、御用を手伝ってくれるとよ」

「そいつはありがてえ。よろしくお願いしやす」

隼と半六に頭を下げられ、安吉が拳で目許を拭った。

「斬られのお近に、斬られの安吉か。泥亀が顔を引き攣《つ》らせるぞ」

早く来い、と太郎兵衛が手招きをしている。伝次郎らも足を急がせた。

大川の河岸に出た池永は、南に足を向け、ひたすら歩いている。町屋を過ぎ、武家屋敷の前を通り、御竹蔵《おたけぐら》の横を行き、尚も歩みを続けている。一《ひと》ッ目《め》通りの先に、竪川《たてかわ》に架かる二《ふた》ッ目橋《めばし》が見えた。渡るのか、と見ていると、手の甲で縄暖簾を掻き分けて居酒屋に入った。相生町四丁目《あいおいちょう》の小体《こてい》な作りの煮売り酒屋である。見舞う前に酒を飲むとは考えにくい。誰かと会うためだろう。誰だ？

「入ってみましょうか」鍋寅と多助がうずうずしながら言った。

迷ったが、やめることにした。会う相手が闇の口入屋の者にしても、殺しの請け人であるにしても、勘は鍛えてある者だ。下手に近付かない方がいい。

「出て来るのを待とう」

八間（約十五メートル）程戻り、路地の角口で待つことにしたが、総勢七人いる。いくら何でも目に付いてしまう。鍋寅と多助の、爺さんふたりに頼み、後は路地をうろつくことにした。爺さんふたりなら、木っ端《こぱ》で地べたに文字を書きながら喋くっていれば、当《あ》て所《ど》のないのが話し込んでいるように見える。

「そりゃねえですよ、旦那」

と鍋寅は膨れて見せたが、ふたりの姿はぴたりと路地に嵌《はま》っていた。

四半刻の後、立ち上がった鍋寅が、裾をたくし上げ、ぱたぱたと後ろに撥ねている。尻っぺたが見えた。池永が店を出た合図だったが、次からは別の合図にした方がいいだろう。脇を通り過ぎようとしていた女が、顔を背けていた。

「年の頃は三十半ばの男と出て来やした」と鍋寅が、竪川の方に目を遣った。

「あいつです」

　伝次郎と太郎兵衛が、横町を覗き込んだ。池永と男が、二ッ目橋の手前で右と左に分かれるところだった。この男、まだ伝次郎らは知らないが、鳶の手先の宗助である。

「男の方を頼むぜ」太郎兵衛に言い、多助と半六を付けた。

「任せておけ。十中八九口入屋の手先だろう」

「十中八九なんてもんじゃねえ。十だ」

　伝次郎らは、池永を追った。

　池永は、煮売り酒場で買い求めた包みをぶら下げていた。大きさからすると、握り飯と汁気のない総菜だろう。ということは、行き先は遠くではない。

　読んだ通り、路地に折れ込み、長屋に入って行った。

　鍋寅が素早く聞き込んで来た。

「《小兵衛店《こへえだな》》で、藤森覚造という浪人が借店に入っております」

「そいつは怪我をしているのか」

「そこまでは訊けませんでした」

　食い物らしい包みを持って訪ねたところから見て、出て来ることはないだろう。傷の手当てをして、飯を食わせ、一刻か二刻して戻ると考えた方がいい。となれば、こちらから行くしかない。

「ふたりで芝居をしてくれ。石見銀山の場だ」鍋寅と安吉に言った。

「へっ？」

伝次郎に筋書きを叩き込まれたふたりが、順に物陰を出た。鍋寅には、《弥勒長屋》で池永に怒鳴り声を聞かれているからと、聞かせどころまでは声を抑えているように言った。多助がいれば、多助を使うのだが、太郎兵衛に付けてしまっていた。

「いたずら者はいないかぁ、いたずら者はいないかぁ」

安吉が、鼠取薬売りの口上を言いながら、長屋の木戸を潜った。

「いたずら者はいないかぁ、いたずら……」

「待っちくれ。よっ、鼠取り」

「へいっ」

「どこだ？」

「こちらで」

木戸を通り、溝板《どぶいた》の並んだ路地を抜けたところで安吉が待っていた。

呼び止めたのは、鍋寅である。追い掛けて来たという設定だった。

「てめえ商売だろう。背中にも耳ぃ付けとけ」

「相済みません」

「猫のようにでかいのが出て困っているんだ。おめえの、効くか」

「受け合います。犬のようなのだって、一ころでさあ」

「冗談言うねえ。犬のような鼠がいて堪《たま》るかよ……」

おうっ、と鍋寅が声の調子を変えた。

「その手首、どうした？　斬られたのか」

「へいっ、刀でばっさりやられました」

「ひでえなあ。詰まらねえこと聞くが、痛かったろう？」

「そりゃあもう、転げ回りました」

「見れば堅気のお前さんが可哀相にな。ないと、不便だろう？」

「慣れましたので」

「そうかい。くじけずに気張りなせえよ。そいつ、二袋もらおうか」

「ありがとう存じます」

「なに、悪いことばかりは続かねえ。そのうち、目が出ることもあるってもんだからな」

ここぞ、とばかりにでかい声を出したのだ。浪人たちにも聞こえているはずだった。上手くいってくれよ。金と薬袋を交換すると、鍋寅は急いで長屋を出た。

残された安吉は、借店に背を向け、薬箱の始末をした。片手なので、時を掛けようとしなくとも、手際は悪い。その時だった。腰高障子が開く音がした。十軒ある借店で一軒だけ、腰高障子が半分閉まっていたのが、藤森覚造の借店だった。

「おい」という声を背で聞いた。「鼠取り屋。買《こ》うてやるぞ。来い」

「ありがとう存じます。只今参ります」

薬箱を持ち上げ、池永が戸口にいる借店に入った。

「手首を斬られたとか言っていたな？」

「左様で……」

池永が安吉の手首を見た。右の手首がなく、晒しが巻かれている。

「何があったのだ？」

「酔ったご浪人に……」相手も浪人風体である。思わず言葉を切った。

「構わぬ。続けろ」

「一年前になりやす。あっと言う間に斬られやした」

「それは、災難だったな」

「今でも痛みます。ですが、隠さずに申し上げますと、あっしは掏摸をしておりやして、盗ったと思って喜んだ瞬間、すぱっとやられたんで、まあ仕方ねえか、と」

「そうか、掏摸だったのか」

「商売替えで、こんなことを」

借店の中を見た。畳んだ夜具に凭《もた》れるようにして、男がいた。浪人だった。右手と肩に布を巻いている。

「お怪我を？」

「いざこざがあってな」

「痛みますでしょうね？」

巻かれた布の具合からすると、怪我は右手の人差し指と中指であった。

「ご存じでしょうか。本所の中の郷竹町に《成島屋》という薬種屋がございます。あっしは痛んだ時は、そこの煎じ薬を飲みました」

「俺もだ」これか。左手で薬の袋を摘み上げた。「あまり、効かぬな」

「ものすごくって程は効きませんでしたが、飲まねえよりは増しだったかと」

「そんなところだな」

「こんなことを申し上げては失礼かと存じますが、指でございますね」

「そうだが」

「指ならば治りも早いかと存じます。あっしは手首にある太い血の管が斬られて血が止まらなかったので、よく死ななかった、とお医者に言われました」

「お主はまだ運が残っていたのだ。分かったか」池永が、藤森に言った。

「そう思うしかあるまいな。左居合いでも工夫するかな」

「その意気だ」

鼠取り屋、と池永が言った。薬を買ってやりたいが、此奴が間違えて飲むといかんので、薬代として取っておけ。小粒だった。

「こんなに」

「此奴の気も少しは晴れただろう。その代金だと思え」池永が言った。

「遠慮は無用だ。もらっておけ」藤森が言った。

安吉は何度も片手拝みをして長屋を出た。伝次郎らは隠れ、鍋寅だけが角口から半身を覗かせていた。走り寄ると、

「どうだった？」鍋寅に訊かれた。

出て来るといけません。もちっと離れましょう。

「違《ちげ》えねえ」

どこで誰に見られるか分からない。二組に分かれて西に向かい、回向院の境内《けいだい》で落ち合った。

「間違いござんせん。人差し指と中指。ともに落ちておりやす」

「金創薬を買ったのが、十五日。怪我の個所は指。ぴったりだな。池永兵七郎と藤森覚造。それと浪人者がひとりに町人風体のがひとり。合わせて殺しの請け人は四人か」

「藤森ってお人は、どんな方なんです？」安吉が鍋寅に訊いた。

「聞いたところによると、乱暴な振る舞いをすることはなく、酒は飲んでも悪酔いはせず、金回りはいい。そんなところだったな。請け人でなければ、近くにいてもらいてえくらいのもんだ」

「確かに、そのような方でした。池永ってご浪人もです」

間違えるんじゃねえぞ、と伝次郎が安吉に言った。

「人ってのは、すべてが悪いもんで出来ている訳じゃねえ。仏のような心と畜生のような心を使い分けているのが、人だからな。お前がそうだっただろう。掏摸をしていたが、俺たちのために水売りを探してくれたじゃねえか」

「あれは、旦那に脅かされて……」

「訳なんぞどうでもいいんだ。あの時の水で、俺たちは生き返ったんだからな」

「へい……」

言葉を探している安吉に隼が言った。

「鼠取り薬は売れたんですかい？」

「それが……」

売れなかったが、話をした礼にと、こんなものをもらいました、と小粒を差し出した。どういたしましょう？

「そりゃ、よかったじゃねえか。お前の稼ぎだ。ありがたく頂戴しておくといいぜ」

「いいんですかい？」

「探りに行って、小粒をもらう。もしかすると、御用に向いているのかもしれねえぞ」

「あっしの年になる頃には、蔵が建ちますぜ」

鍋寅は己の言葉に一瞬相好を崩したが、直ぐに顔を引き締め、どっちを見張りましょうか、と訊いた。

「藤森は手負いだから、動くとすれば池永だろうな」

「若旦那には？」新治郎のことである。

「闇の口入屋の一件だから、教えなければなるまい。永尋から外れるしな」

「持ってかれやしませんか」

「耳に入れるだけだ。ここまで調べたのは俺たちなんだから、四の五のなんぞ言わせねえ。泥亀にもだ」

「泥亀とは、どなたで？」安吉が隼に訊いた。

年番方の与力様です、と答えている。安吉が絶句して伝次郎を見ている少し前――。

宗助を追っていた太郎兵衛らは、両国橋東詰《りょうごくばし》にある藤代町《ふじしろちょう》の船着き場で立ち尽くしていた。宗助が舟を雇い、大川を上ってしまったのだ。船着き場には、他に空舟はなかった。見送るしかなかったのである。

「気付かれなかっただけ、よしとするしかねえな」

太郎兵衛は多助と半六に言い、南町に向かった。

しかし、太郎兵衛らの尾行は、宗助に気付かれていた。

「町方が、どうして池永先生に辿り着いたかは分かりませんが、どう考えても池永先生が尾けられたとしか思えません」

「尾けていたのは、花島太郎兵衛か。七化けの七五三次《しめじ》も駄目だったのだから、もう一回襲ってしくじったら、こいつは止めだな」

「いいんですかい？」

「よくないに決まっているだろうが」

鳶は語気鋭く言い放った後、宗助に尋ねた。

「お伊勢様には、行ったことあるか」

「いいえ……」

「万一の時は、暫く江戸を売ることにしよう。伊勢から京に回るってのもいいかもしれない。勿論、後始末はしてからだがな。取り敢えず、先生方をどこかに移そう」

「亀戸村《かめいどむら》はいかがでしょうか。小名木川《おなきがわ》一本で戻れます」

「そうしよう。これから手配してくれ。だが、亀戸村では、いざって時に素早く動けないからな。半月程燻《くすぶ》ってもらったら、そうさな、浜町堀《はまちょうぼり》に移ってもらおうか」

浜町堀に臨《のぞ》んだ高砂町《たかさごちょう》に、鳶が持っている家があった。普段は、請け人上がりの老爺《ろうや》が家を守っている。

「七化けのお人は、どうなさいますか。まだ名は割れていないと思いますが」

そうか、と鳶が珍しく笑い声を上げた。

「七化けか。太郎兵衛め、腰を抜かさせてやろうじゃねえか」

翌七月二十六日、太郎兵衛と多助が池永兵七郎の長屋の見張りに付いたが、既に昨夜のうちに長屋を引き払っていた。急いで藤森覚造の《小兵衛店》も調べたが、やはり引き払っており蛻《もぬけ》の殻《から》だった。

そこに至り、昨日の尾行にしくじりがあったのかと思い返したが、それらしい節はどこにも見出せなかった。ともあれ伝次郎らは、殺しの請け人らの姿を見失ってしまったのである。

「畜生っ」

伝次郎らが肩を落としている頃、《近江屋》の長兵衛の手許に、弥五郎からの飛脚便が着いた。八月四日に傘十本お届けします、という内容であった。

そして晦日が過ぎ、南町の月番は終わり、非番の月に入った。

第五章　秘太刀《ひだち》《斎《いつき》》

一

八月六日。夕七ツ（午後四時）過ぎ。

大門の潜り戸を通り抜け、やれやれと腰を伸ばしていた伝次郎に、門番が玄関で受付をしている当番方からの伝言を伝えた。見回りから戻ったら、受付に寄られるように、とのことでございます。

顔を顰《しか》める用はあっても、顔が綻《ほころ》ぶ用はないはずだった。鍋寅らに詰所で麦湯でも飲んでいるように言って玄関に赴《おもむ》くと、百井様がお待ちで、と与力になって日の浅い青瓢簞《あおびょうたん》が言った。生真面目な顔をしている。この手の苦労知らずの顔を見ると、伝次郎には素直に従えぬという持病があった。持病がむくむくと頭を擡《もた》げた。

「承りました」と膝に手を当て、神妙に答え、しかし、と続けた。「ご覧のように戻ったところなので、足袋など泥と埃《ほこり》で汚れております。履き替えた後、直ちに参りますので、よろしいでしょうか」

百井亀右衛門は同心を支配する年番方与力である。待たせることは憚《はばか》られるのだが、そんなことは知ったことではなかった。こっちは歩き回って疲れているのだ。

返事が来ない。この鈍付《どんつく》が、何をしているのだ。くいっと顔を上げると、百井がいた。

「そのままでよい。参れ」と伝次郎に言い、当番方に、「この者の申すことには、今後一切耳を貸すでないぞ」と言った。「ああそうですか、と帰すと、足袋の履き替えに半刻は掛かるからな」

頬を歪《ゆが》ませて笑っている当番方を睨み、百井の後から年番方の詰所に行こうとすると、廊下の端に正次郎がいた。眉をぴくぴくと上下に動かしている。見ましたよ、と言っているらしい。隣にいる間抜け面は、同輩の瀬田一太郎だ。金輪際、頼りにならないって面をしている。あんなのが定廻りになった日には、江戸の町は盗賊で溢れ返ってしまうだろう。

「どうした？」百井が言った。「何かぶつぶつ言っていたであろう？」

「いいえ。私ではございませんが」

「背中の方から聞こえて来たぞ」

「聞き間違いでございましょう」

「そうかな。何かが溢れ返るとか、聞こえたように思うぞ」

「あっ、私です」

百井の足がすっと速まり、年番方の詰所に入った。伝次郎も続けて入り、向かい合う位置に座った。

「見回り、苦労であった。何事もなかったようだな」

「暑いだけで、至極穏やかな一日でございました」

左様か。実はな、其の方らの眼力を見込んで、ちと頼みがあるのだ、と言って百井が文箱《ふばこ》から、文書の束を取り出した。

「京大坂を中心に西国を荒らしてきた、夜宮と呼ばれる盗賊がいる。多年、大坂町奉行所が血眼《ちまなこ》になって捕縛しようとしている者どもだ。其奴らが、江戸に向かった、という知らせが入った。夜宮の名に聞き覚えは？」

なかった。そのように答えた。

「知らぬでもよい。話はこれからだ……」

続けようとする百井を制し、それは私たちの扱う一件ではないのではないか、と道理を踏まえた答えを返した。

「そうなのだが、助けてはくれぬか。其の方も知っての通り、定廻りも臨時廻りも手一杯なのだ。其の方らが暇とは言わぬが……」

伝次郎の臍《へそ》が音を立てて曲がった。構わずに百井は続けている。

「闇の口入屋の一件、聞いたぞ。見失ったそうではないか。また、新治郎から無理矢理奪った《山形屋》の一件も、何やら手詰まりの様子。ここは、其の方らしかおらぬのだ」

「私どもの若い頃は、一度に五つ六つの事件を抱え、時が惜しいからと、三度の小便を一度で済まして時を稼ぎ、走り回ったものです。百井様のお頼みでも、承服出来ないものは引き受けられません」

ぐいっと胸を張った伝次郎に、そう言うな、と百井が声音を潜めて言った。

「こう言うては身も蓋《ふた》もないが、いずれ儂に何か頼みたいことがあるのではないか」

頼みたいこと？　はて？　百井が小さく頷いている。何だ？　あっ、と伝次郎が声を上げた。聞かれていたのだ。養女のことを。

「間違えるな。先に言うておく。詰所の外にいるところを誰ぞに見られたようだが、儂は内与力某がことも一ノ瀬の娘がことも、何も聞いてはおらぬからな。だから、何も言うな。その上で言う。今ここで貸しを作っておくのもよいのではないか。どうだ？」

「百井様は、藍染めの貫助という御用聞きをご存じでございますか」

「知らぬが、その者がどうした？」

「どこか似ているような気が、ふといたしましたもので」

「どうせ良からぬことであろう。憎まれ口を叩くのは、其の方の癖だからな。引き受けるのであろうな？」

「何をいたせば？」

「なぜ、即座にそう言えぬのだ。面倒な男よの。儂はな、年番方与力様なのだぞ。儂が首を横に振れば、其の方も、新治郎も、正次郎も、分かるな、二ツ森家は奉行所の大門を潜れなくなるのだぞ。それが分かっているのか」

分かっていて、それだから、余計始末が悪いのだな。百井は首を小さく横に振ると、改めて口を開いた。

「三河国岡崎《みかわのくにおかざき》で盗賊が捕まった。其奴が罪を免《まぬか》れるため、旅籠で夜宮の一味を見掛けたと言った。七月二十四日に五人、翌二十五日に五人。都合十人が江戸に向かった、とな。岡崎から江戸までは八十里と十一町。急げば七日か八日もあれば着ける。それがもう十日を過ぎている。市中に入られているに相違ない。後手に回り、探索に苦労するだろうが、探り出してくれ」

「承知いたしました」

「『御定書百箇条《おさだめがきひやっかじょう》』の規定により人相書はなかったが、役の者が気を利かせ、夜宮の頭・長兵衛の人相を知らせる文《ふみ》が入っていた。『身の丈五尺四寸（約百六十四センチ）程。年の頃五十歳程。歯並び常の通り。面長《おもなが》。面体《めんてい》に傷なし』。岡崎には、この者の姿はなかったようだが、いずれ出て来るであろう。役立ててくれ」

文書の束を受け取ったところで訊いた。

「闇の口入屋ですが、引き続き永尋が受け持ってもよろしいでしょうか」

「どうせ定廻りに渡す気はないのであろう？」

「そのようなことはございませんが、定廻りが手一杯と聞いては、俠気《おとこぎ》を見せねばと」

「侠気は要らぬ。渡せ」

「そうは参りませぬ。もう暫し、追ってみたいと思っております」

「暫し、だな？　長い暫し、ではないだろうな？」

「誓って」

「何に誓うのだ？　お稲荷様などと言うなよ」

詰所に戻ると、何でございました、と鍋寅らが擦り寄って来た。

「暑いから離れてくれ」

近から麦湯をもらい、咽喉を潤したところで、百井からの話を伝えた。河野は文書の束を丁寧に読んでいる。

「岡崎で捕まった盗賊ですが、以前に夜宮に助けられたことがあったそうですから、見間違えることはないでしょう。話は嘘ではなさそうですね」

「助けられたのを売ったんですかい？」鍋寅が言った。

「恩人より己の方が可愛いだけだ。人とは、そのようなものであろう」河野が文書から目を上げずに言った。

「さいでございやした」

鍋寅が額をぴしゃりと打った。

「一味の名が三名記されている。弥五郎。伊佐吉。亥助だ」

「年は書かれているか」伝次郎が訊いた。

「弥五郎が四十代で、伊佐吉と亥助は三十から四十と書かれています」

「分かったな」と伝次郎が、鍋寅らに言った。「市中の御用聞《みな》きに知らせて、聞き込みをしてくれ。見慣れねえのが屯《たむろ》していたら尾けろ、とな。江戸で悪さをしようとは、太《ふ》てえ奴らだ」

「そうでやすよ」

犬っころだって、江戸に入れば耳ぃ垂らして尻尾ぉ巻いて、道《みち》っ端《ぱた》をぺたぺた歩くんですぜ。それをでかい面しやがって。焼きを入れてやりやしょうぜ。

まだ、見た訳じゃねえだろうが。

泡を飛ばす勢いで捲し立てる鍋寅を、はいはい、といなしている半六に、新治郎が帰って来たか見て来てくれ、と言った。

「若旦那に御用が？」

「房吉《ふさきち》だ」

四半刻（約三十分）して新治郎が戻り、少し遅れて江尻《えじり》の房吉が永尋の詰所に現れた。今は新治郎の手の者として働いているが、盗っ人仲間に入っていたこともあり、裏稼業の者の動きに通じていた。

「お待たせいたしました。お呼びと伺いましたが」

帰ったところを済まねえな。近に麦湯を運ばせ、飲み終えるのを待って、早速だが、と伝次郎が夜宮について尋ねた。

「何か知っていることは、ねえか」

送られてきた人相書を見せた。

「この長兵衛というのは、夜宮の二代目でございまして、既に何年か前に隠居したはずです。代替わりして今は誰が頭になっているのかは、申し訳ございません、このところ西の方の動きには暗いので分かりかねます」

「顔を知っているようなのは、いねえか」

「何人か大坂から流れて来ているのがおりますので、当たってみます。ですが、何分追われている連中ですので、直ぐにはお知らせ出来ないかもしれませんが、よろしいでしょうか」

「人にはいろいろ事情があるもんだ。無理をしねえで、頼む」

伝次郎は、少なくて悪いが、と懐紙に小粒を包んで渡した。

八月七日。

南紺屋町の旅籠《近江屋》の一室で、《安田屋》徳兵衛こと、夜宮の二代目・長兵衛が、朝餉《あさ》の重湯《おもゆ》に口を付けていた。湯冷ましから白湯《さゆ》に移り、重湯になって七日になる。

「もう駄目かと観念したが、まだ悪運は残っていたんだな」

「御隠居様は、ご運の強いお方なので、信じておりました」初吉こと初太郎が言った。

「ありがとよ。今回もまた、えらく世話になってしまったな」

今回も、とは――。

六月の下旬のことであった。品川で八日間寝込んでしまったのである。その時は血を吐くには至らなかったが、長旅の疲れからか、胃の腑の痛みで、身動きがとれなくなってしまったのだ。

医者からは動かぬよう強く言われたのだが、もう命が保たないからと、焦る思いで甲州《こうしゅう》街道の下高井戸に向かった。

小さな村だった。十六年前と何も変わっていなかった。やっとうの道場があった。

初太郎が腰低く尋ねて回り、妙が真夏と名付けられて成長し、今や永尋掛りの同心として南町奉行所に出仕している、と知ったのである。信じられなかった。

──俺の娘が、奉行所の役人とはな。

選《よ》りに選って、という思いと、立派に育ったのだ、という思いが綯《な》い交ぜになり、立ち尽くしていたのを思い出した。

「駕籠を呼んでくれ。気分がいいから出掛ける」

「御頭っ」

「馬鹿野郎。御隠居様だろうが」

「今無理をなさっては」

「いつ無理をしろってんだ。あの世に逝《い》っちまったら終《しま》いだろうが」長兵衛が掌を合わせた。「頼む。後生だ。我が儘を聞いてくれ」

「……承知しました」初太郎は折れてみせた。「手配しますので、途中で気分が悪くなった時は、申し付けてください。それを約してくださったら、呼んで参ります」

「おうっ、必ず言う」それからな、宿の者に美味い菓子屋があるか訊いて、桐箱に詰めてもらってくれ。手ぶらじゃ行けねえからな。「相手は奉行所だ。訪ねるには、それなりの支度をしねえとな」

「やはり、御隠居様はしっかりとなさっておいでです。安心しやした」

「しました、だ」

「左様でございました。では、直ちに行って参ります」

「頼んだぜ」

今日こそいてくれよ。願う気持ちの裏で、もし妙が、真夏がいたとしたら、何と言えばよいのか。どうしてあの時置き去りにしてしまったのか。

「済まねえ。許してくれ……」

目を閉じ、呟いているうちに眠ってしまったらしい。

妙が、覚束ない足取りでちょこちょこ歩いている。ふたつか三つくらいだろう。おいで。おいで。長兵衛が呼ぶと、立ち止まり、凝っと見ている。

どうした？　おいで。来ない。両の手を差し出して呼んだのだが、来るどころか、くるりと背を向け、逃げてゆく。待ってくれ。妙、待ってくれ。

物音で目を覚ますと、初太郎が戻っていた。

俺は何か言っていたか。いいえ、よくお休みでした。そうか……。

目尻の涙を拭い、初太郎に訊いた。

「美味そうなのは、あったか」

「鶉餅《うずらもち》の上等なのが、ございました」

薄く焼いた餅の間に小豆餡《あずきあん》を挟んだもので、長兵衛が京で好んで食べていた菓子だった。

「俺も食いてえ……」

「まだ重湯です。粥《かゆ》が米粒になるまでは我慢なさらないと。よくなりましたら、お店は近くですので、幾らでも買って参ります」

宿を出、中ノ橋を渡り、北に少し行ったところの五郎兵衛町《ごろべえちょう》に、京御菓子司《おんかしつかさ》の《菊屋《きくや》》があった。《菊屋》が名物として売り出していたのが、鶉餅だった。

「駕籠を呼んでもらおうか」

「その前にお着替えを」と初太郎が言った。

宿の仲居の知らせを受け、階下に降り、長兵衛を駕籠に乗せた。身体を案ずる女将らを、ほんの近くですから、と安心させ、初太郎はそろりと行くように駕籠屋に言った。

宿から南町奉行所までは、僅か五町足らず（約五百メートル）の距離である。

駕籠は瞬く間に着いた。

「お加減は？」

「これくらいは、何でもない」

　初太郎は手を貸して長兵衛を駕籠から下ろすと、ここで待っているようにと駕籠屋に言い、大門の前に立った。非番の月のため、大門前に腰掛茶屋はなく、大門も閉まっている。初太郎は潜り戸から先に入り、門番に来意を告げた。

「手前は京の《安田屋》の手代で初吉と申します。後ろにおりますのが、先代で隠居をしております徳兵衛でございます。先日は永尋掛りの二ツ森様に大変お世話になり、その御礼にと参った次第でございます。出来ましたらお会いして御礼を申し上げたいのでございますが」

　お出掛けだ。門番の返答は素っ気なかった。

「どなた様かいらっしゃいませんでしょうか」

　そろそろ京に戻らねばならぬので、よろしければ、と初吉が食い下がった。徳兵衛も頭を下げている。

　誰かおられるか、と訊かれて出て来たもうひとりの門番が、徳兵衛と初吉を覚えており、其の方らか、と言って、詰所に走ってくれた。

「ありがとう存じます」

徳兵衛が紙に包んだ金子を門番の袖に落とした。

「これは済まんな。気を遣わせてしまったかな」

「いいえ。ご親切を賜《たまわ》った御礼で」

戻って来た門番が、通るようにとのことだ、と奥を指した。

徳兵衛と初吉は詰所に向かった。

「よかったでございますね」

「まだ分からないよ」


永尋の詰所は、大門のある表から中間部屋や蔵が建ち並ぶ裏への通り道にあるので、風の向きによっては、風通しがよかった。しかし、そのような日は少なく、鍋寅などは、風がそよとでも抜ければ「当たりよ」と大泥棒を引っ捕らえたような顔をするのだが——。

この日、徳兵衛らが訪ねた日が、そうであった。詰所に入ると、開け放たれた表の戸口から裏の戸口へと風が通っていた。初吉が身性を明かしている後ろで、徳兵衛は額に浮いた汗をそっと拭った。大門からほんの少し歩いただけであったが、暑さと疲れと緊張で、冷たい汗が噴き出していたのだ。

初吉の挨拶に答えたのは、まだ十代の若いお武家であった。真夏ではなかった。徳兵衛は、ひどい気落ちとともに、安堵の息を漏らした。

若い武家は、正次郎である。正次郎は、三日に一度の非番であったが、留守番のため連れて来られていたのだ。何でもいい、そこらのものでも食って、俺たちの帰りを待っていろ。それが唯一の指示だった。

「折角来られたのに残念ですね」

「二ツ森様はお出掛けとお聞きしたのでございますが、どうしても先日相談にのっていただいた御礼を申し上げたくて、罷《まか》り越しましてございます」

「どうぞ」

文机があるだけの座敷に上がった。麦湯を運んで来た近に、初吉が土産の菓子を渡している。近が、御礼を言いながら正次郎を見た。

「お役目ですので、御礼は困ります。が、無下にお返ししたのでは角が立ちましょう。私の一存では何とも決められませんので、一応お預かりいたします」と言った上で、礼を言った。

徳兵衛が、詰所の中を見回している。珍しいものなどはないが、詰所が珍しいのかもしれない。といって、相手をしているのも気詰まりである。早く帰ればよいのに、と思ったところで、門番から先月来た京の隠居とだけ言われ、名を聞いていないことに気が付いた。尋ねた。

「《安田屋》徳兵衛と申します」

「当分は戻らぬでしょう。お待ちになるのならば、ここは詰所ですので、一旦奉行所を出て、また出直されるのがよろしかろうかと」

「承りました。あの、お若くていらっしゃいますが、あなた様も永尋掛りのお役人様で？」

「いいえ。私はまだ見習が解けたばかりの駆け出しです」

「こちらには、大層腕の立つ女武芸者のお方がいらっしゃるとか」

「ああ、真夏様ですか。強いですよ」

「そんなに、でございますか」

「悪いのが束になって掛かっても、敵わないでしょう」

「左様でございますか。一度お会いしたいものでございます」

「では、日を改めて来られるとよいでしょう」

「そうさせていただきます。どうも長居をいたしました」

「お出でになったこと、伝えておきます」

　徳兵衛が初吉に縋るようにして詰所を後にした。

「若様」と近が正次郎に小声で言った。「《菊屋》の菓子でございますよ」

　正次郎も店の名は聞いたことがあった。

「おひとつ、召し上がりますか。もし鶉餅でしたら、ここのは飛び切り上等の餡を使っていますので、美味しいですよ」

「今は結構です」

「おや、お珍しい」

「あの者が本当に徳兵衛なる者か、はたまた徳兵衛が悪意のない者か、分かりませんからね。食べて泡を吹くといけません」

「左様でございますね」怖々と菓子箱を見ていた近が、にやっと笑って正次郎に言った。「分かりました。今、お腹が一杯なのですね」

　河野も多助とともに出ていたので、朝から近とふたりだけである。一日中ずっと口を動かし続けていたのだった。

「いささか食べ過ぎました」正次郎がぽつりと言った。

潜り戸から出た徳兵衛が、待たせていた駕籠に乗った。初吉を脇に御門の方へと遠退《とおの》いて行く。

大門裏にある御用聞きの控所を飛び出した隼と半六が、透かさず後を尾けた。

出先から戻った伝次郎らは、門番から徳兵衛が来ていることを聞き、大門裏の控所で引き上げるのを待っていたのである。

――探りに来ているとしか思えねえ。

からだった。

駕籠は《近江屋》に真っ直ぐ向かった。

「どうする？」半六が隼に訊いた。

「飛脚屋に行くなり何なり、動きがあるかもしれない。もう少し待ってみようか」

四半刻が経った。動きはない、と読んだが踏ん切り悪く、去り切れずにいると、《近江屋》の門に男の影が浮いた。ひとりは初吉と名乗った手代で、もうひとりは初めて見る顔の男であった。堅気の身形はしているが、目付きと身のこなしが違う。伝次郎ならば、でこっぱちに「わたしは悪です」と書いてあるだろう、と言うに違いない、と隼が言った。

何やらふたりで立ち話を続けている。

隼が悪党と睨んだこの男、小頭の亥助であった。長兵衛を訪ねて来たが、他《た》行《ぎょう》中と知った。さて、どうするか、と迷ったが、女将に直《じき》に戻るだろうと言われ、待っていたのだった。

亥助は、三日前の八月四日にも、頭の弥五郎の供で伊佐吉と《近江屋》を訪れていた。

その時は――。

げっそりとやつれている長兵衛を見て、弥五郎、伊佐吉ともども驚いたものだった。

――あれは、生きているお人の顔ではなかったな。

宿を出た時に、思わず弥五郎が言った程だった。

だが、命の灯火《ともしび》は燃え残っていた。寝ているようにと弥五郎が言ったのだが、今日は皆の顔を見て気分がいいのだと起き上がり、これまでのことを話した。

――懐かしいお人を探しに江戸に吉松を送った。三年前になる……。

それが帰って来なかったことは、弥五郎らは聞かされていたが、

――思いがけず富蔵を見付けたがために殺されたと、そう仰しゃるんでござい

ますね。

——そうとしか思えねえ。

富蔵の似絵を描かせたところ、《山形屋》利八の人相と一致したのだと、初太郎が話した。

——よろしゅうございます。後は、こちらで見付け出し、きっちり引導を渡してくれますので。

——そうか。済まねえな。身体が思うようにならねえのでな。

——誰をお探しで。何ならお手伝いを。

——いいや。そっちは分かったんだ。それよりも、どう探すつもりだ、と長兵衛が訊いた。葺手町の者は訊いても何も知らねえぞ。

——逃げ隠れしている者を探すのは、土地に詳しい者に頼むのが一番です。今、金で動く者に富蔵を探させております。

——何か分かったら教えてくれ。寝ているとな、そんなことしか、楽しみはねえんだよ。

という話があったので、何の進展もなかったが、知らせに来たのだった。

「それにしても、僅か三日で随分と顔色がよくなられた。御頭も驚くと思うぜ。次は吉報を持って来られるようにするからな」

　初太郎は腰を深く折って亥助を見送ると、宿の中に引き返した。亥助は橋を渡らず、東の方へと歩いて行く。

「尾けよう」

　隼と半六は、交互に先頭を取った。

　亥助は、真福寺橋を渡ると八丁堀を北に見ながら蜊河岸《あさり》を過ぎ、桜河岸《さくら》の船宿《船橋屋《ふなばしや》》に吸い込まれるように入って行った。

　四半刻程物陰から見張ったが、動く気配はない。隼と半六は頷き合い、奉行所へと走った。

「におうな」と伝次郎が言った。

「えらくにおいやす」鍋寅だった。

「悪い奴らのにおいだな」

「どっちを見張りやす？」

「桜河岸だろう。いいところはあるか」

「昔、騙されて取られた金を取り返してやったので、あっしのことを神か仏かと思っている奴の小さい店がありますが、そこでも？」多助が言った。

「商いは何だ？」

「蕎麦屋です。名だけは」

「ん……？」

「食えた代物《しろもの》じゃねえ蕎麦ですが、一応は蕎麦屋です。蕎麦を食いたい時は、他の蕎麦屋に行かねえとだめですが」

大声で笑っていると、染葉らが帰って来たらしい。大門の方から、取調べとか軍鶏《しやも》とか聞こえて来る。軍鶏は仮牢のことだった。数人の足音がし、染葉の顔が最初に覗いた。

「終わったぞ。散々逃げ回られたが、遂に頭目を捕まえた」

ずっと追っていた、十五年前の一件だった。鍋寅らが揃って祝福の言葉を口にした。伝次郎と河野に続いて正次郎も賛辞を述べた。

「いやあ、真夏殿のお蔭だ。手強い用心棒が付いていてな。助けてもらった」

「そのように大仰な」

「いや、実《まこと》だ。今時三尺余の刀を振り回すのだぞ。蜂《はち》の羽音のようにぶんぶん言わせてな」

「それが偽物の証なのでございます。本当に恐い者はそっと来て、そっと去ります」

「なのだそうだ。本物のお言葉だ」

染葉がいつになく軽口を叩いた。余程嬉しかったのだろう。

「またそのように」

近の陰に逃げようとして、真夏が菓子箱に目を留めた。

「それなんだが」と伝次郎が、持ち込まれた経緯を話した。

「危ないな。止めたがよかろう」染葉が言った。

「勿体《もったい》ないがな」伝次郎が言った。

「受け取った時に、一、二個、一緒に食べればよかったですね」正次郎が言った。

「私が毒味をいたしましょうか」と近が言った。「もう恐いものなんてありませんから」

結局、捨てることになった。

あの者の様子からすると、毒は入っていない。あの時、食えばよかった。正次郎は組屋敷に着くまで後悔し続けていた。

その夜、町屋の軒先から盆提灯の灯が消えた。無縁仏の供養が終わったのである。

「やけに寂しくなりやしたね」

鍋寅の引き摺る草鞋《わらじ》の音が、通りに響いた。

二

八月九日。

伝次郎と鍋寅らは、桜河岸の蕎麦屋の二階から、船宿《船橋屋》を見張っていた。真夏も、久し振りに、と加わっている。

《船橋屋》は、朝から人の出入りが続いていた。一昨日、隼と半六が尾けた亥助もその中にいたが、敢《あ》えて尾けなかった。これだけ出入りが多いと、尾けているのを仲間の者に見られないとも限らないからだ。

「何をしているんでやしょうね？」

「今言えることは、奴らは何かしようとしているってことだけだな」

障子窓から入ってくる生温い潮風を手で追い払い、目を凝らしているうちに昼近くになった。

蕎麦屋が、もしよろしければ、と蕎麦を差し入れたいと申し出てくれたが、恐らく食べている余裕はないだろうから、と鍋寅が断っている。ひどく気落ちしているのが見て取れたが、こればっかりは遠慮するしかない。後で美味いものを食おうな。伝次郎が小声で言うと、真夏と隼が慎《つつ》ましい声で笑った。

「ふたり、帰って来やしたぜ」鍋寅が尻を窓辺から離しながら言った。

年の頃は二十から三十くらいの者だった。出入りの数を合わせると、どうやら十人近い数の者が、《船橋屋》を根城としているらしい。

《船橋屋》については、河野が昨日調べ上げていた。主の名は、嘉兵衛《かへえ》。上州《じょうしゅう》生まれで、十二年前に居抜きで《船橋屋》を買っていた。これまでに凶状持ちなどを泊めるどころか騒ぎを起こしたこともなく、至極手堅い商売をしていることで知られている船宿であった。

「まさか、押し込みか何ぞを企《たくら》んでいるとか」

「それはねえな。それだけのことをしようとするのは、真夏が言ったように、そっと来て、そっと去るって手合だ。奴らは動き過ぎる」

真夏が、ふむふむと言いながら《船橋屋》を見詰めている。

「出入りしているのは、あっしどもの知らねえ面ばかり。つまりは、余所《よそ》の土地から来た者ばかりのように見受けられやす。ってぇことは、旦那、まさかお知らせのあった夜宮……なんてぇことは、ねえですよね」

「分からねえが、片っ端から怪しい奴と見ていりゃ間違いはねえだろうな」

「誰か、泊めやしょうか」

「泊めてくれたら、の話だがな。悪いのがとぐろを巻いていたら、まずは門前払いを喰らうだろうよ」

「試してみる価値はございますね。父上はどうでしょう?」

一ノ瀬八十郎は、下高井戸である。

「知らせても、日にちが掛かる」

ひとりは太郎兵衛に決まったが、片割れが見当たらなかった。隼に女の身形をさせてもいいが、太郎兵衛とでは年が釣り合わない。お近ならば、《安田屋》徳兵衛に従っていた手代の初吉に見られれば、奉行所にいた女だと見破られてしまうが、初吉は徳兵衛に付きっ切りになっている。

お近に頼むか、と話していると、階段を上って来る音がした。まさか蕎麦が来たのではあるまいな。皆が上がり端を見ていると、幟の先が覗いた。鼠取りの幟である。安吉だった。安吉は多助とともに本所深川を歩き回り、池永兵七郎と藤森覚造のふたりとつるんでいた浪人を探していたのである。

「それらしいのが見付かりました。赤堀光司郎というご浪人です」

煮売り酒屋ではなく、小金持ち相手の店を聞き歩いていたら、ぶち当たったのだ、と安吉が言った。

「剣の腕はいい、金回りもいい、だけど粗野《そや》な振る舞いが多く、嫌われ者というのが、赤堀というご浪人ですが、いかがでしょう?」

「いいじゃねえか。多助は?」

「長屋を見張っております」

「引き払ってねえのか」

「へい」

「場所は?」

本所の横川《よこがわ》に架かる法恩寺橋《ほうおんじばし》の袂であった。

「こうしちゃいられねえ。直ぐに行くぞ」

鍋寅と半六と隼に《船橋屋》の見張りを任せ、伝次郎は真夏と安吉を伴い、本所へ急いだ。

「舟を探せ」

白魚橋の袂から舟に乗り、楓川《もみじがわ》を通って新堀川《しんぼりがわ》に抜け、東に下って大川に出た。永代橋を潜り、大川を斜めに横切り、小名木川に入る。万年橋《まんねんばし》、高橋《たかばし》と過ぎ、新《しん》高橋を越えたところで北に折れ、横川を行く。菊川橋《きくかわばし》、南辻橋《みなみつじばし》、北《きた》辻橋、北中《きたなか》ノ橋《はし》を潜った次が目指す法恩寺橋だ。

「多助は、どこだ？」

西詰の清水町にある、《伊《い》右《え》衛門店《もんだな》》脇の路地に隠れていると安吉が早口に言った。

「清水町に着けてくれ」

伝次郎は船頭に言うと、次いで真夏に命じた。もし多助が襲われていたら、構わねえ、打《ぶ》っ手斬《たぎ》れ。手加減は要らねえ。どのみち、話さねえんだ。息の根を止めろ。

慌てた船頭が、棹で堀底を力一杯突いた。舟がつつっと水を切り、船着き場に舳先《へさき》から突っ込んだ。弾みで宙に飛んだ真夏は、地に舞い下りると、安吉の声を背に聞き、駆け出した。安吉が続いた。伝次郎も、待っていろ、と船頭に言って駆け出した。

伝次郎が路地に曲がり込むと、真夏らと多助がいた。多助が、ひょこひょこと足音を忍ばせて来て、出掛けたまま、まだ戻っておりません、と言った。

「無事で何よりだ。安堵したぜ」

「へいっ……」

「付いて来い」伝次郎は路地の入り口に出ると、次の一手だ、と言った。「しゃがめ」

伝次郎が膝を折り、屈んだ。真夏と多助と安吉は顔を見合わせてから、同じように屈んだ。

「今俺たちは東西南北に背を向けていることになる。いいか。俺が、立て、と言ったら、ぴっと立って、振り向き、誰かこっちを見ていないか探すんだ。俺の勘だと、闇の口入屋の手下か誰かが見ているはずだ。分かったか」

三人が小さく頷いた。行くぞ。行くぞ。行くぞ。伝次郎が三つ続けて言った。俺たちが何しているのか、と焦《じ》らしてやっているんだ。我慢しろ。行くぞ。行くぞ。

「立てっ」

立ち上がった四人が、一斉に振り向いた。路地を、川沿いの道を四人が見詰めた。横川に浮かんだ小舟に武家と町人がいた。何だ？　釣りか、この暑いのに？　目を凝らそうとした時、

「いましたっ」真夏が、法恩寺に続く道を指さした。

「どんな奴だ？」

「町人風の男で、年の頃は二十代の半ば。身の軽そうな身体付き。楊枝を銜《くわ》えていました」

「そこまで見えたんですかい？」多助が訊いた。

「はい。身を翻して隠れる時に楊枝を投げ捨てました」

「行ってみよう」

法恩寺橋を渡った南本所出村町《でむらまち》の角口に楊枝が落ちていた。黒文字《くろもじ》の枝を削《けず》ったものだった。

「いいか。ここにいたのは、闇の口入屋の手の者だ。奴は遠くから見られただけで、面までは、と思っているだろうから、必ずまた俺たちの前に現れる。楊枝を銜えたのが現れたら、そいつだから、気を付けるんだぞ」

「へいっ」多助と安吉が声を合わせた。

「先達はどうして、多助さんが危ないと思われたのですか。それと、今の者が隠れて見ていることも分かっておられたのですか」

「太郎兵衛は三人組に襲われた。そのうちのふたりは塒《ねぐら》を捨て、姿を隠した。なのに、どうして三人目らしいのは、塒を捨てずにいるんだ。俺たちを誘い出すためとしか思えねえだろうが。だからだ。半分死んだ、と思っていたぜ」

最後の言葉は、多助にだった。

「船頭が首を長くしているが、長屋を調べてから戻るか」

赤堀の長屋の中には、敷き布団に掻巻《かいまき》などがあるだけで、家財と呼べるようなものは何もなかった。元々何も持たない生き方をしている者なのか、あるいは仮の塒なのかは分からなかった。

《伊右衛門店》を出、再び舟に乗り込んでいる四人を用水桶の陰から、鳶の手下の蓑吉が凝っと見ていた。

――赤堀先生に辿り着けば、必ず来る。それでお調べの進み具合が分かろうというものだが、そうなったら仕上げに掛かるぞ。こっちの身が危なくなってしまったら、元も子もないからな。

鳶の言葉が蓑吉の耳に甦《よみがえ》った。

「先達」と真夏が言った。「ゆっくりと振り向いて、私に話し掛けてください」

「……分かった」

舟の上で半身を捩り、暑いな、と伝次郎が真夏に言った。

「尾けられています」

「それらしいのは……」伝次郎が目を僅かに動かしながら、笑顔を見せた。「いそうもないが……」

客のいない空舟が、付いて来ている。あれは、先程武家と町人を乗せていた舟なのだろうか。確証はなかった。

「竪川に入った頃から気配が濃くなっています」

「さっきの楊枝かな？」

「そこまでは」

「舟の上で矢を射られると、私はかわせますが、皆様方の分までは手が回りかねるかと存じます」

「下りるか、大川に急いで出るか、だな」

「はいっ」

まだ三ツ目橋《みつめばし》の手前である。大川に出るには間がある。

「下りよう」

船頭にどこでもいい、近くで下ろすように、と伝次郎が言った。船頭が慌てて舟を岸辺に寄せた。

「ありがとよ。助かったぜ」

船頭は舟賃を受け取ると、急いで離れて行った。

伝次郎らは、真夏を最後尾にして多助と安吉を挟んで、竪川沿いの道を大川に向かった。

「付いて来ます」と真夏が前を行く安吉に言った。

「付いて来るそうです」と安吉が多助に言った。

「付いて来ているってぇことです」と多助が伝次郎に言った。

「構わねえ。大声で言え。舟を下りたんだ。奴らも気付かれているのは承知しているはずだ」

伝次郎が足を止めて振り返った。町人風体の男が戸惑ったように身を横にずらすと、後ろから二本差しが姿を現した。

「あいつは……」と伝次郎が真夏に言った。

「菰田承九郎殿ですね」

「一味なのか」

菰田が近付いてきた。舟に乗っていた武士と町人の姿が菰田らと重なった。そうか、と伝次郎は合点した。桜河岸から尾けられていたのか。手短に真夏に話した。真夏は目だけで応えている。菰田は、大川に出る前に立ち合いになった時のことを思い、舟を下り、陸《おか》に上がって膝を馴《な》らしていたのだ。もし伝次郎らが気付かず大川に出てしまった時は、再び舟に乗り、後を追うつもりでいた。

多助と安吉が、下がった。菰田は三間（約五メートル）の間合で止まると、是非とも真剣にて立ち合いを願いたい、と真夏に言った。

「立ち合いだと？」伝次郎が間合の外から怒鳴った。「やることたねえ。八丁堀に立ち合いを挑むってのが、どういうことか、分かっているのか。主家《しゅか》だって、お構いなしでは済まねえんだぞ」

「主家は辞した。今は一介の浪人だ」

「どうしても、と仰しゃるのですね」真夏が言った。

「一剣を以《もっ》て生きて来た者の意地でござる」

「受けましょう」

「よいのか」伝次郎が真夏に訊いた。

「ここで立ち合わねば、別のところで立ち合うことになるだけです」

「その通りだ」

「ここでは、通る者の迷惑。どこか、よいところはありませんか」

「回向院の裏手では？」

「結構です」

では、と菰田が先に立った。町人風体の男が続き、その後から真夏に伝次郎らが続いた。

三

本堂の脇を通り、木立を奥へ進んだ。裏への抜け道らしく、草は払われ、土が剝き出しになっている。耳を打つばかりに盛んに鳴いていた蟬《せみ》が、人の気配に驚いて逃げて行った。木立を過ぎると小さな原があった。

「ここで、よろしいか」菰田が訊いた。

「異存ありません」

「立ち合う前に、ひとつ頼みがある」菰田が言った。「万一の時のことだが、某《それがし》が敗れた時は、そこにいる者に亡骸《なきがら》を渡してもらいたい」

真夏が伝次郎を見た。伝次郎が町人に、お前さんは、と尋ねた。男は、関谷家の元中間で清七だと名乗った。

「心得た。清七を番屋に連れて行ったりはしねえ」

「忝《かたじけ》ない」

「お身内は？」真夏が訊いた。

「おらぬ。皆死に、生きているのは某だけだ」

菰田が、羽織の紐に手を掛け、口調を改めた。

「お支度を」

真夏も羽織を肩から滑り落とし、伝次郎に渡すと、懐から革の紐を取り出し、襷《たすき》に掛けた。革の締まる音が、きゅ、と鳴った。

ふたりは一足一刀の間合で向かい合い、刀を抜いた。

双方が僅かに足を引き、間合が空いた。菰田が八相《はっそう》に構えた。真夏は脇構えである。

じりじりと足指をにじり、菰田が間合を詰めた。真夏はただ凝っとしている。

動かない。

　飛んで来た蝉が、芙蓉《ふよう》の古木に止まり、羽を震わせ、じじじっ、と鳴き始めた。菰田の足指が土を噛み、剣先がぴくりと動いた。蝉が、鳴き声を止めた。噴き出した汗が、菰田の額から顎へと伝っている。汗が顎から滴《したた》り落ちた。菰田が、放った気合とともに刀を振り下ろした。じっ、という鳴き声を残して、蝉が飛び去った。振り下ろされた剣と斬り上げられた剣が噛み合い、火花を散らし、双方が飛んで離れた。離れた次の瞬間、菰田が弾むように、真夏に斬り掛かった。再び刃が噛み合った。菰田が押した。ぐいと押した。真夏が懸命に堪えている。と、菰田の足が真夏の膝下を蹴った。思わず片膝を突いた真夏の手許を菰田の剣が襲った。真夏の剣が虚空に飛んだ。菰田が、目の下にいる真夏に剣を振り翳《かざ》した。

　あっ、と伝次郎が声を漏らすより早く、真夏は前に跳び、菰田の両足を抱えていた。菰田が尻餅《しりもち》を突いた。

　膝を揃えて座っている真夏と、剣を手に尻餅を突いている菰田が向かい合った。真夏の太刀は、弾き飛ばされている。ふたりは、刹那の間、見詰め合った後、菰田が起き上がり様に片膝を突き、真夏に突きをくれた。真夏も片膝立ちをして、菰田の突き出した剣を脇に抱えている。菰田の剣の切っ先が、真夏の脇から覗いた。そこで、ふたりが動きを止めている。

「真夏っ」伝次郎が叫んだ。

「承九郎様」清七が叫んだ。

菰田が清七を見た。笑ったのか、顔が歪んだ。

「勝ったんですか」

駆け寄ろうとした清七の目の前で、菰田が仰向けに倒れた。胸に真夏の脇差《わきざし》が深々と刺さっていた。

清七が、地べたに腰から落ちた。手許の草を搔き毟《むし》っている。

「怪我はねえか」

伝次郎が真夏の傍らに行き、声を掛けた。

「はい」

「寿命が縮んだぜ」

「私も、です」

片膝を突きながら脇差を抜き、菰田の剣をかわすと同時に刺し貫いたのだ。

「古賀《こが》流《斎《いつき》》です。型は習っていたのですが、使ったのは初めてです」

「すげえもんだ。殺《や》られたかと思った」

「膝を突き合わせて座ったところからの、立ち合いの技です」

《斎》は《居突き》をもじって名付けられたと聞いています、と言い、真夏が続けた。

「突きが基本ですが、打ちなどの他、退《ひ》き技《わざ》まで、《斎》には幾つかの型があります。いかがです。お教えいたしましょうか。何かの時に役に立つはずです」

「願ってもねえ。よろしく頼む」

「いつでもお申し付けください」

「そうしよう」

伝次郎は、立ち竦《すく》んだままでいる多助と安吉を真夏に任せ、清七に言った。

「どこまで運ぶんだ？」

「……白金村でございます」涙を拭いながら、清七が答えた。

「舟か」

「左様で……」

「丁度いい。途中まで送らせてもらおう」

「旦那方は？」

「辞したとは言え、菰田殿は関谷家にいたのだ。知らせておかずばなるまい。一《いち》ノ橋《はし》まで行こう」

気を取り直した多助が、大八車を借りて来た。菰田の亡骸を元町の船着き場まで運んで舟に乗せ、大川を下った。多助を鉄砲洲《てっぽうず》で下ろし、鍋寅らに今日の見張りを終えるよう伝えさせ、伝次郎らは海路を南に取った。浜御殿《はまごてん》の沖を通り、金《かな》杉川《すぎがわ》に入った。波が消え、揺れが収まった。土手の上を人が歩いて行く。生きていればてめえの足で歩けたものを、骸《むくろ》になれば運んでもらうしかねえ。

「真夏にも、剣の意地ってものがあるのか。負けたら勝つまで挑む、というような？」

「あると思います」ただ、と言って真夏が黙った。

問わずに伝次郎は真夏が話すのを待った。川風が吹き抜けてゆく。真夏の後れ毛が風にそよいでいる。

「ただ、私が負けたのは、例えば父とか、負けて当然の方とか、負けて気持ちのよい方ばかりでしたので、意地で挑むということはありませんでした」

「お前さんは、運がいいのかな……」

「さあ、どうでしょうか」

舟が一ノ橋の袂に着いた。伝次郎は船頭に過分な舟賃を与え、清七にも懐紙に包んだ金子を渡した。

「これで酒と花を供えてやってくれ」

この先、もし見咎められた時は、南町の二ツ森伝次郎の許しを得ていると言えばいい。それで何か言ったら、後でねじ込んでやる。清七が小さな笑みを漏らした。竪川で見て以来、初めて見せた笑みだった。真夏が両の掌を合わせて舟を見送った。安吉は幟を脇に抱え、片手で不器用に拝んでいる。舟底に貼り付くようにして、清七が頭を下げていた。舟が一ノ橋の向こうに消えた。

「行くぜ」

馬場の脇道を通り、十番《じゅうばん》から鼠坂《ねずみざか》を行き、飯倉町へと出た。関谷上総守の屋敷は直ぐに分かった。門前に立ち、門番所に声を掛けた。物見窓が開き、目の細い門番に用向きを尋ねられた。

「ご当家におられた菰田承九郎殿のことで知らせたき儀があり、罷り越した。どなたか、話の分かる方をお願いしたい」

「貴殿のお名を伺いたい」目の細い門番の鼻の穴が、ぷくりと膨らんだ。

「南町奉行所同心、二ツ森伝次郎」

「二ツ森……」鼻の穴が小さく萎《しぼ》み、目が大きく見開かれている。

暫時《ざんじ》、待たれい。物見窓が閉まり、玄関の方へ駆けて行く足音が届いて来た。

安吉が目をきょろきょろさせている。

「評判が悪いのだ」

安吉が無理に笑って見せようとした。

「この家の疫病神《やくびょうがみ》と言ってもいいだろうな」

来たようです、と真夏が言った。

潜り戸が開いた。入ろうとする伝次郎を留め、私から、と言って真夏が入った。不意打ちに備えたのだ。伝次郎ではかわせぬが、真夏ならば容易《たやす》くかわせる。真夏に続いて伝次郎が入った。

「お進みくだされ」家人が言った。

玄関の式台に人影はなかった。招かれざる客である。中の口に回った。戸が開いており、中にいた者には見覚えがあった。身分を偽り、神田橋御門外の拝領屋敷に押し掛けた時に出て来た用人だった。

「菰田は当家を辞している。此度は何用か」

「その前に、ご用人様のお名を伺ってもよろしいでしょうか」

「……高柳三右衛門だ」

「承りました。高柳様のお心を騒がせたくはないのですが、行き掛かり上、黙っている訳にも参りませんので、お知らせいたします。本日菰田殿が武士の意地とて、一ノ瀬真夏に立ち合いを挑み、立派な御最期を遂《と》げられました。また亡骸は、御当家元中間の清七なる者が引き取りましたことも併《あわ》せてお伝えいたします」

「委細《いさい》承知いたした。本来ならば、家中の者ではないので聞くこともないのだが、菰田は士として抜きん出た者であったゆえ、聞かせてもろうた。立ち合いを挑んだとは、その心根甚《いた》く胸に沁みた。よく知らせてくれた。礼を言う」

淡々とした物言いの裏に、憤怒《ふんぬ》が透けて見えていた。

「御門前を騒がせ、失礼いたしました」

伝次郎に倣《なら》って、真夏と安吉が深く頭を下げた。高柳も、答礼のため頭を小さく下げた。

伝次郎らが潜り戸から屋敷の外に出た。

高柳が傍らにいた若党に命じた。

「不浄役人の分際で。塩を撒け」

門を出た伝次郎が真夏に、教えてもらいたい、と言った。《斎》だ。

「今の用人、一枚嚙んでいると見ましたが」

「恐らくはな」言ってから、そのような物言いをどこで覚えたのか、と訊いた。

「隼さんです」

「いつもそんな話をしているのか」

「はい。ためになります」

奉行所に戻ると鍋寅や多助らがいたが、やっとうの稽古をするので、と気が散らないように近を帰し、鍋寅らを大門裏に行かせ、一刻程稽古をした。

「飲み込めましたか」

「いいや。まったく駄目だ」

「今はまだ型を覚えるためにゆっくりとやっていますが、明日はもう少し斬り込みを鋭くします。そのおつもりで。では、また明日」

「頼む」

四

八月十日。

この日正次郎は、一日、四日、七日に続く八月に入って四回目の非番の日であった。前回の非番は、伝次郎に命じられて詰所に詰めており、勝手が出来なかった。貴重な非番を、とむくれようかと思ったが、ご苦労だったと小遣いをもらえたので、またいつでもお声を掛けてくださいい、と言ってしまったのは、いささか軽薄であったが、小遣いはあるに越したことはない。こっそり美味いものを食いに行くか、と頭の中で団子屋選びをしていた昨夜、道場に通っているか、と新治郎に問われてしまった。昨年までは、人並みに通っていたのだが、永尋の手伝いに駆り出されるようになると、捕物の方が面白い上、隼とともに真夏に手解《てほど》きを受けることもあり、足が遠退いていたのだ。親とはよく見ているものだ、と感心していると、

――若いうちに基礎を覚えぬと、ものにならぬ。明日は必ず行くのだぞ。父上には、ほどほどに、とよく言っておくからな。

と言われたので仕方なく、この暑いのに道場に行き、話の序でに、師範代に夜道で襲われたことを話すと、そのような時は、とみっちりと鍛えられ、汗びっしょりになって組屋敷に戻ったのが、半刻前だった。母の伊都に、

「生きるということは、過酷なものですね」と言うと、

「何を寝惚《ねぼ》けたことを」と笑われ、早く稽古着を洗ってしまうように言われた。

「それが終わったら、母の手伝いをなさい」

庭の草取りと生《お》い繁《しげ》っている枝葉の剪定《せんてい》と、秋大根と小蕪《こかぶ》の種まきであった。四つは多いのではないかと思ったが、手伝わなければ、母がすべてをすることになる。

「終わったらご馳走を上げますよ」

流石《さすが》に母である。息子を動かすツボを心得ている。正次郎は、へいへい、と答えながらひょいと立ち上がり、井戸水を汲《く》み上げ、稽古着を洗い、物干しに掛けた。水がぽたぽたと盛大に落ち、乾いていた土を黒く染めてゆく。気持ちがいい。

「生きるということは、このような小さなことの積み重ねなのだろう」

ねえ、母上、と言ったが、母は既に手拭いを頭に被り、襷《たすき》掛けをし、庭に立っ

ていた。

「中々に素早いですな」

正次郎は植木鋏《ばさみ》を手に枝を切り始めた。

どれくらい経った頃か、そろそろ昼餉《ひる》にしませんか、と腹をさすっていると、門前を通る足音が聞こえた。誰かな、と塀越しに見ると、見慣れない武家が供を連れて歩いていた。与力や同心なら髷は小銀杏《こいちょう》に結っているが、その武家は本多《ほんだ》髷であった。武家と目が合った。正次郎は目礼した。武家は、数瞬正次郎を見据えてから鷹揚《おうよう》に頷き、行き掛けた足を止め、ちと尋ねるが、と正次郎に言った。

「何をしているのか」

繁った木の枝を落としているのだ、と正次郎は答えた。見れば分かるだろう、とも言いたかったが、身分が高そうなので止めた。伊都は、種に被せた土に水を与える手を止めて、見ている。

「ご新造は何を?」

「はい。あの、植えた種に水を」

見れば分かるだろう、と伊都の顔に書いてあった。母子だ。心は同じように動くのだな、と正次郎は可笑しくなったが、笑っては相手に失礼になる。笑みを嚙み殺し、再び鋏を使い始めようとして、武家の顔に見覚えがあるのに気が付いた。多助とともに後を尾け、市ヶ谷御門内の屋敷を突き止めた、俵木平内であった。小姓組頭だ。

「実に済まぬが」と、俵木が言った。「水をもらえぬかな。この暑さで咽喉が渇いてしまったのだが、休むところがなく、難渋していたのだ」

「まあまあ」と伊都が声を上げた。「気が付きませんで」

どうぞ、と木戸を開けている。

「母上」

入れてはなりませぬ、と続けようとして、正次郎は言葉を呑み込んだ。既に俵木は木戸の内側に入っている。紋所は丸に片喰である。見間違いではない。

「済まぬな」

俵木は正次郎を見ると、玄関へ導こうとしている伊都に、そちらで、と庭に目をやって答え、正次郎を押し戻すように飛び石伝いに庭に入ると、日陰になっている廊下に腰を下ろした。

伊都は台所へ上がっている。俵木が、低い声で言った。

「身共が誰であるか、分かっているようだな」

「…………」

「驚いた。近頃、これ程驚いたことは、……あるにはあったが、まさか気付かれようとはな」

何もせぬ、と俵木が言った。落ち着かれよ。

「はい……」

「どうしてかは尋ねぬが、百にひとつも、気付かれていようとは思うてもいなかった。八丁堀、侮《あなど》れぬな」

「私は千里先の闇をも見通しますので」

「……八丁堀では、そのような物言いを教わるのか」

今この時襲えば、其の方に生き残る道はない。俵木が、庭を見ながら言った。

「承知しています」

「襲わぬ。其の方に遺恨はない」

「…………」

「屋敷を見たかっただけだ。どのような屋敷で、どのように日々を過ごしているのか、をな」

「お待たせいたしました」

伊都が、麦湯を持ってきた。湯飲みがふたつあった。ひとつは、供の者の分であった。正次郎は、木戸の中にいる供の者に手渡し、伊都の傍らに戻った。俵木が、麦湯を飲み干し、美味い、と言った。生き返ったようだ。伊都が、お代わりを勧めたが、汗になるから、と断り、庭を指した。

「何が出来るのかな？」

「小蕪でございます」

「あれは美味いものだな。薄味で煮たのは好みだ」

伊都が、くすりと笑った。

「何か妙なことを言ったかな？」

「失礼いたしました。義父が濃い味が好みで、濃くすればする程喜びますもので、つい」

「そうか。濃い味を好まれるか。あまり濃いのは身共は好かぬが、人それぞれだからな」

俵木が、馳走になった、と伊都に礼を言って立ち上がった。供の者が湯飲みを返しに来た。俵木は供の者を促すと、組屋敷を出て行った。

帰った……。

肩で息をし、廊下に座り込んだ正次郎を見て伊都が、まあまあ、と言った。

「昼餉がすっかり遅くなったので、立てなくなってしまいましたか」

直ぐ支度しますからね。台所に向かう母の足音を、正次郎は胸を撫で下ろす思いで聞いた。

その夜――。

伝次郎が、真夏との稽古を終えて夜更けに組屋敷へ戻ると、新治郎が正次郎を伴って隠居部屋を訪れて来た。何事か、と問う伝次郎に、俵木平内が来た、と話した。

「事ここに至った大凡《おおよそ》のところは、正次郎から聞きました」

正次郎を見た。俯《うつむ》いている。このお喋りめが、とも思ったが、俵木が組屋敷に乗り込んで来たのである。倅としては止むを得ぬか、と目を閉じることにした。

「父上」と新治郎が言った。「私は、怒るというより、呆れております。我らに教えてくれたのは、襲われたところまでで、その後のことを何ゆえ何も話してくださらなかったのですか。情けなくて、口も利きたくないのですが」

新治郎は説教をしながら、詳しい経緯と、俵木ら四名の名と、新たに分かった殺しの請け人・赤堀光司郎の名を書き留めた。

「もうないでしょうね？」

「後ひとつ」

真夏と菰田承九郎が立ち合ったことを話した。いや、すごかったぞ。

「すごかった、ではありません。明日の昼四ツ（午前十時）に百井様が出仕なさいます。出仕なされたら、私が直ぐに今の話を伝えますので、その刻限になりましたら定廻りの詰所までお出でください。この先はご指示を仰いだ方が賢明ですから」

「あいつには、まだ言わんでも」

「あいつではありません。泥亀でもありません。百井様です」畳を数度指で叩いた。

それが親に対する態度か、とも思ったが、こちらに非があるのだと伝次郎は堪《こら》えた。

「百井様には、まだよいのでは……」

「ことは旗本家、それも上様の御警護を役目とする小姓組の組頭と番衆三家です。恐らく他のふたりも、番衆でしょう。となると、六家です。しかも、小姓組番頭の関谷家に続いてのことです。上手く治めねば、御上の御威光にも関わります」

「まあ、任せよう。二ツ森家の当主は其の方だからな」

「そのこと、お忘れなく」

正次郎、お前も同罪だ。矛先《ほこさき》が正次郎に向いた。恐らく、新治郎が組屋敷に戻ってから、ずっと言われ続けて来たのだろう。はいっ、と萎《しお》れるところが堂に入っている。何ゆえ、もそっと早く言わぬのだ。母上は、腰を抜かしておったではないか。

頷いた正次郎の腹が、か細く、くうと鳴った。腹が減っているのだ。新治郎の奥歯が、ぎり、と鳴った。

「年がら年中、腹ばかり減らしおって、何だ。今夜はここで父上と寝ろ。罰だ。ここには何も食うものはないからな。空きっ腹を抱え、朝まで反省しろ」

新治郎は、荒々しく戸を閉めると、母屋に帰って行ってしまった。

伝次郎と正次郎は揃って人差し指の先で眉を掻いていたが、もう新治郎は来ないと見切ったのか、

「お前の父親は詰めの甘い男よの」

と言って、伝次郎が納戸から文箱を取って来た。蓋を開けると、中に紙袋が入

っていた。「塩煎餅《せんべい》だ。多少湿気《しけ》っているが、腹塞ぎにはなるだろう。買い足しておくのでな、全部食べてもよいぞ」

美味いですね、と言って文箱を空にしたが、美味い煎餅ではなかった。このような時のために、兵糧は常に確保しておかねばならぬな。正次郎は隠し場所を思案しながら、客用の敷き布団を出して、横になった。

夜中に一度、俵木が突然刀を抜いた夢を見て、飛び起きた。

第六章　夜宮《よみや》の長兵衛《ちょうべえ》

一

八月十一日。

朝、目を覚ますと、隣で正次郎が太平楽《たいへいらく》な顔をして、大の字になって寝ていた。

緊迫感というものが、まるでない。

伝次郎は枕許を足音高く歩いて起こすと、顔を洗うよう急き立てた。土間に下りた正次郎が水甕《みずがめ》から桶に柄杓《ひしゃく》で水を汲んでいる。一杯、二杯、三杯。何杯水を使うのだ、と怒鳴りたかったが、昨夜あれだけ父親に叱られたのだ。朝から怒ることもあるまいと我慢し、伝次郎も続いて洗顔に立った。水甕を覗くと、随分と減っている。我慢の糸は、ぷつりと切れた。おいっ、と正次郎に言った。

「お前の顔は野っ原か」

訳が分からないらしい。小首を傾げている。犬ころか。

「水だ」と言った。「撒《ま》く程使いおって。後で甕に水を汲んでおけ」

分かったらしい。はい、と答えている。

怒鳴ったら、何やら腹に力が入って来た。よし、朝餉を食いに行くぞ。怒鳴られたことなど、すっかり忘れているのか、ひょいひょいと付いて来る。

母屋に上がった。先に行け、と目で促す。昨日の今日だ。気まずいのか、遠慮し、後退っている。塩煎餅のことを話すぞ。

卑怯ではありませんか。

卑怯のどこが悪い。兵法のひとつだ。

正次郎の後から居間に入った。朝餉の支度は調《ととの》っており、新治郎は膝を揃えて待っていた。

「待たせたな。正次郎《こやっ》がぐずでな」

言い訳しているうちに、温かな汁が出て来た。小松菜と豆腐の味噌汁だった。

一口啜り、美味い、と言ったが、誰も何も言わない。伝次郎が口を閉ざして箸を動かしている間に、正次郎は三杯飯を食らっている。よく入りやがるものだな、と悪態を吐こうとしていると、髪結いが来た。新治郎が座を立ち、廊下に出た。

盆を傍らに茶を飲んでいる伊都に、小さな声で、恐い思いをさせて済まなんだな、と言うと、新治郎の背を盗み見て、小さく首を横に振り、

「結構面白かったのです」と眉をひくひくと動かした。正次郎の母親だ。同じ所作をする。

「そうか」伝次郎が、安堵して、思わず笑顔を見せると、父上、と新治郎が髪結いの手を止めさせて言った。「昼四ツですぞ。お忘れなく」

「刻限を間違える程、耄碌《もうろく》してはおらぬ。案ずるな」

正次郎が空になった茶碗を、伊都が差し出した盆に載せている。

「まだ食うのか」

「はい……」

無駄だ、と言って茶碗を取り上げた。

「いつまでも食っていないで支度をしろ。その前に水だ。甕に水を汲み入れておけ。さっさとやらぬと、迎えが来るぞ」

木戸が開き、鍋寅と卯之助の声がした。

「急げ」

正次郎が、廊下に飛び出した。

大門の潜り戸を抜けると、房吉が駆け寄って来た。

「遅くなって申し訳ございませんでした。夜宮の一味を見知っている男を連れて参りました」

「ここにか」

「へい」

房吉に頼んだのが六日の夕刻だった。中四日しか経っていない。何てぇ素早さだ。房吉が、御用聞きの控所から木鼠《きねずみ》のようにはしこそうな男を連れて来た。男が、ひょいと頭を下げた。

「手爪《てづま》の捨三《すてぞう》と申します」

よく来てくれた。礼を言うぜ。捨三と房吉の背を押すようにして詰所に移った。近は既に来ていて、麦湯を井戸水で冷やしていた。麦湯を勧め、

「まっ、上がってくれ」

畳に上げ、早速だが、と夜宮について尋ねた。

「旦那、お手配に書かれていた夜宮の長兵衛でございますが、やはり代を譲っておりまして、今の頭は弥五郎だそうでございます」

弥五郎という名は、一味の者として挙がっていた。他に伊佐吉、亥助とあった。

「その伊佐吉と亥助が、小頭だそうです。そうだったな？」

捨三が頷いた。

「ここまで来ちまったんだ。夜宮について、お話ししねえかい」房吉が、捨三を促した。

「二代目も当代も、頭が切れると申しますか、用心深いと言いますか、しっかりと調べてから押し入るって口《くち》でございます……」

「お前さんは、どうしてそんなに夜宮について詳しいんだ？」

捨三が房吉を見た。

「旦那にお願いがございます」

伝次郎が話すように言った。

「捨三の兄弟が何を申し上げても、罪にしないと約定してくださいますでしょうか。心配するな、とは伝えましたが、本人に言ってやっていただけると、ありがたいのですが」

「勿論だ。お前さんが何をしてこようと、殺しはまずいが、半殺しか八分殺しくらいなら目を瞑ろう」

「では、申し上げますが」と捨三が言った。「てめえは経師《きょうじ》屋上がりですので、あちこちのお店の襖や障子の張り替えをしておりまして、その、大きい声では……、と言っても、旦那の前だから、同じですが、図面を描いて夜宮に売ったことがあるのでございます」

「するってえと、言ってみればお得意様だ。ここで話すってことは、そいつを裏切る訳だが、いいのか」

「先程名が出ましたが、亥助って小頭になった者がおります。そいつに女を取られたことがありまして……。女の気持ちが変わっちまった。そいつは仕方ありませんが、人のものだと分かっていて、手を出した亥助が許せねえんで。それ以来、この三年近く、夜宮とは縁切りになっております」

「分かった。思い出したくもねえことを訊いたな」

「とんでもねえ」

「その夜宮が、どうして西国から江戸へと狙いを変えたのか、分かるか」

「そこんところが、合点がゆかないんでさあ。夜宮は堅い盗みしかしねえんです。勝手の分からねえ江戸でやるなんてことは、ねえと思うんですが」

「すると、こっちに伝手《つて》は？」

「聞いたこと、ございませんです。ですが……」

　何だ、話を進めるように言った。

「このところ江戸や大坂に、余所者《よそもの》に埘やら押し入る先を斡旋《あっせん》する商売が出来たとか、聞いておりますが」

「知らねえぞ。知っているか」房吉に訊いた。

「初耳でございます」

「兄弟が知らねえのも無理はねえ。噂が立ち始めたのは、俺が大坂を出た頃だから、三月《みつき》と経っちゃいねえやな」

「分かった。それはそれとして、夜宮の頭・弥五郎の人相を教えてくれ。伊佐吉も亥助もな」

「お安いことでさあ」

　半六を呼んだ。絵師を呼んで来てくれ。

　お待ちください。房吉が言った。捨三の兄弟が手爪と言われているのは、器用だからなのです。

「似絵《にせえ》を描くなんてのは、朝飯前なんで」

「おう、そいつはすごいな」

河野が文机を持ち上げ、捨三の前に置いた。

「誰から描きましょうか」

「頭目の弥五郎だ」

「へい」

この似絵って奴は、と筆先に墨を付け、眉から鼻へと一気に筆を走らせた。一発勝負でございましてね。描き直すと、大抵は上手くゆきません。命って奴が入《へえ》らねえんでさあ。

「弥五郎でございます」

四十絡みの顔が描き出されている。

「済まぬことを訊くが」と伝次郎が捨三に言った。「気を悪くするなよ。似ているのか」

「極上の出来って奴でさあ」

「よしっ、次だ」

伊佐吉、亥助と描き、ふうっと息を吐いた。この亥助って奴は裏表がありましてね、頭の前では筋の通ったことを言ったりするのですが、横向いたら舌を出すって手合でさあ。

後ろから似絵を覗いていた隼が、あっ、と声に出し、伝次郎に言った。こいつです。《近江屋》から出て来たのは。

伝次郎と鍋寅が、あっ、と叫ぶ番だった。そうだ。船宿《船橋屋》に出入りしていたこの男を、隼と半六に、あいつです、と教えられたことがあった。

「あれが亥助か」

伝次郎が隼と半六に、弥五郎の似絵をもう一度よく見るように言った。

「こいつは、見掛けたか」

ふたりが揃って首を横に振った。出掛けないのか、違うところにいるのかもしれない。もうひとつ頼む、と捨三に言った。

「先代の夜宮も描けるか」伝次郎が、人相書を読み上げた。「『身の丈五尺四寸(約百六十四センチ)程。年の頃五十歳程。歯並び常の通り。面長。面体に傷なし』だが」

「造作《ぞうさ》もねえこって。あっしが描けないのはお袋くらいなもんで、他のは誰でも描けやす」

「妙なことを言うな。何で母親は……」

亡くなったのか、と捨三に訊いた。

「あっしが生まれるのと入れ替わりだそうでして、親父にお前なんか生まれなくてよかったんだ、嬶《かかあ》を返せ、と殴られては、よく長屋を追《お》ん出されたもんです。まだ五つ六つの餓鬼の頃でした。だから、おぎゃあと生まれたあっしに捨なんて名を……」

「そうか。済まねえな、いろいろ言いにくいことを訊いて」

「大したことではござんせん。それに……」

「何だ？」

「ご覧ください」

捨三が筆を止め、頭を擡《もた》げてぐるりを見回した。近と真夏と隼が鼻の頭を赤くしている。

「ねっ、旦那、分かるでしょ。この話をすると、女郎にもてましてね。中にひとりやふたりは海千山千《うみせんやません》がおりますから、まあ十人の内八人ってところですが、大泣きして扱いがよくなるんですよ。いい目も見させてもらったってとこで」

「お前にゃ負けるぜ」

「描けました。これが先代の夜宮です」

　それぞれが息を呑んだ。《安田屋》徳兵衛だった。伝次郎は改めて人相書に目を遣った。年格好、身の丈。ひどく痩せ衰えているところを除けば、すべてが徳兵衛だった。気が付かなかったぜ。

「夜宮のことで、何でもいい、他に知っていることはねえか」

「と仰しゃられても……」

「絞り出せねえか」

「あああっ」捨三が、手を上下にばたばたさせた。

「それだ。何があった？」

「三年前になりますか、代替わりした頃に、富蔵という若いのが博打の借金を清算しようと、盗みの支度金を盗んでずらかったことがございました」

「そいつは？」

「逃げ果《おお》せたようで」

「捕まらなかったんだな」

「へい。それはもう血眼で探してましたが」

「見付けたら、殺すんだろうな？」房吉に訊いた。

「二度とそのような真似をする者が出ねえように、見せしめのため、惨《むご》く、殺します」

「その富蔵だが、描けるか」捨三に訊いた。

「あいつは箇の単って奴なんでさあ」

捨三の筆が滑《なめ》らかに動いた。最後に顎の上で止まり、小豆《あずき》程の黒い点を描いた。

「黒子《ほくろ》だな」

「その通りで。目印があるってのは、有難山《ありがたやま》の時鳥《ほととぎす》なんでござんすよ」

「間違いねえ。《山形屋》利八だ。あいつが富蔵だったんだ」

もうひとつある。似絵じゃねえ。名前だ。夜宮の一味に、マツの字の付く奴はいなかったか。伝次郎が訊いた。

吉松ってのが、おりやしたが。他には？　多分、いなかった、かと。年は三十過ぎ、背丈は五尺くらいだぞ。吉松です。先代に可愛がられていた奴です。

「ありがとよ。助かったぜ」

お役に立てたようで、ようございました。房吉が言った。

伝次郎は懐紙に褒美を包んで捨三と房吉に渡した。房吉は懸命に固辞したが、それでは捨三の兄弟がもらえないではないか、と押し付けるように握らせ、

「それだけの腕だ。似絵を描いても暮らせるのではないか」と言うと、駄目でしょう、と首を振った。

「あっしは、斜め左向きしか描けないんです。そこが絵師との違いで」

「気が付かなかった。いろいろ教えてもらっちまったな」

「二度と会うことはないでしょうが、お達者で。房吉の兄弟のお蔭で、ちいと楽しい時を過ごさせていただきました」

「送ろう」と房吉が捨三とともに詰所を出た。

房吉らの足音が遠退いてゆく。伝次郎が、皆を見た。皆も伝次郎を見た。

最初に口を開いたのは、河野だった。

「筋が読めてきましたね」

《安田屋》徳兵衛こと長兵衛は、誰かを探しに江戸に出て来た。恐らく《山形屋》の床下で死体となっていた吉松って奴でしょう。ここに来て遺された品を見、死体が吉松だと知った。更に似絵を作って町の者に訊き、《山形屋》利八が支度金を盗んだ富蔵だと見極めた。京に飛脚を送り、当代の弥五郎らを呼び寄せ

た。逃げた富蔵を探させるためです。奴らは盗みに来たのではなく、富蔵を始末するために江戸に来たのです。

「勝手の分からねえ江戸に、わざわざやって来た訳が分かったな」伝次郎が答えた。

「あっ」と河野が声を上げた。「富蔵は小間物屋を女房に任せ、人に会わぬようにと集まりにも出ず、ひっそりと暮らしていた。なのに、何かの拍子に吉松に出会ってしまい、殺した。死体の始末に困り、床下に埋め、吉松を探しに一味の者が来るだろうからと、家を捨てた。道中手形も用意出来ないから、市中のどこぞに身を隠していたのだが、今年になって、もうほとぼりも冷めただろうと、用足しに出掛けた。そこを、同じ葺手町の者に見られた……」

「玉屋か」

河野が頷きながら話を進めた。

「そのままにしておいては、玉屋から己の居所が知れてしまう。そこで、玉屋を手に掛けた」

「だから、何があろうと生き返らねえように、きっちりと止《とど》めを刺したって訳か。繋がったな」

「長兵衛は、利八が富蔵だと分かっていたのに、何でちょろちょろとここに来たんです?」鍋寅が河野と伝次郎に訊いた。「調べの進み具合が、気になったんでやすかね?」

奴らの方が先を行っていたのだ。そんなことで来る訳がねえだろう。だが、あの身体をおして二度も来ている。どうしてだ?

長兵衛は真夏のことを訊いていた、と正次郎は言っていた。何か、関わりがあるのだろうか。

「とにかく旅籠にも見張りを付けよう。大詰めになって来たぞ」

何の目的で近付いて来ているのか。鍋寅らの沸き立つ声を聞きながら伝次郎は、真綿で締め付けられるような重苦しいものを感じていた。

半六が、もらい泣きした隼をからかっている。

「あんなこと言うなんて。泣いて損した」

「可哀相な身の上なんだから許しておあげな」近が言った。

「いや、あの話はまるごと作り話かもしれぬぞ。名も捨三ではないかもな」

河野が、ええっ、と驚いているふたりに、今度房吉が来たら訊いてみるがよい、と言った。あの者なら本当のところを知っているはずだ。

「今何刻だ？」伝次郎が思い出したように、近に訊いた。

「昼四ツ（午前十時）くらいのはずですが」

「いけねえ。遅れたら、新治郎の奴に叱られちまう」

直ぐ戻るから、待っていてくれ。慌てて詰所を出たところで、ゆったりと出仕して来た太郎兵衛と鉢合わせた。おうっ、と叫んで、太郎兵衛に言った。

「面白くなってきたぞ。話は中で聞いてくれ」

「俺にすることはあるか」

その話は後でする。伝次郎は、言いながら半分駆け出している。

「落ち着かぬ男よ」太郎兵衛は詰所に入ると、文机の前にいた河野に、話してくれるよう言った。「どうなっているのだ？」

鍋寅が太郎兵衛ににじり寄った。

二

定廻りの詰所に行ったが、新治郎の姿はなかった。慌てるのではなかったか。

伝次郎がやれやれと胡坐《あぐら》を掻き、扇子を使い始めていると、新治郎が廊下の奥の方から急ぎ足でやって来た。奥には、年番方の詰所がある。泥亀に経緯を話していたのだろう。

相手は旗本です。しかも、またもや因縁のある小姓組番です。

そんなところだろう。前の小姓組番頭の時は、お前だって、力添えをしたではないか。それなのに、此度はすっかり忘れたような顔をしおって。倅なんてものは、嘗めるようにして可愛がって育てても、と言ってもあんな汗くさい奴を嘗めはしなかったが、長じて家督を譲れば、隠居した親を平気で裏切るようになるのだ。いまに俺が杖を突いてみろ。後ろから来て、杖を蹴飛ばすに相違ないわ。

父上、と呼ばれて顔を上げると、お急ぎください、と言う。待たせておいて何だ、とも思うが、こちらも来たばかりで大きなことは言えない。

「何をのんびりしているのですか」

下ろした腰を上げるのは、力が要るのだ。よっこらしょ、と立ち上がり、扇子を仕舞い、新治郎の後に従った。廊下を見回したが正次郎の姿は見えなかった。奴め、抜け出すことが出来なかったのだろう。ぴよぴよが首を突っ込むのは、まだ早い。勤めに励んでおればよいのだ。

鼻で笑うと新治郎が振り向きそうになったので、しおらしく足を進めた。

年番方与力の詰所に入ると、百井亀右衛門が手にしていた筆を置き、文机を脇に退け、聞いたぞ、と伝次郎に言った。

「闇討ちに遭ったのが七月十四日の夜。そして今日が八月の十一日。流石、二ツ森伝次郎。腕は衰えておらぬの。僅か一月足らずで、襲うて来た二組の七人までも調べ上げるとは、実に大したものだ」

のう？　と新治郎に同意を求めた。

「過分なお言葉、痛み入ります」新治郎が恐縮して見せている。

「市中の医師を虱潰《しらみつぶ》しに当たったそうだな？」

年番方与力に訊かれたのだ。答えなければならない。だが伝次郎は、百井の出方がいつもとは違う雲行きを見せているのを訝《いぶか》しんでいた。いつもならば、苦り切った顔をし、開口一番、またか、と吐き捨てるように言うのだが、今日は違う。

「此度は、偶々《たまたま》上手い具合に……」と伝次郎は、警戒しながら答えた。

「其の方の采配が見事であったのだ。ようやった」しかしな、と百井が僅かに顔を顰《しか》めた。

来たな、と身構えている伝次郎に、相手は旗本だ、と言った。

「小姓組番頭であった関谷様は、御継嗣の瘡《かさ》を治そうと、勾引《かどわ》かした子の生き胆と知っていながら薬種問屋に幾たびも求めていた。其の方らが、身分を偽って大名家に乗り込んだにも拘わらず、上役たる儂を含め、何のお咎めもなかったのは、偏《ひとえ》にこのことによる。大身旗本家の継嗣でありながら瘡に罹《かか》るとは士道不覚悟、と若年寄様が御継嗣を断じられたお蔭でもあるが、その御裁断を不服として関谷様が人を集めたのか、あるいは関谷様の胸中を察して小姓組頭の俵木様が番衆を集めたのかは分からぬが、其の方らを襲うたことは明白となった……」

さて、これからだが、いかがいたす所存だ、と百井が言った。まさか、また怒鳴り込もうとしているのではあるまいな？

「よいか。其の方が騒ぐと、どうなるか。此度は、前の時とは違う。上様の身辺警護を役とする小姓組頭と番衆、恐らく六家が、武士にあるまじき闇討ちの暴挙に出たのだ。六名は切腹、御家は断絶となるは必定。分かっているだけでも、家禄五百八十石、三百二十石、三百石、二百八十石の殿様が腹を切ることになるのだ。幕府の威信は地に落ちてしまう」

其の方に命ずる。ここまで、ようやった。これよりは、儂に任せ、手を引け。百井が続けた。

「旗本家の当主が起こした事件は、町奉行所では扱えぬ。頭支配《かしらしはい》が調べた上で評定所の裁定を仰ぐことになるのだが、その頭支配が関わっているという面倒な一件ゆえ、御奉行と相談の上、若年寄様に話を通すのが最善手であろう。そこのところ、分かってくれるな？」

「話を通している間に、襲われた時は、何といたしますか」

「聞いたぞ。組屋敷に俵木様が現れたようだが、落着までの間、新治郎らに小姓組番の動きを見張らせるとともに、組屋敷の周囲と木戸に警備の者を配することにしよう。その上で命ずる。暫くの間でよい。組屋敷で謹慎《きんしん》いたしておれ」

「襲われた方が、謹慎とは納得出来ません」伝次郎が言った。

「若年寄様に、殊勝な振る舞いと思わせるだけだ」

「父上。お受けください。ほんの短い間だと存じます。二ツ森の家のためです」

「分かりました。多分、そうするのがよろしかろうかと存じます……」

そうか。百井と新治郎が顔を見合わせ、ほっと肩の力を抜いた。その時を見計らって、ですが、と伝次郎が言った。

「そうは行かぬことになってしまったのです」

「父上」声を尖《とが》らせた新治郎を制して、

「申せ」百井が言った。

新治郎の頬が張り詰めている。

伝次郎は心の中で掌を擦り合わせ、実は、と言った。

「百井様から直々に頼まれていた夜宮の一件でございますが、先代夜宮以下の居所が判明いたしたばかりか、玉屋殺しの一件も、何と何と……」

泥亀なんぞの言い成りになって堪るか、と出迎えた鍋寅に一声吠え、詰所の中を見回したが、太郎兵衛の姿がない。どこに消えた？

「花島の旦那に経緯をお話しすると……って、旦那が聞けと仰しゃったんですよね？」

泥亀に会いに行く前に、確かに言った。

「だから、《船橋屋》に夜宮の一味がいるってことを話したら、どうせ上げてはもらえぬだろうが、中を見て来ようと仰しゃって、お近と」

「行ったのか」

「止めたんでございますよ。旦那が、花島の旦那とお近を使おうか、と仰しゃった時とはちいと違っていますんで、と」

「太郎兵衛の身形は？」

「お花になると仰しゃっていました」

「誰か付けたのか」

「半六と隼を離して付けております。一緒に歩かせると、隼と半六が十手持ちの手下だと知っている奴に、見られねえとも限りませんので」

夜宮の一味がいるのだ。女のふたり連れだとしても、船宿に身許の分からぬ客は上げないだろうが、それよりも、太郎兵衛を襲った殺しの請け人だ。太郎兵衛を見張っていたとすると、お近とふたりなら、襲う好機と捉《とら》えるはずだ。

「ちいとばかり、心配だな」

「あっしの家で着替えると仰しゃってましたから、まだ十軒店辺りを歩いている頃かと」

鍋寅の家は、神田鍋町にある。

「よしっ。追い掛けるぞ」

真夏に続いて詰所を出たが、一足先に飛び出していた真夏が足を止めている。

「何だ？　慌てて」

聞き覚えのある声だった。真夏の肩越しに八十郎の姿があった。

「一ノ瀬さんこそ、どうして？」

「気になることがあってな、様子を見に来たのだ。それより、早く言え。何を慌てている？」

太郎兵衛が殺しの請け人に狙われている身なのに、近とふたりで出掛けたことを話した。

「世話の焼ける奴だな。放っておけ、と言いたいが、行き先は分かるのか」

鍋寅の家に行き、着替えて、戻って来るのだ、と教えた。

「ここにか」

「桜河岸です」

「分かった。とにかく行くぞ」

八十郎が、続け、と言って駆け出した。

奉行所を出、数寄屋橋御門を潜り抜けたところで、八十郎と真夏が、伝次郎と鍋寅を待っている。

「遅いぞ。まさか、這っていたのではあるまいな」

伝次郎が六十九歳、鍋寅が七十三歳。八十郎はふたりの中間で七十一歳になるが、息ひとつ乱れていない。日頃の鍛錬の差なのだろうか。

「丁度いい。擦れ違った時のために、桜河岸で待っていろ。そこならば、這っても行けるからな」

旦那、蕎麦屋で待たせてもらいやしょう。鍋寅が口をぱくぱくさせている。仕方ねえ、俺は走れるが、足弱を残す訳にはゆかねえからな。

「頼みます」

見ている間に、ふたりの後ろ姿が遠退いて行った。

「何を食っていると、あんなに走れるんでやしょう?」

「人だ」

「だったら、旦那も……」

「何だ?」

「行きやしょう」

「黙って歩け。息の乱れが収まらん」

桜河岸の蕎麦屋に向かった。船宿《船橋屋》が、日差しを受けて白っぽく見えた。

「やっぱり、こうでなくてはいけないね」

太郎兵衛は手早く丸髷に結い上げると、女物の小袖に着替え、はしゃいで見せた。

「あらら」近が口許を手で隠して笑った。

「二本差すと、重たいんだよ」花が、右に左に腰を振った。「あれが、ずっと嫌でね」

鍋町を後に、鍛冶町《かじちょう》の不動新道《ふどうしんみち》、薬師《やくし》新道を通り、神田堀を越えた。この辺りに来ると、風の向きによっては、伊勢町《いせちょう》堀《ぼり》を渡って来た潮風が、そよと吹き抜けてゆくのだが、

「吹いて来ないね」

「来ませんね」

ふたりが、額に浮いた汗を拭い合っているのを、遠くから見ている男がいた。鳶の配下の宗助である。宗助は、蓑吉とともに、太郎兵衛が近と数寄屋橋御門から出たところから尾けていたのである。太郎兵衛が女装して鍋寅の家から出たところで、高砂町に移らせていた池永らを呼びに、蓑吉を走らせていた。いつものやり方で尾けているから、追って来い。

いつものやり方とは、曲がり角などの要所に、金で雇った男を立たせ、後から

来る蓑吉に宗助が行った方角を伝えさせるのである。

――頼まれてくれ。只とは言わねえ、半刻程ここにいて、草鞋を手に持った裸足《はだし》の男が来たら、俺があっちに行った、と伝えてくれればいい。

蓑吉は、池永らの前を草鞋を手に、裸足で駆けるのである。金だけいただいて逃げてしまおう、などという気を起こさせないだけの目の力が宗助にはあったが、一分も握らせれば、まず裏切らずに立っていた。

蓑吉らが宗助に追い付いたのは、道浄橋《どうじようばし》を渡った伊勢町堀脇の道であった。蓑吉にも、太郎兵衛らが江戸橋を渡る姿が見えた。

「相手は八丁堀だ。斬れば、どうせ暫くは江戸を売ることになるのだ。人通りがあっても構わぬぞ」池永が宗助に言った。

「ではございましょうが、ま、人がもう少し減ってからにいたしましょう。江戸を売るにしても、戻って残るひとり、二ツ森伝次郎の始末をお願いしなければなりませんのですから、見られないのに越したことはございません」

「分かった」

「止めは俺に任せろ」藤森覚造が言った。

「横取りはせぬから案ずるな」赤堀光司郎が唇だけを震わせて笑った。

ひとり離れて付いて来る七化けの七五三次は、射るような目で太郎兵衛の背を見ていた。

白魚橋に次いで真福寺橋を渡り、南八丁堀一丁目に入った。ここの河岸を俗に蜊河岸と言い、二丁目と三丁目の河岸を桜河岸と言った。

蜊河岸を過ぎた。桜河岸である。船宿《船橋屋》を探していた太郎兵衛と近の背後に、下駄の荒い足音が立った。

年は三十の少し前か、中年増が侍に追われている。侍は三人。懐手《ふところで》のひとりを後に、ふたりが笑いながら女に迫っている。酒に酔っているかに見える。侍どもは、羽織袴に月代を剃り上げたところから見て、勤番の侍らしい。この侍ども、実は池永らの変装であった。

「お助けください」

女の手を近が摑んだ。

「大丈夫だよ。安心おし」

女が近に縋《すが》っている。隼と半六が駆け寄って来るのを見て、太郎兵衛が数歩前に出た。

「その女を寄越せ」池永の手が刀に掛かった。

「邪魔立てすると、命はないぞ」赤堀が言った。

「上等だね。やってごらん」

身構えた太郎兵衛の背に吸い付くように、女が寄った。手が後ろに回り、帯の結び目を探っている。匕首が覗いた。

あっ、と隼と半六と近が息を呑んだ瞬間、太郎兵衛の身体が石畳に落ちた。落ちて匕首をかわし、左手で女の手首を摑み、右手で女の足を払い、投げ飛ばしていた。女は宙を舞って、侍どもの足許に転がった。

「畜生」と女が叫んだ。「もう一息ってところで」

女の形相が変わり、男の顔になった。

「よく気付きやがったな」

「助けてもらうのに婆さんのふたり連れに縋るか。それにな、踏ん張る足が女の足ではなかったわ。馬鹿めが」

「馬ぁ鹿めぇがぁ」近も怒鳴った。

「うるせえ」男は一歩下がると、侍どもに言った。「頼みましたぜ」

「任せろ」

足指をにじり、間合を詰めようとしていたふたりに次いで、懐手をしていた侍が進み出て来て、懐から手を出した。右手に布が巻かれている。

「そうかい。お前さんたちかい。ありがとよ。探す手間が省けたってもんだ」

「ほざけ」

侍どもが、左右に広がり、刀を振り翳した。

「逃げろ」と言って、太郎兵衛が横に走った。

「あっ」と、その時になって、隼が半六に言った。「あいつらは、殺しの請け人だ。指を斬り飛ばしたって奴らだよ」

「どうしよう……」

相手は段平《だんびら》を持ったのが三人と、匕首がひとり。こっちは、太郎兵衛ひとりである。

「呼子だ。吹こう」

隼と半六が呼子を口に銜え、顎を空に突き上げたのと同時に、侍どもと太郎兵衛の間に男が割り込んだ。

「後は、俺が相手だ」と男が言った。

一ノ瀬八十郎だった。

侍どもを睨み、ぐいぐいと押し返している。

「間に合いましたね」真夏だった。隼らの傍らに来ていた。

「あれま、どうして？」

「それは、後で」と近に言い、太郎兵衛に訊いた。「花島様、斬ってもよろしいのですか」

「腕と足なら。口は利けるように頼む」

「だそうです」

「聞こえた」と八十郎が言った。「いつものことだが、俺は機嫌が悪いんだ。覚悟しろ」

八十郎がずかずかと左端にいた赤堀に歩み寄った。

女の身形をしていた七化けの七五三次が、そろりと逃げようとしていた。八十郎が真夏に命じた。逃がすな。

「心得ました」

鍛え上げた真夏の足の運びは、常人のものとは違う。七五三次に追い付くや、突き立ててきた匕首を払ってかわし、七五三次の肩口に刀の峰を叩き付けた。

七五三次の襟《えり》を摑み、引き摺りながら戻る真夏の目に、地に倒れ伏しているふたりの請け人が見えた。残るひとりが八十郎と太刀を斬り結んでいた。

　市中の道場に立てば、一角《ひとかど》の剣客として暮らしてゆける腕に見えたが、八十郎程の腕を相手にしたのでは、いかにも分が悪かった。恐らく、これまでに八十郎程の腕の者と立ち合ったことはないのだろう。剣に焦りと怯えが見えた。勝てない、という思いが、それらを生むのだ。無理な打ち込みだった。一旦退き、構えを正し、改めて打ち込めば、まだ勝機を摑めることもあっただろうが、己の心がすべてを台無しにしていた。小手を叩かれ、胴を払われ、首筋を打たれて、地に崩れ落ちた。

　真夏は、七五三次を半六に任せると、八十郎に言った。

「父上の剣には、無駄な動きがまったくございませんでした。そうなりたいと念じております」

「この親不孝者め。剣客の目をしておったぞ。どうすれば、俺を倒せるか、と考えながら見ていたであろう?」

「あの最中に私を見ていたのですか」

「嘘だ。余所見をしていては勝てぬ。よい腕をしていた」

「そのように思いました。正しく進めば、人に慕《した》われる生涯を送れたでしょうに」

「請け人にならざるを得ない、何かがあったのだろう。それもまた、この者の生き方だ」

「はい」

人が集まって来ていた。河岸で斬り合いがあり、四人が倒れているのである。野次馬が石畳を埋めていた。ここは桜河岸である。まさか、伝次郎らが出て来てはいないだろうか、と見回したが、伝次郎と鍋寅の姿はなかった。気付いていないか、上手く隠れているらしい。よかった。見張りの妨《さまた》げにはならなかったのだ。安堵した真夏の目に、野次馬の後ろにいる男が映った。肩を並べたふたりのうちのひとりが、楊枝を銜えていた。

あの者は、闇の口入屋の者では……。

思って見直した時には、男らは人に紛れて見えなくなっていた。

真夏は、半六に大八車を借りて来るように言い付けた。

「これらの者を早く奉行所へ運ばねばなりません」

そして隼には、《船橋屋》の者に気取られては苦労が泡になる。用心して見張り所に行くように、と命じた。

「この顚末を先達に伝えるのです。ことは急を要します。直ちに動いてください」

　隼が、そっと皆から離れた。

「花島様は、そのお姿で奉行所に入るのは憚られますので、お着替えの上、お近さんと詰所にお出でください。恐らく、これで請け人に襲われることはなかろうかと存じます」

「分かった」

　太郎兵衛と目を見合わせている八十郎に、父上には警護をお願いします、と言った。

「私もお供をいたします」

　真夏らが奉行所に着くのと相前後して、伝次郎と鍋寅と隼が着いた。

「おおっ」と伝次郎が大八車の獲物を見て吠えた。

「野獣か、お前は」八十郎が言った。

　百井亀右衛門が玄関に現れ、何が起こったのだ、と叫んでいる。伝次郎が、仕方ねえ、と八十郎と真夏に言った。

「教えてやるか」

池永や七五三次らが、奉行所の仮牢から大番屋に移されて取り調べを受けている頃――。

関谷家の用人・高柳三右衛門は、鳶の使いを受け、赤坂田町二丁目の料理茶屋《常磐亭》の離れにいた。

「夜分、恐れ入ります。本日、花島太郎兵衛を襲いましたので、そのことを逸早くお耳に入れたいと存じまして」

「首尾は、いかがであった?」三右衛門が身を乗り出した。

「残念ながら」

「まさか、しくじったと申すのか」

「左様で。その上、捕らえられてしまいました」

「それで済むか。どう始末を付けるのだ?」

「お任せください」

鳶が手を叩いた。裳裾《もすそ》を引き摺り、華《はな》やかに化粧した女が三人、座敷に入って来た。

「何だ? この者らは」

「まま、そうお怒りにならずに。策があるのでございます」

「申せ。事と次第によっては、許さぬからな」

鳶がひとりの女に、よいぞ、と言った。女はつと立ち上がると三右衛門の背後に回り、腋の下から手を回し、羽交い締めにした。

「何の真似だ？」

「座興《ざきょう》でございます」

その時には、残りのふたりが三右衛門の首に紐を巻き付け、両方から力の限り引き始めていた。

三右衛門は、ぐぐっと咽喉を鳴らすと、身体を瘧《おこり》のように痙攣《けいれん》させている。口から舌が異様に長く飛び出した。それを見ながら、鳶が手酌の酒を一口啜った。

「いずれ、彼《か》の者らは牢問《ろうどい》を受けましょう。手前の名は直隠《ひたかく》しにするはずでございます。さもなければ、親兄弟まで辿り、根絶やしにすると言い含めてありますのでな。勿論、彼の者らには、高柳様の名も、御家の名も申してはおりません。しかし、高柳様が、どこぞで手前どものことを話すなど、しくじりをしているかどうかは、手前には分かりません」

三右衛門が真っ赤になった目を見開いて、鳶を睨んだ。

「そこが心配の種でして、取り調べられれば、高柳様は恐らく手前どものことを話してしまわれるでしょうし、それに、ひとつの依頼を三度もしくじったなどと話された日には、今後の手前の仕事が大層《たいそう》しづらくなります。そこで、申し訳ないのですが、死んでいただくことにいたしました」

三右衛門の手足から力が抜けた。羽交い締めをしていた女は、息の根が止まったか、耳を胸に当てて聞いていたが、頷くと、三右衛門から身体を離した。三右衛門が畳の上に倒れ込んだ。

「始末は頼むぞ」

「承知いたしました」

翌朝、三右衛門の死体が大川に上がった。神田川から舟で運ばれ、大川に捨てられたのである。

伝次郎らが駆け付けている頃、鳶は宗助と品川にいた。

「宗助は、お伊勢様は初めてだったたな」

「へい」

「楽しみだな」

「へい」

「蓑吉には、十分言い聞かせただろうな？」

「池永先生たちが吐いてもいいように、先生方が知っている隠れ家には近付かぬように言ってあります。後は、おとなしく見回りだけをしているように、と」

「それでいい。三月か半年もすれば、戻れるだろうしな。それよりも、あの先生方、どこまで堪《こら》えてくれるか。見物《みもの》だな」

池永ら四人は、厳しく問われても頑《がん》として口を割らないでいた。

「この様子だと」と伝次郎が、鍋寅らに言った。「明日には牢屋敷に移され、三日もすれば御老中にお伺いを立て、牢問が始まるはずだ。とは言え、追及するのは闇の口入屋の正体を暴くことで、依頼した者が誰かは置き去りにされちまうだろう。だが、もう俺たちには手は出せねえ。あっちは泥亀と吟味方に任せ、俺たちは夜宮だ」

船宿《船橋屋》とともに旅籠《近江屋》にも見張りを置くことにした。夜宮の三代目・弥五郎の居所を摑むためである。

「必ず出て来る。その時に一斉にふん縛ってくれようぜ」

この日から、夜を徹しての見張りが始まるのだが、さて――。

高柳三右衛門の死体を確かめた伝次郎は、奉行所に戻ると、八十郎とともに年番方与力の詰所に出向いた。

三

「水死体は、関谷家の用人・高柳三右衛門でございました」

「闇の口入屋の仕業か」百井が問うた。

「と思われます」伝次郎が答えた。

「請け人を捕らえたのが、つい昨日のことだ。素早いの」

「口封じのためでございましょう」

「すると、こういうことになるな。関谷家がどこまで関わっているかは不明だが、高柳が闇の口入屋を雇い、花島を襲わせた。が、闇討ちはしくじりに終わり、請け人は捕らえられた。そこで口入屋は、己の身を守るために高柳を殺した、ということになるのか」

「左様でございます。請け人は口を割らぬ、と思い込んでのことか、いずれは口を割るだろうが、割るまでには逃げられると踏んでのことでございましょう。高柳三右衛門は、万一にも追及の手が伸びた時には、待ったなしに話してしまう、と思われたのでしょうな」

「しかし、高柳が死んだとなると、そちらから関谷家が関わったか否かを調べるのは……」

「難しいでしょう。残された手立ては、口入屋を捕らえ、吐かせるしかないと存じます」

「池永らを責め、口入屋か、遠いの……」

相分かった、と百井が言った。このこと、新治郎には？

「まだでございます」

「儂から話しておこう」

「よろしくお願いいたします」

うむっ。百井は重々しく頷くと八十郎に目を移した。

「此度も請け人を瞬く間に倒したそうだが、流石だの」

八十郎が軽く頭を下げた。

「そうか」と百井が膝を叩いた。「珍しい取り合わせで来たと思うておったが、成程、養女のことでか。聞こう」

八十郎がぽかんとしている。百井が、どうした？　という顔をして伝次郎を見た。そこに至り、伝次郎は八十郎に何も話していなかったことに気が付いた。

「真夏に縁談があるのです」

「実《まこと》か。誰だ？　それと養女とは、どう関係があるのだ？」

「端《はな》から話しますので、まずは聞いてください」

小牧壮一郎が永尋の詰所に来たところから順を追って話した。

「内与力様か」八十郎が虚空を見詰めた。

「面識はあるか」百井が訊いた。

「名を聞いたことも、お見掛けしたこともございますが、しかし、よくは存じません」

「人となりは保証するぞ。多少才気走ったところもないではなかったが、若さゆえと思えば許せる範囲だ」

「剣の腕は、私が保証します。久慈《くじ》派一刀流、ご存じですね？」

「知っている」

門弟の数は三百を超えるという大道場であった。

「そこの逸材《いつざい》として知られた者です」

八十郎の興味を引いたらしい。ほおっ、と声に出した。

「真夏と手合わせをしたことがあります」

「どっちが勝った？　まさか、真夏が負けることはあるまいな」

「無論、勝ちました」

胴を取ったのだと、伝次郎が勝敗の瞬間を詳しく述べた。

真夏の竹刀が斜め上方へと跳ねた。小牧の肘を捕らえる寸前、小牧の身体が宙に躍り、真夏の竹刀が虚空に流れた。真夏の腕を狙って小牧の竹刀が飛んだ。竹刀で受けてかわした真夏が、大きく踏み込みながら、小牧の胴に竹刀を叩き付けた。

「負けた時に呆気に取られたような顔をしていましたが、気持ちよく敗北を認めたところは清々しくさえありました」

「よさそうだな」

「よい男です。我らの目をお信じください」

百井が伝次郎を見てから頷いた。

「いいや」と八十郎が言った。「俺が見て、これなら真夏を託せると確信が持てたらの話だ。養女の件も、その時に改めてお頼みいたします」

「そうするがよい。だが、儂と二ツ森の見立てに狂いはない。まさか其の方と父親として並ぶ日が来ようとは、思いもせなんだぞ」

「来ないかもしれません」

「そうだな……」

百井が明らかに気を悪くしている。俺だって、そこまでは言わんぞ。伝次郎は腹の中で思いながら、八十郎の袖を引くようにして詰所を後にした。

玄関を出、永尋の詰所に向かった。那智黒《なちぐろ》の玉砂利を踏む音がやけに響いた。

「しかし、いいところに来てくれました……」

と言ったところで昨日詰所に現れた八十郎が、気になることがあるから様子を見に来た、と言っていたことを思い出した。昨日は、殺しの請け人の捕縛と大番屋への護送などで、話す暇もなかったのだ。

「それなのだがな」と八十郎にしては、口が重い。

「剣のこと以外なら、何でも言ってください」

「六月の末のことになる」と八十郎が話し始めた。「俺が出稽古にいっている間に、道場の周りの者に、真夏のことを聞いて回った男がいたらしいのだ。どこにいるのか、とかな。年は三十前後。真面目なお店者に見えたらしいので、南町だと教えたそうだ。三年前にもそのようなことがあったが、その時はそのまま何も起こらなかった。此度は何だか気になってな」

　まさかとは思うのだが、と言って八十郎が言葉を切った。

「………」

　夜宮の先代が旅籠《近江屋》に泊まり始めたのは七月の頭だと言っていた。下高井戸で真夏の居所を聞き、江戸に入ったとすれば、日付は合う。先代だとすると、聞き回った男は、年頃から言って手代の初吉だろう。その先代は、詰所にいた正次郎に真夏のことを尋ねていた。

「一ノ瀬さん、ちいと話があります」

「何だ？　改まって」

「今夜、組屋敷に泊まってくれますか。道場の周りを聞き歩いていた男に心当たりがあるのです」

「……いいだろう」

　船宿《船橋屋》の見張りには太郎兵衛と染葉と多助に半六が、旅籠《近江屋》の見張りには、河野と鍋寅と隼に安吉が銅物屋《上州屋》の二階に詰めていたが、真夏は伝次郎の用心棒として詰所にいた。真夏の前では、話せない。

「それから、真夏には、小牧様のことはまだ一ノ瀬さんの耳には入れていないことにしておきますので、お含みおきください」

「分かった」

「真夏には、今夜話すとでも耳打ちしておきます」

「このようなことは、お前の方が上手いからな。任せる」


出仕している正次郎を捕まえ、今夜宵五ツ（午後八時）頃一ノ瀬さんを連れて帰るので、夕餉《ゆうげ》を頼む。構えて馳走をなどと気張らず、有り合わせのものでよい。また隠居部屋に泊めるので、寝召《ねめし》を頼む、と伊都への言付けを托し、序でに「とても待てぬだろうから、お前は先に食べておれ」と言うと、ほっとしたような顔をした。

夕刻、南紺屋町と桜河岸の見張り所に食べ物を差し入れ、伝次郎は八十郎を組屋敷に伴った。真夏は騒ぎが起こった時のために、桜河岸の蕎麦屋に置いた。真夏に言わせると、ここの蕎麦は聞く程ひどいものではないらしい。それとも、私には味が分からないのでしょうか、と問われた時には、伝次郎も答に困ったが、八十郎の作ったものを食わされて大きくなったのだから、仕方ないだろう。

組屋敷に戻ると、大層な馳走が待っていた。あれだけ言ったのに、とも思うが、夕刻帰って来た正次郎から言付けを聞き、恐らく腕捲《うでまく》りでもしたのだろう。皿のひとつには、料亭《鮫《さめ》ノ井《い》》の卵焼きまで載っていた。

正次郎に小声で、買いに行かされたのか、と訊くと、にんまりと頷いた。ご褒美に摘み食いをさせてもらったのだろう。心に余裕のある顔をしている。

夕餉を終え、隠居部屋に移った。伊都が茶を淹れに付いて来ようとしたので、これからお役目の話をするでな、と追い返した。

伝次郎は、夜宮についてのあらましと、二代目の長兵衛が二度も永尋の詰所を訪ねて来たことを順を追って話した。

「すると、初吉と名乗った男が、道場の周りで真夏のことを訊き歩いた者ではないか、と言うのだな」

「そして三年前にも同じようなことがあったと仰しゃいましたが、その頃に殺された男がいます。名は吉松。長兵衛の配下です」

富蔵なる者が、夜宮一味の支度金を奪って逃げた。その富蔵が潜み暮らしていた家の床下から、吉松の死体が出た。吉松は、長兵衛が江戸に送った男だったことを話した。

話しながら伝次郎は、吉松が江戸に来たのは、真夏の様子を探るためだったのだ、という思いに至った。それが殺され、音沙汰が途絶えたので、長兵衛は我慢出来ずに見に来たのだ。そう考えると、辻褄《つじつま》が合う。

となると、長兵衛が詰所を訪れたのは、真夏に会うためということになる……。

伝次郎は、思いを包み隠さず話した。

話の途中で木戸の軋む音がした。卯之助の声もする。新治郎が帰って来たらしい。

「だから、何だ。真夏と、どう関わると言いたいのだ?」八十郎が苛立ちの声を上げた。

「一ノ瀬さんには、もうお分かりですよね?」

「何……」

「ただ、それを言いたくないだけではないのですか」

八十郎が伝次郎の目を見据えた。

母屋と隠居部屋を結ぶ飛び石が鳴り、障子の陰から声がした。新治郎です。只今戻りました。

おうっ、と返事だけして見詰め合っていると、新治郎が上がって来た。

「一ノ瀬様がお出でと聞いて……」

と言って、新治郎は続く言葉を呑み込み、伝次郎と八十郎を交互に見た。

「夜宮が、真夏の実の親だと申すのか」と八十郎が言った。「僅か五つの真夏を、日盛りの中に置き去りにしたのは奴だ、と」

「恐らくは……」

「父上」と新治郎が言った。「何の話なのですか。私にも、お聞かせください」

黙っている伝次郎に代わって、八十郎が言った。夜宮の二代目が、真夏の実の親ではないか、と伝次郎が言うのだ。

「何か証でも？」新治郎が伝次郎に訊いた。

「そんなものはねえ」

「思い過ごしということも……」

「新治郎殿、実を申すとな、認めたくはないのだが、身共もそんな気がしているのだ」

八十郎が、伝次郎が話したことを遺漏《いろう》なく話した。

「どうだ、間違いだとは言い切れぬであろう？」

「このことを、真夏殿へは？」伝次郎に訊いた。

「まだ教えていない。万一にも聞かれないように、ここに来てもらったのだ。知っているのは、三人だけだ」

「申し訳ございません。もうひとり、おります……」

伝次郎が振り向いて庭を見た。障子の陰から正次郎が顔を覗かせた。

「何ゆえ、そこにいる？」

「父上とともに来たのですが、履物《はきもの》を直しているうちに、入りづらくなりまして」

「一番口の軽いのに聞かれてしまったのか」

「そのようなことはございません」正次郎が憤然として言った。「話すなと言われれば、石抱きの責めを受けても話すものではございません」

見習として、牢屋見廻りに配属されていた時にでも見たのだろう。

「夜宮をお縄にする時には、二代目も捕らえる。それではっきりするだろうから、それまでは決して話すではないぞ」

「心得ております」

「万一、話した時は、生涯飯を食わさぬからな」

「絶対に話しません」正次郎がきっぱりと言った。

その夜遅く、隠居部屋から、あちゃ、とか、痛っ、とか、ひっ、というような奇妙な声が半刻近く聞こえて来たが、最後に笑い声で締め括られると、静かになった。正次郎は首を捻りながらも、いつしか眠ってしまった。夜明け前に、いつものように蝉が一頻《ひとしき》り鳴き終わると、伊都の起き出す気配がした。

今日は非番だったが、また引っ張り出されるのだろうか。考えているうちに、一ノ瀬八十郎と真夏と長兵衛の顔が浮かんで来た。いかん。考えると眠れなくなる。力を込めて目を閉じたが、睡魔は去ってしまっていた。起きよう。着替えて台所に顔を出すと、まあ、と伊都が驚きの声を上げた。もうお腹が減ったのですか。

八月十三日。

「詰所にいろ。近に余計なことは話すなよ。分かっているな。飯抜きにするぞ」

正次郎は、伝次郎に散々脅かされ、非番の一日を詰所で過ごすことになった。だが、夜宮一味に何の動きもなかったらしい。どこからも、何の知らせも入らなかった。

七ツ半（午後五時）になったら帰っていい、と言われていたので、六ツ半（午後七時）までいる、と言う近を残して詰所を出た。

真っ直ぐ組屋敷に戻り、伊都と差し向かいで夕餉を摂《と》り、微睡《まどろ》んでいると、伝次郎が帰って来た。

伝次郎は、隠居部屋に行かずに母屋に上がって来ると、正次郎に隠居部屋に来るようにと言い、さっさと庭に下りて行ってしまった。

「何かしくじりましたか」と伊都に訊かれたので、つらつらと一日を顧みたが、思い当たることはなかった。

「でしたら、堂々と乗り込みなさい。後で、茶を持って様子を見に行きます」

合点でさあ、と正次郎は鍋寅の真似をして母屋を出、隠居部屋に上がった。部屋では伝次郎が膝を揃えて座っていた。手許には、叩《はた》きと柄杓が置いてある。

「そこに座れ」と伝次郎と向かい合うところを指した。

「はい……」座った。

「これからやっとうの稽古をする。相手をしてくれ」

正次郎は、ひと差し指で己の鼻の頭を指した。

「嫌か」伝次郎が言った。

「そのようなことはありませんが、私でよろしいのですか」

「そうだ」

「もっと腕の立つ者の方が。例えば、真夏さんの方が……」

「おらぬではないか」

「明日まで待てばよろしいのでは」

「待てぬから言っているのだ。嫌なら、明日の朝飾は抜きだぞ」

「お相手いたします」

「最初から、素直にそう言え」

伝次郎が叩きを正次郎に手渡し、それで俺の頭を叩け、と言った。

「よろしいのですか」

「一々訊くな。言われたことだけしろ」

「では、遠慮なく」

ふわりと振り上げ、ぺたっと叩こうとした。

「………」

「お前は馬鹿か」

「俺の頭のゴミを払え、と言っているのではない。目にも留まらぬ速さで叩け、と言っているのだ」

「本当に、叩いてよろしいのですね？」

「くどい。やれ」

「では、遠慮なく」

正次郎が素早い所作で叩きを振り下ろした。叩きは、ぴしゃりと伝次郎の頭を叩いた。

「痛っ」

「叩けと仰しゃったではないですか」

「よい。今ので、よいのだ。もう一度参れ」

またもや叩きが髷の先っぽ辺りを叩いた。うっ、と唸りながら頭を抱え、

「変だな」と呟いている。「後、一息のはずなのに……」

「昨夜、妙な声が聞こえていましたが、これをやっていたのですか」

「聞こえたのか」

「はい」

「まあ、そんなようなものだ。それよりも、お前は力を加減するということを知らぬのか。痛いではないか」

「はあ……」

伝次郎は、庭仕事の時に穿《は》く軽衫《かるさん》を取り出して来ると、畳んで頭に乗せ、手拭いで縛った。川越えしている落武者のようである。思わず笑い出しそうになるのを堪えていると、

「まあ」という声が庭から聞こえた。伊都が茶を持って来たらしい。「何をしておられるのですか」

声が浮き浮きしている。

「剣術の稽古です」

「それが？」

「見ていてください。先達、行きますよ」

「おうっ、参れ」

伝次郎が柄杓を抜き合わせる前に、叩きが軽衫をポコリと打った。

「面白いですね」

「はい」

「そういうことではない。真面目にやらんか」
二、三度柄杓を抜き合わせる真似をしてから、やるぞ、と伝次郎が正次郎に言

った。ポコリポコリと軽衫を叩く音が続いた。

「お前のは、強過ぎて痛い。伊都、代われ」

「そんな……」

「母上、見ていたように、頭を叩けばよいのです」

伊都が、ゆったりとした動きで叩きを振り下ろした。駄目だ。もっと素早く叩け。徐々に叩きを振り下ろす速度が上がり、軽衫を捕らえるようになった。それとともに伊都の目がきらきらと輝き始めている。

「後一回で止めるぞ」

伊都の叩きが伝次郎の頭を捕らえる寸前に、伊都の腕を柄杓が跳ね上げ、柄の先が胸を突いた。

「痛っ」と伊都が胸を押さえた。

「済まぬ。だが、呼吸が分かってきた。正次郎、代われ。親の仇《かたき》だと思って掛かって来い」

それから四半刻して稽古を終えた。

「明日も頼むぞ。明日は、頭ではなく、俺の胸を突いてもらう稽古だ。その次の日は、水平に斬ってもらう。ちいと難しくなるが、案ずるな。型は真夏と一ノ瀬さんに叩き込まれているからな」

「あの、先達」と正次郎が、片膝立ちして柄杓を前に突き出している伝次郎に言った。「これは、一体全体何の稽古なのですか」

「秘太刀《ひだち》《斎》よ。覚えたか」

「覚えました……」正次郎と伊都が言った。

木戸が開いた。新治郎が帰って来たらしい。あらあら、と叫んで伊都が隠居部屋から飛び出して、玄関に急いでいる。

「それでは、先達、私も失礼いたします」正次郎がゆったりと手を突いた。

「似合わねえよ」

「私も、そのような気が」

正次郎が母屋に戻って行った。珍しく何か土産でも持ち帰ったのか、正次郎の弾んだ声がしている。伝次郎は、そっと障子を閉め、敷き布団を敷いた。どこかで木の葉木菟《こはずく》が鳴き始めた。

第七章　父と子と

一

夜宮一味に動きが出たのは、四日後の八月十七日、昼四ツ（午前十時）に近い刻限だった。

《船橋屋》に弁慶縞《べんけいじま》が駆け込み、格子縞と飛び出したのに次いで、棒縞、矢鱈《やたら》縞、味噌漉《みそこし》縞が三人固まって蜊河岸の方へと繰り出して行った。こちらは駆け出す素振りはなく、落ち着いて歩いてゆく。棒縞だけが羽織を着ていた。

「あの棒縞は、小頭の伊佐吉に間違いありません」半六が染葉に訊いた。「尾けましょうか」

「恐らく、此奴どもは《近江屋》だと思うが、念のために尾けてくれ。太郎兵衛も頼む」

「先に出たふたりは、よろしいんで？」

「あれは、無理だ。後ろから行く三人が、目を光らせている。ぬかりがねえ」

「そのようだな」八十郎が言った。

半六、来い。太郎兵衛と半六が後を追った。

間もなく旅籠《近江屋》の暖簾を伊佐吉だけが潜った。他のふたりは、旅籠の脇に残っている。それらの動きを銅物屋《上州屋》の二階から鍋寅らが見ていた。

「出て来ましたぜ」

三人に初吉が加わり、四人になって、桜河岸の方へと戻っている。夜宮の先代だけが旅籠に残っているらしい。

「どこかに行くようだな？」河野が鍋寅に言った。

「近間なら二代目も行くでしょうから、ちいと遠くってえと、もしかすると弥五郎が皆を集めたってことは？」

「いや、弥五郎が遠くにいては、知らせるに面倒だ。奴は近間にいるはずだ。とすると、支度金を盗んだという富蔵を見付けたのかもしれぬぞ」

「でしたら、これから一騒動起きますね」

隼が言ったところに、半六が階段を上がってきた。

「花島の旦那が尾けていますので、直ぐに行かねばなりません。こちらの皆さんも、蕎麦屋に来てくれということです。では」

半六が階段を駆け下りて行った。

「伝次郎が、間もなく来るはずだったな？」

昼四ツに百井に呼び出されていた。俵木ら小姓組番には、構えて近付かぬようにと、改めて釘を刺されたのだ。神妙に承り、詰所を出たところで、そんな話は暇な時にしてくれ、と悪態を吐き、真夏とともに《上州屋》に駆け付けた。その時には、河野らは桜河岸の蕎麦屋の二階に移っており、隼だけが待っていた。

隼にあらましを聞き、三人で桜河岸の見張り所に行くと、安吉が残っていた。

「つい先程、《船橋屋》から、夜宮の一味が出て行きました。ふたり、三人と分かれておりましたが、都合九人でございます」

「弥五郎らしいのは？」

「いねえようでした」

「どっちへ行った？」

「ご案内いたします」

先行している太郎兵衛、染葉、八十郎に河野、そして鍋寅、多助、半六を追って、伝次郎と真夏に隼と安吉が桜河岸を出た。

真福寺橋の東詰に男が立っていた。伸びをするようにして、伝次郎らを見ている。男が、妙になよなよした内股で寄って来た。

「あの、戻り舟の旦那でいらっしゃいますか」

「そうだが」

「手前は大富町《おおとみちょう》の自身番の店番をしております……」

「どっちに行った？」

「はい。橋を渡って、三十間堀川沿いに参りました」

「ありがとよ。大助かりだ」

「よございました」

半町程離れたところで、真夏と隼がくすりと笑った。

「あんなのが増えて来たからな、隼が男は嫌いだってのも無理ねえな」

「花島様を見ても、嫌な気はしないのですが、今のは……」隼が言った。

「そこがそれ、人の心の難しさって奴だな。顔見知りかどうかで、受ける心持ち

「逆に、今の人は許せても、身内は許せない、とか」真夏だった。

「七面倒に出来ていやがるもんだな、人って奴は」

「だから面白いのかもしれませんね」真夏が伝次郎に言った。

「違いねえ」

道が十文字に分かれている角に男が立っていた。中々精悍な面構えをしている。伝次郎に気付いた男が、戻り舟の旦那で、と言った。

「おうっ」

「手前は三十間堀一丁目の店番でございます。染葉様から言付けを承っております。『こっちに進め』だそうです」

紀伊国橋《きのくにばし》の方を指さした。

「ありがとよ」

また半町程離れると真夏と隼が笑った。

「何を言われるのかと、身構えちまったぜ。何だ、あれは。大仰な奴だな」

そのまま真っ直ぐ行くうちに芝口橋に出てしまった。

男が走り寄って来た。

「戻り舟だ」

「お待ちいたしておりました。久保ヶ原《くぼはら》の方だそうです」

「分かった」

久保ヶ原に出ると、半六がいた。大変です、と言って走り寄って来ると、

「弥五郎らしいのと亥助が加わりました」と言った。「これで、奴ら十一人になりました」

「大捕物になるが、こっちには一ノ瀬さんと真夏がいるんだ。十分だな。どっちに行った？」

「溜池《ためいけ》の方です」

「よし、ちいと急ぐか」

先々に久保町《くぼちょう》や備前町《びぜんちょう》から駆り出された店番が案内に立っていた。その者たちの指示に従って溜池に沿った桐畑《きりばたけ》を行き、赤坂田町五丁目に入ったところで、多助の姿を見付けた。切石に座り、皺首を伸ばしている。

「奴ども、金魚のうんこのように長く伸びていやすが、逃すもんじゃござんせん。参《めえ》りやしょう」

多助が水を得た魚のように生き生きとした動きで伝次郎らを導いた。自身番の

者は相変わらず、こまめに立っている。染葉の指示というよりは、この細かさは河野の指示だろう。

道はやがて千駄《せんだ》ケ谷《や》に出た。

江戸が膨れ上がり、この辺りにも大名家の下屋敷や寺社や町屋が出来ているが、それ以前は、一日に千駄の萱《かや》を府中《ふちゆう》に送り出すと言われた萱の原だった。一駄とは、馬一頭に負わせる荷のことで、三十六貫目ある。それが千駄である。広大な萱の原であったのだ。その面影は、広々とした田畑に残っていた。

弥五郎どもが、ぐるりを取り巻いたのは、千駄ケ谷八幡宮《はちまんぐう》の裏手にある畑の脇に建てられた一軒家であった。雨戸がしっかりと立てられており、遠目には空き家に見えた。

「奴らが襲うと同時に、踏み込むぞ」

伝次郎は、一行を三組に分けた。八十郎と染葉に半六と安吉が一の組、太郎兵衛と真夏に隼が二の組。三の組は河野と多助と鍋寅で、伝次郎は三の組に入った。三方から夜宮一味を囲み、捕らえようという寸法だ。

弥五郎が伊佐吉に何か命じた。伊佐吉は頷くと、手を上げた。亥助が、背を丸めて戸口に歩み寄り、蹴飛ばした。戸が音を立てて吹っ飛んだ。亥助らが家の中に飛び込むのに合わせて、残りの者どもも雨戸を破って、雪崩《なだ》れ込んでいる。

「行くぞ」

伝次郎が、叫んだ。三方から、八十郎と真夏と伝次郎が先頭に立って家に突入した。

八十郎が拾い上げた心張り棒で瞬く間に四人を殴り倒した。

「八丁堀だ。周りは取り囲んだ。観念しろ」伝次郎が叫びながら、居間を見た。男どもの後ろで、鴨居《かもい》から男と女がぶら下がっていた。慌てた誰かがぶつかったのだろう、揺れている。

「そいつが富蔵と女房か」

ふたりの足許には油紙が敷かれていた。汚さぬようにと配慮したのだろう。覚悟の上であることは、直ぐに見て取れた。

「へい……」と弥五郎が答えた。

ぶら下がっている男の顎を見た。小豆大の黒子があった。富蔵に間違いなかった。

「お前らは、江戸に入った時から見張られていたのだ。《船橋屋》も《近江屋》もな」

「……恐れ入りましてございます」

「死んでいたらしいな」と富蔵を目で指した。この暑さにも拘わらず、まだ死体は腐爛《ふらん》していない。恐らく昨夜遅くか今朝、首を括ったのだろう。

「これを」弥五郎が巻紙を伝次郎に手渡した。「書き置きでございます」

すまねえ、と冒頭に書かれていた。

金は、なんやかんやで、ほとんどつかっちまった。わるかった。みな、ゆるしてくれ。

よし松に見つかったので、殺してにげた。それからこっち、こわくて家から出られなかった。三年たって、もうでえじょうぶだとおもい、出かけたら、かおみしりにでくわしてしまい、そいつも殺しちまった。ごんぼ長屋のさ助《すけ》というやつだ。ばれっこねえ、ばれっこねえ、といのっていたんだが、だれか見にきたのがいた。ばれたとさとった。

さだには、すべて話した。いっしょに死んでくれるというので、いっしょに死ぬ。みじかかったけど、しあわせだった、といってくれた。しあわせにえんのない女だったんで、おれがしあわせにしてやろうとしたんだが、だめだった。

めいわくをかけた。ほんとうに、すまねえ、という言葉で締め括られていた。

夜宮には探索の手が伸びないように、との思いからだろう、夜宮の名は一言半句も書かれていなかった。

「盗みの支度金だったそうだな？」

「左様でございます」

「夜宮の弥五郎だな？」

「へい」

「よし。おとなしく縛《ばく》に付け」

弥五郎と伊佐吉に促されて、一党は刃物を捨て、庭に下りた。四人目に下りた亥助が、前のふたりを突き飛ばして、庭を駆け出した。垣根がある。地を蹴り、身体が宙に浮いた。そこに黒いものが矢のように飛び、頭を打ち据えた。亥助の身体が垣根に沈んだ。

「逃げようなどと思うと、次は心張り棒ではなく、刀が飛ぶぞ」八十郎が吠えた。

「じたばたするんじゃねえ」伊佐吉が、残りの一党に怒鳴った。浮き足だっていた一党の足が地に着いた。

「伊佐の言うとおりだ。往生際《おうじょうぎわ》はよくしようじゃねえか。俺たちは夜宮だ」弥五郎が一党を睨め回した後、笑って見せた。

「捕方を呼ぶより早い。連れて帰るか」

十一名の夜宮の一味が数珠《じゅず》繋ぎになった。

「これから南町に向かう。町中も通る。努々《ゆめゆめ》逃げようなどとは思わぬようにな」

「お手を煩わせるんじゃねえぞ」弥五郎が静かに言った。

畦道《あぜみち》から八幡宮に抜け、千駄ケ谷の町屋の間を通り、古川《ふるかわ》を渡った。蟬が煩《うるさ》い程に鳴いている。

「黙っているのも詰まらねえ。訊いてもいいか」と伝次郎が弥五郎に言った。

「答えられることでしたら」

「富蔵の居所がよく分かったな？」

「金を払えば探してくれる者がおります。江戸はよいところでございます」

「そうだったな。《船橋屋》か」

「そのようなことは、一言も申し上げておりませんが」

隼と半六を呼んだ。

「先に奉行所まで走ってくれ。新治郎に、《船橋屋》にいる者を片っ端から引っ捕らえるように言ってくれ」

「《近江屋》にいる二代目はどういたしましょう?」隼が訊いた。

「病人だ。手荒なことはしたくねえ。駕籠に乗せるのも無理なようだからな、何か方法を考えて、後で俺が行く」

「そのようにいたします」

隼と半六が、鉄砲玉のように駆け出して行った。

弥五郎が、僅かに頭を下げて、礼を口にした。

よしな。お前らのしたことを許している訳じゃねえ。

分かっております。

「お前さんの居所が摑めなくて、難渋した。どこにいた?」

「それは申し上げられません。その者は手前の裏の顔を知らないので、迷惑を掛けたくないのです」

「分かった。その詮索はしねえ」

「ありがとう存じます」

「お前さん、人を殺したこと、あるな」

「ございます。ですが、押し込みで殺したことはございません」

「らしいな」

「ひとつだけ訊いてよろしいですか」

「答えられることだぞ」

「どうして手前どもが江戸に入ったと分かったんで？」

「岡崎を通っただろう？　五人ずつ二組に分かれて」

「見られていたのですか」

「どじな野郎にな。そいつはてめえの罪を軽くしてもらおうと、お前らを売ったって寸法だ」

「捕まる時ってのは、そんなものでございますね」

「落とし穴は、どこに開いているか分からねえもんだな」

「まったくで」

二度休みを取り、奉行所に戻ると、《船橋屋》の者が縄付きになって玉砂利に引き据えられていた。

「二ツ森」名前を呼ばれて見遣ると、玄関に百井亀右衛門がいた。

「一網打尽か、ようやった」

「まだふたつ、やることが残っております。ひとつは、二代目の夜宮です」

「直ぐに誰ぞを出そう」

「いいえ。私にお任せいただきとうございます」

「分かった。では、其の方がいたせ」

「それと、正次郎をお貸し願えますでしょうか」

「どうしてだ？　まだ本勤並の者を使う訳を申せ」

「二代目と気が合っておりますので、油断をさせるにはよいのでございます」

「成程。ならば、致し方あるまい」

百井が当番方の与力に、呼んでくるようにと言い付けた。「もうひとつは何だ？」

夜宮の残党が、京三条の《安田屋》にいることを教えた。

「直ぐ手配しよう」

百井と擦れ違うようにして、正次郎が来た。

新治郎に、大番屋に送る始末を頼み、正次郎と八十郎を連れて《近江屋》に向かった。

二

《近江屋》の暖簾を潜り、案内を乞うた。女将が現れた。

「《安田屋》徳兵衛を訪ねて来たのだが、いるな？」

「おられますが……」

「南町の二ツ森伝次郎だ。上げてもらうぞ」

「お客様が何と仰しゃるか、伺って参りますので、少々お待ちいただけますか」

「待てねえんだ。御用の筋なんでな」

言い終えた時には、上がっていた。八十郎と正次郎が続いた。

「座敷に案内しろ」

「そんな……」

「獄門首を庇うと、後が面倒だぞ」

「獄門……」

奥から主が慌てて出て来て、仲居に案内するように言い付けた。

廊下を進み、二度曲がり、渡り廊下を越した離れの座敷で、長兵衛は布団に横たわっていた。

　足音に気付いていたのだろう。長兵衛は、目を開けていた。初吉ではなく、伝次郎の姿を認めると、眉間に皺を寄せ、睨むようにして伝次郎を見た。病人の目ではなかった。己の正体を知られたのか否か、推《お》し量《はか》っているのだろう。

「お加減はいかがかな？」伝次郎は、枕許に座りながら言った。

「何とか……」

　起き上がろうとするのを止め、お前さんは、と言った。

「夜宮の二代目だそうだな？」

「へい」長兵衛が目を閉じて答えた。

「お前さんが、どうして永尋の詰所を訪ねて来たかが分からなかった……」

「…………」

「こちらはな」と伝次郎が、並んで座っている八十郎を手で指した。「一ノ瀬八十郎。下高井戸のやっとうの先生だ」

「えっ……」

　思わず半身を捩るようにして起こし、伝次郎と八十郎を見てから、八十郎に掌を合わせ、深々と頭を下げた。長兵衛の唇が震えている。

「何も言うな」

「…………」

「奉行所に連れて行く。そこで聞きたいことがある」

「承知いたしました……」

伝次郎が正次郎に、宿に言って、大八車を出させろ、と言い付けた。それと敷き布団に枕に、何か上に掛けるものもな。

「貸してくれるでしょうか」

「文句垂れたら、盗賊の頭と知って宿を貸したか詮議するぞ、と言って脅せ」

「成程」感心している正次郎を追い立てた。

「そのようにしていただいては……」

「お前は病人だ。つべこべ言うな」

「へい……」

礼を言おうとして口籠もっている間に、詰所で留守をしていた正次郎を思い出したらしい。

「今のお若い方は、確か……」と長兵衛が訊いた。

「孫だ。食うことしか頭にない不出来な奴だが、心根は俺に似てよい」

「はあ……」

用意が出来たと知らせに来た正次郎に長兵衛を抱えさせ、大八車に移して、宿を出た。

正次郎が曳《ひ》き、伝次郎と八十郎が脇に立った。伝次郎を見れば、八丁堀であることは直ぐに分かる。行き交う人が、好奇の目を寄せて来る。そのただ中を、前を向いて正次郎が大八車を曳いている。

伝次郎も八十郎も、黙って歩いている。長兵衛の目尻から涙が溢れて落ちた。

長兵衛は、奉行所の仮牢に入れられた。常ならば筵を敷くだけだが、長兵衛には《近江屋》から借りて来た敷き布団の使用が許された。伝次郎が己一人の裁量で許したのである。

伝次郎は八十郎とともに、調べがあるからと、牢番の同心を外し、誰も近付かぬようにと正次郎を見張りに立て、仮牢の中に入った。起き上がろうとした長兵衛を止め、寝たままでよい、と言い置き、伝次郎が言った。

「弥五郎以下十一名の者、ことごとく捕らえ、大番屋に送った。このこと、まず伝えておく」

「お手数をお掛けし、実に申し訳ございませんでした……」

長兵衛が、身体を持ち上げるようにして言った。

「そんなことはどうでもよい。話はここからだ」

伝次郎は前屈みになると、鋭く長兵衛を見詰めて問うた。

「夜宮の長兵衛、其の方は、真夏の実の父親なのか」

「……左様でございます」

八十郎の胸が僅かに膨れ、引いた。

「話してくれ。捨てた訳を」

「申し上げます……」

長兵衛が、ゆっくりと口を開いた。

「若い頃の手前は、腕っ節に自信がありましたので、酒を飲んでは荒れ狂ったような毎日を送っておりました。

あちこちでしくじりまして、お定まりの道でございます。

渡り大工をしておりました。それが、同じ長屋に越して来た左官屋の娘と口を利くようになると、そいつが今のままでは駄目だ、と意見するんでございますよ。先のことを考えろ、と。

うるせえな、と思いましたが、しつこく言われているうちに、惚れちまいましてね。まともになるから、嫁に来てくれと申しますと、頷いてくれました。

それが、妙の、捨てた子の名は妙と申しました。そうです。真夏様のことです。妙の母親でした……。

いい父親になろう。手前はすっかり改心し、義理の父親の引き合わせで、大工の棟梁《とうりよう》にも頭を下げ、何とか真面目な日々を送っていたのですが、棟梁の代が替わった。反《そ》りの合わない兄貴分が棟梁になった。『横に逸《そ》れていた奴の仕事は雑だな』と言われて、頭に血が上ってしまい、鑿《のみ》で刺しちまったんです。怪我は大したことがなかったので、奉行所の世話にならずに済んだのですが、渡り大工に舞い戻りです。義理の父親とも、棟梁の手前、縁切りとなり、そうこうしているうちに義理の父親が亡くなった。江戸の棟梁たちも、あいつはおっかなくて使えない、ということになり、江戸を売る算段をしていると、女房の奴が胸を患《わずら》っちまった。手前は、日傭取《ひようと》りをしていたんですが、そんな銭じゃ薬代にもなりません。大工の仕事で家の造作は知り抜いております。盗みに入った。上手くゆくと、それが癖になり、何度か盗みを繰り返しているうちに、しくじった。逃げよう。そう決めた時には、女房の病は進んでおりまして、五歳の妙を残して、内藤新宿の外れで死なれちまいました……。

こうなりゃあ、仕方ねえ。一緒に逃げよう。手を取り、抱えるようにして草鞋に身を載せたのですが、年端もゆかねえ子供です。熱を出しちまった。看病し、幡《はた》ケ谷《や》、代田《だいた》と抜け、下高井戸に着いた時、とてもじゃねえが、一緒に連れてゆくのは無理だ、身勝手だと重々知りながら、心を鬼にして置き去りにすることにしたのでございます。

丁度目の前に剣術の道場があった。やっとうの先生ならば、盗っ人の手前が育てるのと違い、きっと性根のよい子に育ててくれるだろう。それを言い訳に置き去りにしたのでございます。日盛りの中にぽつんと立って、手前を見ていたんでございますよ。日陰に入れ、と手を振ったのですが、いつまでも凝っと……」

八十郎を見た。腕を組み、黙っている。伝次郎は続けるように促した。

「大坂で、盗む算段をしているところを拾ってくれたのが、初代の夜宮の御頭でした。行き当たりばったりで盗みに入ると、しくじる。盗みは根気だ、と諭《さと》されまして、子分になったという訳でございます……」

長兵衛の話は、切れ切れに二代を継いだこと、病になったこと、代を小頭に譲ったことへと続いた。

「勝手なもので、余命がないと知りますと、娘のことが気になりまして……、江戸に人を送ったのです」

「吉松だな」

「左様でございます」

「その吉松が富蔵と出会して、殺された」

「その通りでございます」

匕首に書かれていたマツの字と、柳茶の着物で、吉松だと気付いたのですが、永尋掛りが絡んでいると読売で知り、一目会いたい、と詰所を訪ねたのでございます。

「お前のこれまでの経緯は呑み込んだ。そこでだ。真夏の親だという証のようなものはあるのか」

「ございません。何しろ、思い付くまま置き去りにしたもので」

「なくてもいい。お前の言うことに間違いはないだろう」

八十郎が頷いている。

「この際だ、はっきり言うが、お前は獄門だ。それは分かるな？」

「覚悟は出来ております」

「徒党を組んで、幾たびも押し入っている。それも下っ端ではなく、頭だからな。獄門は免れねえだろう」

　獄門になると首を獄門台に晒されることになる。

「そのお裁きは江戸では行われない。お前らは、散々虚仮《こけ》にしてきた大坂町奉行所に送られることになるだろう。だがな、いいか、大坂に着くまで死ぬなよ。それまでに死ねば塩詰めにされて送られ、刑がきまったところで引き摺り出され、首を刎《は》ねられるんだからな」

「それだけのことはしたのでございます。恨むもんじゃございません」

「お前はいいんだ。てめえのけつをてめえで拭くんだからな。問題は真夏だ」

　真夏に嫁入りの話があるのだ、と伝次郎は言った。相手は御奉行様のお覚えもめでたい内与力の切れ者だ。そんな内与力の旦那のところに嫁にいくんだ、箔《はく》を付けるために年番方与力の養女として嫁がせるつもりでいる。

「何から何まで」長兵衛が掌を合わせた。

「一々拝むな。その嫁の実の父親が獄門首だと分かったら、この話は流れちまう。何があろうと、黙っていてくれるか」

「仰しゃるまでもございません」

「その代わり、真夏には必ず会わせてやる。親子の名乗りは出来ねえが、それで我慢してくれ」

「承知いたしました」

長兵衛は掌を合わせようとして躊躇《ためら》ったが、掌を合わせると、八十郎に目を移した。

「もう機会がないと存じますので、御礼を申し上げます、一ノ瀬様、お育ていただき実《まこと》に実に……」

「いや。礼を言うのは身共の方だ。身共は、元同心であったのだが、ちと気難しくてな、誰とも反りが合わず、ついには同心を辞め、田舎に引っ込み、生計《たずき》を得る手立てとして道場を開いていたのだ。土地の多くの者にも煙たがられていたのだが、そなたの娘のお蔭で、生きる喜びをもらった……」

八十郎はそこで、伝次郎を見て言った。

「俺は手に負えぬ男であったよな？」

「はい。いつか後ろから真木撮棒《まきざっぽう》をかましてやろうと思っておりました」

「………」長兵衛が、薄く口を開けて、ふたりを交互に見た。

「恐らく、本当のことだ」

「へい……」あの、と言って長兵衛が口籠もり、思いを決したのか、言った。

「妙は五つでございました。当時のことを何か口にしたことは……？」

「娘御に気付いた時は、倒れていたのだ。それから暫く高い熱に魘《うな》されていた。治った後も、何がどうなったのか、飲み込めなかったのであろう、ぼおっとしておってな。己の名も言えぬ程であった。そこで真夏と名付けたのだが、そのうちに新しい暮らしに慣れたのか、くりくりと動くようになった。その真夏が、三年程が過ぎた頃であったか、突然剣を教えてくれ、と言い出してな。今にしてみると、恐らく、ひとりで生きてゆく時のことを考えてのことなのかもしれぬな……」

長兵衛が堪え切れずに嗚咽《おえつ》を漏らした。

「これから大番屋に送る」伝次郎が長兵衛に言った。「話したこと、忘れるなよ」

伝次郎は仮牢を出、大番屋に移す手続きをした。真夏がいるか、と詰所まで見に行ったが、まだ大番屋から戻っていなかった。

「正次郎、頼むぞ」

正次郎に大八車の支度をさせ、八十郎とともに大番屋に行こうとしていると、玄関の方から名を呼ばれた。また百井亀右衛門であった。労をねぎらわれた後、大坂町奉行所に書状で捕縛を知らせた、そのうちに夜宮一味の護送役が来るはずだ、とひどく上機嫌で言い、大八車を目で指して言い足した。

「其の方、あの夜宮の二代目に、何ぞ思い入れでもあるのか」

あなたが養父になろうとしている娘の実の親です、と言ったらどんな顔をするのだろうか、とふと思ったが、手前は仏の伝次郎と呼ばれておりますので、と言った。病持ちの年寄りには優しいのでございます。

「埒《らち》もない」

百井がくるりと背を向けたので、伝次郎もくるりと背を向けた。

三

八月十九日。

七ツ半（午後五時）になろうかという時、永尋の詰所に堀留町の卯之助の手下の太吉が駆け込んで来た。

「どうした？」手にしていた湯飲みを放り出すようにして伝次郎が訊いた。

「小姓組番の連中が、四ツ谷御門外の道場に集まり始めていると卯之助が申しておりますが、いかがいたしましょう？」

「新治郎は？」

「別のが、知らせに走っております」

「奴らを止められるのは、関谷の殿様しかいねえ。俺たちは、関谷様の屋敷に寄ってから道場に行く。そう伝えてくれ」

太吉が駆け出して行った。

駕籠だ、と伝次郎が半六に言った。飯倉町まで、俺と一ノ瀬さんと河野。三挺《ちょう》、呼んで来い。

「俺は、そんな柔《やわ》ではない。いらん」

「私も、走った方が楽です」

「ならば、二挺だ。鍋寅、てめえが乗れ」

よろしいんで、と掌を蠅《はえ》のように擦り合わせている鍋寅に言った。

「御門外までだぞ」

「あっしも、関谷様の御屋敷に行くんじゃねえんですかい？」

「屋敷に行くのは、一ノ瀬さんと河野に真夏、それと俺でいい。後の者は道場を見張っていろ」

　駕籠が来る前にと、伝次郎が年番方与力の詰所に走った。百井は小牧壮一郎と文書を挟んで話し合っていた。

「何用だ？　用があるのなら、当番方を通せ」

「その余裕がないもので。一言答えていただければよろしいのですが」

　小牧が頷いたのを見て、何だ、と言った。

「小姓組番の一件です。既に若年寄様のお耳に達しているのでしょうか」

「いや……」

　歯切れが悪い。ぐいと攻めた。

「御奉行のところで止まっているのだ……」

　小牧を見た。

「腹を斬らすに忍びないと仰しゃっておいでなのです」

「でしたら、このまま暫く留め置いてください」

「よいのか」百井が言った。

「まだ何とも言えませんが、やるだけのことはやってみます」

「頼むぞ。家名断絶は、させとうないでな」

「何をなさろうとしているのですか」小牧が訊いた。

「言わぬが花の吉野山でございます。急ぎますので、御免」

玄関を飛び出すと後ろから付いて来る者がいる。小牧壮一郎だった。

「何やらありそうなので、お供いたします」

大門の方から八十郎が、駕籠が来ているぞ、と知らせに来た。八十郎と小牧が顔を見合わせ、ぎこちなく会釈《えしゃく》している。そこに、新治郎が見回りから戻って来た。卯之助の手下とは出会わなかったらしい。

「丁度いい。付いて来い」

「どちらに？」

「話は後だ。急ぐぞ」

「分かりました」

居心地悪そうにしていた八十郎が、先頭に立って駆け始めた。真夏が、河野が続き、新治郎と小牧が殿《しんがり》に付いた。

駕籠は土橋を越え、愛宕下を駆け抜けた。

関谷家の門は閉ざされていた。物見窓に案内を乞うたが、窓はぴたりと閉ざされたままであった。

代わりましょう。小牧が物見窓に向かった。

「身共は、南町奉行・坂部肥後守の家臣で、内与力を務める小牧壮一郎と申す。火急の用にて、関谷様にお目通りを願いたい」

物見窓が開き、門番の低頭する姿が見えた。

「直ぐ伝えますゆえ、暫時お待ちください」

門番が窓から消え、玉砂利を踏む音が奥へ消えた。

「何だ、何だ」と悪態を吐く伝次郎を宥《なだ》め、小牧はすっくと立っていた。

八十郎に、こういう奴です、と目で教えた。八十郎が、真夏を見た。真夏は下を向いている。門が開いた。

「お待たせをいたしました。お会いになるそうでございます」

「忝《かたじけ》ない」

刀を家人に預け、小牧に続いて、伝次郎と八十郎が屋敷に上がった。河野と真夏と新治郎は、玄関脇の控所に入った。

関谷上総守がひどく不機嫌そうな顔をして、三人を迎えた。

「このような刻限に、何かな？」

　小牧が、伝次郎に話すよう促した。伝次郎は低頭してから、ことは急を要する旨を伝え、問うた。

「先頃、某《それがし》に闇討ちを仕掛けた者がございます」

「ほおっ」上総守が眉を上げた。

「非礼を顧みず申し上げますと、殿様が企てられたのではないか、と疑《うたご》うております」

　上総守の斜め両脇に着座していた用人が気色ばみ、脇差の柄に手を掛けた。伝次郎も、身構えた。上総守はふたりを制すと、それで、と言った。

「真偽の程は、いかがでございましょうか」伝次郎が訊いた。

「無礼な。不浄役人の分際で、分を弁《わきま》えよ」

　用人のひとりが立ち上がり、鯉口《こいぐち》を切った。

「止めな。表には八丁堀が待っているんだ。それだけじゃねえ。俺が血達磨《ちだるま》になってみろ。若年寄様はおろか御老中にまで達することになっているんだ。関谷の家は取り潰しだぞ。それでもよろしいか」

　用人が、ぐっと詰まって、上総守を見た。腰を下ろせ、と上総守が手で示し、身共は、と言った。

「其の方を恨みに思うておる。憎くもある。だが、闇討ちを命じたりはせぬ」

上総守が、伝次郎から目を移さずに言った。

「お言葉、信じまする」

「用はそれだけか」

「いいえ。まだ、でございます。殿様が、御家来衆並びに番衆の方々に慕われていることは分かっております」

御用人・高柳様は闇の口入屋に身共らの殺害を頼み、殺しの請け人を差し向けました。が、ことごとくしくじりましたために、発覚を恐れた闇の口入屋に殺されました。

「何と……、そは、実《まこと》か」上総守が、拳を握り締めた。

また、御当家に仕えておられた菰田承九郎殿は、当方の手の者との尋常な立ち合いの後、立派なご最期を遂げられました。亡骸は、御当家の元中間により手厚く葬《ほうむ》られております。

「相分かった……」

「話は、これからでございます。闇討ちをして来たのは、小姓組頭の俵木様以下五家の方々でございます」

ざわめく用人を静め、詳しく話すようにと、上総守が言った。
「そのような暇はございません。今この時、またしても集まり、次の策を練《ね》って
おられる由、探り当てております」
「また、もか」
「左様でございます」
これらのこと、すべて南町奉行・坂部肥後守様は承知のことなれど、まだ若年
寄様のお耳には一切達してはおりません。
「しかし、もう隠せません。このままでは、組頭家と小姓番衆五家が当主切腹の
上、断絶となること必定でございます。それでもよろしいとお思いですか」
「……知らなかった」
「知らなかったでは済まないところに来ているのです。止めるなら今です。止め
られるのは殿様しかおられません。ご同道願えませぬか」
「どこに行けばよいのだ。いずこへでも参るぞ」
「案内《あない》いたします」
気が急かれます。馬のご用意を願います。また、お召替えの刻はございませ
ん。

表に出た。鞍《くら》を置いた馬が、次々と厩《うまや》から連れて来られた。

伝次郎と八十郎と小牧壮一郎に、関谷上総守と用人ひとりが馬に乗り、表門を走り出た。馬の口取りが慌てて追っている。新治郎らも、暮れなずむ飯倉の町を、馬の後を追って駆け出した。


「遅《おせ》えな」

鍋寅は、道場の前に佇《たたず》み、気を揉んでいた。

「いい加減、来てもいいじゃねえか」

背伸びをして道の左右を見渡していると、蹄《ひづめ》の音が近付いて来る。親分、と卯之助に言われ、物陰に身を隠しているところに、伝次郎らが着いた。

「旦那ぁ」鼻水が飛び出した。袖で拭っていると、まだ、いるか、と訊かれた。

「出て来たら、押し止めておきまさあ。まだおりやすです」

「馬を見ていてくれ。新治郎らも、追っ付け来るだろう」

「合点で」

太吉と半六に手綱《たづな》を渡し、鍋寅が伝次郎らの後に従った。

門を通り、玄関に入り、道場へと廊下を進んだ。廊下の先が仄明《ほのあか》るい。声も聞こえて来た。上総守が敷居を跨《また》ぎ、先に道場に入った。

「御頭様《おかしら》」

上総守に気付いた俵木らの、驚きの声が重なった。声は、上総守の後にいる伝次郎を見て、更に大きくなった。

「これは、どういうことでございますか」

もうよい、と上総守が言った。

「話は、この者に聞いた。其の方らの思い、嬉しく思うが、これまでだ。これ以上事を荒立てれば、其の方らの家が危うくなる。そうなっては、御先祖に申し訳が立たぬ」

「元より、その覚悟は出来ております」俵木が言った。

「ならぬ」

「それでは、御腹を召された隆之介様のご無念を、また隠居に追い込まれた御頭様のご無念を、どうやって晴らせばよいのですか」

「堪えるのだ。落ち度はこちらにあったのだ。逆恨みをしてはならぬ」

廊下を渡り来る足音が立ち、河野や真夏らが入って来た。

俵木らの嗚咽が道場に響いた。

「上総守様、よろしいでしょうか」伝次郎が言った。

「何かあるのか」

「よろしければ、少し話したいことが」

上総守が脇にどいた。

「俵木様」と伝次郎が言って、目の前一間（約一・八メートル）のところを指し、座るように言った。

「何だ？」言いながら、俵木が座った。

伝次郎は半間（約九十センチ）の間合に進み出て、膝を揃えて腰を下ろした。近い。俵木が目を据えている。

「俵木様も膝をお揃えください」俵木が言われたようにした。

「今、この場で、一対一の勝負をいたしましょう。勝っても負けても、遺恨なし。お受けになりますか」

「何？」

「もう一度、お尋ねします。どうですか。少しでも身動きすれば、立ち合いが始まったと見なし斬り込みますが」

「其の方の腕の程は、調べてある。其の方の腕では、身共は倒せぬが、よいのか」

「それは、やってみなければ分かりません」

「受けよう」

「では、始まりました」

お止めください。踏み出そうとした新治郎と小牧を、真夏が止めた。

野毛や奥村らが、板床に腰を下ろし、固唾《かたず》を呑んでいる。

半間の間合で伝次郎と俵木が見詰め合った。俵木の指が開いた。俵木は左側に太刀を置いている。伝次郎は、右側である。持ち替えねばならない。斬り結べば、伝次郎に分はない。

にも拘わらず、どうして強気になれるのだ？　俵木は、目の前の伝次郎を睨み付け、そうか、と合点した。脇差で来るのか。

奇策よの。

ならば、右手で太刀を抜くと見せて、脇差で突いてくれようか。

「いかがなされました？」

「黙れ」

俵木の手が脇差に飛び、伝次郎の胸を突いた。片膝立ちをした伝次郎の腕が俵木の脇差を巻くようにした時には、伝次郎の繰り出した切っ先が、俵木の肩口を刺していた。

「それまで」八十郎が歩み寄り、ふたりを分けた。

俵木の手と指を伝って血が垂れた。八十郎が懐から手拭いを出し、俵木の傷口に当てた。

「俵木様始め、皆様のご無念は分かります」と伝次郎が脇差を納めてから言った。「しかし、考えてみてください。隆之介様の病を治そうと薬種屋から秘薬を買った。その秘薬が、子供の生き肝から作られると知っていたにも拘わらず、目を瞑り買い求めた。その薬を作るために、どれだけ多くの子供が犠牲になったかを考えたことはございますか。子供たちの前途を、無慈悲《むじひ》に奪ったのでございますよ。私どもは、これからの世を作ってゆく子供らを守らねばならないのです。それは皆様も同じだと思います。此度の件は、まだ若年寄様の知るところではありません。どうか、過ぎたことを恨むのではなく、よりよい世を作るために明日からまたお役目に励んでください」

立ち上がり、去ろうとして、伝次郎が言い添えた。

「成り行きとは言え、小塚様には気の毒をいたしました。俵木様、身の立つように助力をお願いいたします」

「分かっておる」

「小塚も加わっていたのか。怪我というは、襲うた時に受けた傷なのか」

上総守の問う声を背に、伝次郎らは道場を出た。伝次郎を追うように付いて来た小牧が訊いた。

「あれは何です？　何という太刀筋です？」

「古賀流の秘太刀です」

「では、真夏殿に？」

「明日にでも、詰所で教えてやろう」八十郎が言った。

実ですか。礼を言っている小牧の後ろで、真夏は道の暗がりが微かに動いたのを目に留めていた。誰であろう？　行こうと踏み出すと、影が走り去った。ふたりいた。ふたりとも二本差しだった。

「とにかくよろしゅうござんした」鍋寅が言い、卯之助が頷いた。

「伊都が申しておりました」新治郎が伝次郎に言った。「『叩きで、義父上《ちちうえ》の頭を叩き、胸を小突いてしまいましたが、面白うございました。何やら秘太刀の稽古だそうでございます』。このことだったのですね。私にも話しておいてもらわぬと、困りますな」

伝次郎が、珍しく、済まぬ、と答えた。

翌二十日の朝。

詰所で八十郎と小牧が、向かい合って座った。

「古賀流秘太刀のひとつ《斎》。参れ」

小牧が胸を突かれて、後ろに跳ね飛んだ。

「もう一度、お願いいたします」

横に転がされた。三度目は、泳ぐように前に倒れた。

「すごい太刀です」

小牧が目を輝かせた。

「古賀流は、元々は屋内の立ち合い向きの剣であったのだ。それで《斎》のような秘太刀が編み出されたのであろうな」

「そのように承っております」

「そうか」

八十郎が小牧の腕を軽く叩いた。

「小牧壮一郎。よい名だ。凛《りん》とした響きがある。二ツ森伝次郎とは響きが随分と違うな」

近に麦湯をもらっていた伝次郎が、はい？　と言って振り向いた。何か。

「何でもない」

「一ノ瀬さん、婿殿《むこどの》になられる方でも、内与力様の腕を気安く叩いてはいけませんな」

「年番方与力を泥亀と言うよりはよいであろうが」

笑って聞いていた小牧が、己が婿殿と呼ばれたことに気付き、えっと叫んで真夏を見た。真夏が頷いた。八十郎を見た。頷いている。

「おうっ」

と叫んで、小牧が両の拳を握り締めた。

真夏が、口を開けて笑っている。話は纏まったな。伝次郎も、笑って見せた。

四

その日の午後――。
伝次郎は、鍋寅らと神田堀が鉤の手に曲がって浜町堀と名を変える橋本町《はしもとちょう》にいた。真夏も一緒であった。用心棒です、と言って、伝次郎の傍らから離れようとしなかったのだ。真夏は小姓組番の道場近くで見たふたつの人影を気にしていたのである。

八十郎は誘ったのだが、止めておこう、と市中にふらりと出て行ってしまった。

伝次郎が橋本町にいたのには、訳があった。八十郎には言ったのだが、刻限を見て、小伝馬町の牢屋敷に寄ろうとしていたのである。

大番屋に送られていた夜宮一味の取り調べが終わり、この日牢屋敷に送られる運びになっていたのだ。入牢は、牢内の見回りの刻限である七ツ半（午後五時）前に行われた。それに合わせようというのであった。大番屋には旧知の者が何人かいたので、長兵衛のことをよろしく頼むと、口添え出来たのだが、牢屋敷にはあまり顔は利かなかった。それでも、言わないよりは、と古参同心である鍵役《かぎやく》同心の佐竹倉之助《さたけくらのすけ》と牢屋医師・吉田照庵《よしだしょうあん》に声を掛け、牢内の雑務を行う下男《しもおとこ》の小作《こさく》には金を握らせておこうと思い立ったのである。それぞれ、役目柄何度かは顔を合わせていた。

真夏を連れて来るのは、もう二、三日してからゆっくりと、と思っていたのだが、早いに越したことはない。

「そなたも、牢の中を見ておいてもいいだろう」

それを、付いて来てしまった真夏を牢内に伴う言い訳にした。

刻限を合わせるために蕎麦を手繰《たぐ》り、茶を飲んだ。鍋寅らを遠ざけてから、思い出させて申し訳ないが、置き去りにされた時のことで、何か覚えていることはないか、と訊いた。気になってな。

「捨てられたという驚きと暑気に当たったせいか、高い熱を出し、暫くの間、口が利けなくなってしまったのです。真夏という名は、一ノ瀬の父が付けてくれたのですが、微《かす》かに妙と呼ばれていたことだけは覚えています」

「そのことを父上には？」

「言ってはおりません。真夏と呼んで慈《いつく》しんでくださっている父に悪いような気がして」

「よく堪えたな。流石、一ノ瀬さんが育てただけのことはある」

「まっ」

真夏が目尻に指を当てた。

「そろそろ参るか」

牢屋敷に出向いてみると、当番方の同心と小者が帰るところだった。鍵役同心が、入牢証文に書かれた者と引き立てられて来た者が同一の者だと確認したところで、奉行所の同心は帰されるのである。

当番方の労をねぎらうと、伝次郎は鍋寅らを広間に残し、真夏と牢屋同心の詰所に向かった。広間とは牢屋敷の玄関のことである。

書役同心が伝次郎らに気付き、何か、と訊いた。伝次郎が、本日入牢した者のことで鍵役同心の佐竹様に少し話がございまして、と言うと、書役が、ああ、と訳知り顔に頷いて、

「長兵衛ですね。聞いております」と言った。

予期せぬ返答に驚いて問うと、百井亀右衛門が、何としても死なせぬようにと、囚獄《しゅうごく》・石出帯刀《いしでたてわき》に依頼の文を送っていたのだと知れた。

百井に、長兵衛に思い入れがあるのか、と訊かれた時には、仏の伝次郎などとふざけて答えていたが、百井は見抜いていたのだ。思わず、心の中で頭を下げていると、

「十二、三日ってところでしょうな」と書役が指を折った。

何がですか、と尋ねた。

「大坂町奉行所から取り調べの方が見えるまでですよ。来て調べを終えるまでは、よくよく頼む、ということであったと聞いています」

泥亀はその程度の男だ。頭を下げて損をしたぜ。ふっと息を吐き、牢屋医師の照庵と下男の小作に、長兵衛に気を遣ってくれるように頼んでいると、鍵役の佐竹が詰所に戻って来た。

「取り込んでいるところを申し訳ないが、長兵衛に会わせてもらえるだろうか」

「構いませんが、暮れ六ツ（午後六時）には夜回りが始まりますので、四半刻程でしたら……」

佐竹が、真夏を見て、目を見張っている。

「永尋掛りのひとりで、一ノ瀬八十郎の娘御です」

「お噂はかねがね耳にしております。お強いそうですな」

「いいえ。まだ未熟でございます」

長兵衛ですが、と伝次郎に言った。

「照庵先生に診てもらいましたが、かなり悪いらしいですな」

「そのようなのです。大番屋から出られるかと案じた程です」

「敷き布団、よいものですな。下男どもが狙っていますよ」

「まだ使わせていただいているのですか、忝ない」

「二ツ森さんの？」

「捕らえた時、《近江屋》という旅籠から借り受けたものですが、返さずともよいでしょう。処分はお任せいたします」

「承知しました。ここより溜《ため》の方がよいのかもしれませんが、向こうに行っても脈を取るくらいのことしかしませんし、それより何より、入牢したばかりの者を溜に送ることは禁じられておりますからな」

溜は、浅草村の千束《せんぞく》と品川の畑中にあり、重い病の囚人を入れるための療養施設であった。

「大牢に入れると保たないでしょうから、東口揚屋《ひがしくちあがりや》に入れてあります」

無宿者を除いた町人は大牢に入れられた。東口揚屋は、別名遠島《えんとう》部屋と言われている牢で、流罪《るざい》に決まった者が流人船に乗る前日に大牢から移されたり、西口揚屋（女牢）の人数が増えた時に臨時に使われる程度で空いていることが多かったのである。

「ご配慮、痛み入ります」

「それ程のことはいたしておりません」

詰所を出、埋門《うずみもん》を通り、改番所の脇から牢獄が建ち並ぶ敷地に入った。西二間牢、西大牢、西奥揚屋、西口揚屋と並び、当番所を挟んで、東口揚屋、東奥揚屋、東大牢、東二間牢と続いている。二間牢は無宿渡世の者を入れる牢である。

改番所の陰になっていた古い建物が、傾いた日の陰に入り、暗く沈んで見えた。真夏が目を止めている。

「拷問蔵《ごうもん》です」と佐竹が言った。「あそこに入れられて、白状しない者はいないですな」

「…………」

獄舎に近付くと、饐《す》えたような腐臭が強くにおった。格子の壁の隙間から、牢の中にいる囚人の蠢《うごめ》く様が仄見えた。

「臭いでしょう。これが人のにおいなのです」

「…………」

庇を潜り、当番所に入り、東側の格子戸を抜け、鞘土間《さやどま》に下りた。入り口間近の牢が東口揚屋だった。

中で、そこだけ不似合いな程明るい色の敷き布団に寝ている男がいた。長兵衛だった。佐竹は鍵を外すと、当番所にいる、と言って下がって行った。

伝次郎に続いて真夏が入った。

長兵衛がゆっくりと目を開けた。

「これはこれは、みなみのだんな……」

「そのままでいい。寝ていてくれ」

「へい……」

伝次郎の斜め後ろにいる真夏に気付いたらしいが、牢には高窓もなければ、火の気もない。日も傾き、牢格子から入る日の光も薄れている。よく見えないのか、凝っと真夏を見詰めている。

「おうっ」と伝次郎が声を上げた。「気が利かなかったな。そっちに移ろう」

奥に回ると、牢格子を透かして届いた明かりを受ける側になる。

「ありがとうございます。よくお顔が見えます……」

「よかったな。こちらは、やっとうの達人だからな。手なんぞ握っては駄目だぞ。名は一ノ瀬真夏先生だ」

「はじめておめにかかります……。てまえは長べえともうします」

「一ノ瀬真夏です」

「おちちうえさまにおなわをちょうだいしました」

「まっ、縄を」

「もうしわけございません。なわはうたれませんでした。とらえられた、といいたかったのでございます」

「よかった。もし縄を使ったのなら、叱ってやらねばなりません」

「まなつさまは……。まなつさまとおよびしても？」

「どうぞ」

「まなつさまは、てんにょさまにみえます」

「今まで、汚いものばかり見て来たんじゃねえか」伝次郎が茶化した。

「そんなことはございませんです」

「そのようなことはない、と申しておりますが」

「おい、長兵衛、牢に入って口が上手くなったんじゃねえか」

「しんだにょうぼうに、何ともうしますか、似ております……」

「そりゃ、よかったな」

「へい。ゆめのようで……」

「無理に話さなくてもいいぜ」

「いいえ……」

長兵衛が、骨と皮になった手を少し持ち上げるようにして言った。

「みょうなことを、もうしあげるようですが……」

「何でしょう?」

「まなつさまは、うまれかわるとしたら、何になりたいですか」

「考えたこともありませんでしたが」

真夏は、んっと目玉をくりっと動かして、天道虫《てんとうむし》でしょうか、と言った。

「それはまた……どうしてでございます?」

「天道虫は、枝先まで一所懸命歩き、そこからお日様に向かって飛び立ちます。小さな時、それを見て、天道虫の生き方もいいかな、と思ったことがあったからです」

「てまえもてんとう虫になりましたら、いっしょに飛んでいただけますか」

「はい」

「てまえはとうぞくでございますが、よろしいのですか」

「償《つぐな》えば、罪は消えます」

長兵衛が顔を手で覆っている。

伝次郎が懐から小さなお捻《ひね》りを五つ取り出し、枕許に置いた。これは、土産だ。見付かると拙《まず》いから直ぐ隠せ。

「…………」

「下男の小作にも渡しておいたが、牢の中は金が物を言う。何か欲しいものがあったら、これで頼め」

長兵衛が両手で包むようにして持ち、拝んだ。

「咽喉は渇いちゃいねえか」伝次郎が訊いた。

「いいえ」

「飲んでおけ。真夏、飲ませてやれ」

真夏は桶の水を柄杓で木の椀に注いでくると、長兵衛の背を抱えるようにして起こし、唇に当てた。長兵衛の咽喉が縦に動いた。

「ありがとうございました」

「もう少し飲みますか」

「これでもう……。かんろでございました」

真夏が背を支え、長兵衛を横にした。

「済まねえが、無理言って入ったので、長居は出来ねえんだ。帰るぜ」

「ありがとうございました。旦那、ありがとうございました」

「おうよ」

牢を出た。真夏が膝に手を当て、お辞儀をしている。

佐竹が小作に提灯を持たせて、鍵を掛けに鞘土間に下りて行った。明かりを翳《かざ》し、長兵衛の様子をちらと見て、戻って来る。当番所で待ち、並んで玉砂利を踏んだ。

「私には分かりません」と真夏が言った。「そんなに悪い人には見えませんでした」

「聞くところによると、当代らは、人を殺してはいない、と言っているらしい」佐竹が言った。「阿漕《あこぎ》に稼いだ金をいただいただけだ、と」

「………」

「だが、盗まれた金を苦にして首を括った者がいる。仲間かと疑われて、お店から追い出された者もいる。盗みをするとは、そうした者を生み出す因なのです。言い訳は利かないのです」

「ということだ。たとえ悪い者に見えなくとも、人を泣かせて生きてきたってことだ。許されるもんじゃねえ」だけどな、と言って伝次郎は続けた。「俺は、この世に悪い奴はいねえ、どこかで曲がっちまっただけだ、と思っているからな。

どんな奴でも、改心したら、気になっちまうんだ。困った性分だ」

「大坂の方々、間に合うでしょうか」佐竹が言った。

「危ねえな。当人はもう満足をしているようだしな」伝次郎が襟元に手を入れ、真夏に言った。「この刻限になっても暑いな。脱いでは駄目か」

「我慢なさいませ。もう二、三日の辛抱と存じますので」

「この暑さは、二、三日では終わらんでしょう」佐竹が言った。

「そうですな」伝次郎が答えた。


牢屋敷を出ると、日は大きく傾いていた。影が長く伸びている。堀江町の方へ歩き出したところで、前を歩いていた真夏が突然足を止めた。

道を塞ぐようにして武家がふたり立っていた。着ているものと立ち位置で、主従だと見て取れた。伝次郎が前に進み出た。

「二ツ森伝次郎殿とお見受けいたす」絽の羽織を着た武家が言った。

「そうだが」

「某は小野寺菊馬。亡き関谷隆之介の友でござる」

「昨夜、小姓組番の道場外にお出での方でございますね？」真夏が訊いた。

「左様でござる」

そんなことがあったのか。伝次郎に訊かれ、真夏が手短に答えた。

「そのお前さんが、どうしたいって仰しゃるんです?」

「立ち合《お》うてもらいたい」

「そいつは構わねえが、お前さんだって身分がおありなのではないですか」

「そのようなことは、どうでもよい」

「分かりました。しかし、ここは場所がよくねえ。人も通るし、何と言っても牢屋敷の前だ。付いて来られよ」

伝次郎が小野寺に背を向けて歩き始めた。鍋寅と隼が、伝次郎の背中に貼り付くようにしている。脇を歩いていた半六が、ふたりの意図に気付き、鍋寅の背後に回った。

「よろしいのですか」と真夏が伝次郎に小声で訊いた。

「仕方ねえ。終わらせるためだ」

「万一の時は、斬ってもよろしいですか」

「それはお前さんの腹ひとつだ。だが、相手は旗本のようだ。尋常な勝負とは言え、斬れば永尋を辞めるだけではなく、嫁入り話も消えるかもしれねえぜ」

「それで消える話なら、惜しくありません」

「好きにしな」

伝次郎が神田堀の傍らで止まった。夕闇が迫っている。常夜灯もない。間もなく、この辺りは闇に包まれてしまうだろう。

「ここでよろしいか」

「異存はない」

「では、お相手いたすが、俺は腕が悪いし、暗くなると目が見えねえ。寸止めなんぞ出来ん。斬るか斬られるか、だ。だが、悪いが、俺は負けねえ。勝ち方を知っているからだ。それでもやるか」

「問答無用」

「いいだろう。序でに教えといてやる。もしも、のことだが、俺が敗れた時は、真夏、どうするって？」

「私がお相手いたします」

「だそうだ。こう言っては申し訳ないが、こいつは夜目が利く。小野寺殿に勝ち目はありませんが、そのお覚悟は？」

「無論、死ぬ覚悟は出来ている」

「承った。もう言うことはねえ」

伝次郎が羽織姿のまま、刀に手を掛けた。

小野寺は、草履を後ろに脱ぎ飛ばすと、羽織の紐を外し、下げ緒で襷を掻けた。

「旦那ぁ、頑張っておくんなさいよ」鍋寅が叫んだ。「俺たちゃ、餓鬼を引《ひ》ッ攫《さら》って生き肝盗んだ奴らを捕らえ、買った奴らを懲《こ》らしめただけなんでぇ。逆恨みなんぞに負けねえでくださいよ」

「気が散る。黙れ」

伝次郎が怒鳴った隙を見て、小野寺が鋭く斬り込んだ。三合、刀を打ち合わせて、左右に飛んで分かれた。暗くなっている。打ち合わせた刃から飛び散る火花がはっきりと見えた。伝次郎が肩で息をした。小野寺に呼気の乱れはない。

「旦那ぁ……」鍋寅の声が、小さく尾を引いて消えた。

「うるせえ」

伝次郎が正眼《せいがん》に構えていた剣の切っ先を僅かに上げた。瞬間、素早く飛び込んだ小野寺の剣が、伝次郎の剣を跳ね上げ、胴を払った。と同時に、飛び上がった伝次郎が、峰《みね》に返した剣で小野寺の肩を打ち据えた。小野寺が剣を落として、腕を抱えた。

「それまで」と真夏が叫んだ。

「鎖帷子《くさりかたびら》を着ていたのか」小野寺が言った。

「そうだ。重いから嫌だと言ったんだが、無理に着せられていたのだ。だから、斬らせて斬ったという訳だ」

うっと呻いて、伝次郎が脇腹を抱えた。

「この歳で肋《あばら》を二本ばかり折られたんだ。それで収めてくれ」

「評定所に訴え出ぬのか」

「もう終わりにしてえんでな」

「分かった」

「痛《い》え」と伝次郎が真夏に言った。「息をするだけで、痛え」

「何よりの言葉だ」

小野寺の姿が、夜の底に蹲《うずくま》る岩のように見えた。供侍が駆け寄っている。

九月一日。

南町奉行所が月番となった日に、大坂町奉行所の与力と同心四名が着到した。

早速夜宮一味の取り調べが行われた。本格的な調べは大坂で行うので、書式に遺漏がないかを調べるだけである。

唐丸籠《とうまるかご》による護送の出立日は十日と決まった。

長兵衛は、更に肉が落ちており、起き上がることも出来ない程に弱っていた。

伝次郎は胸に晒しをきつく巻き、真夏を伴い、そろりと歩いて牢屋敷を訪ねたが、ほとんど寝ているだけだった。

奉行所には、この日から出仕を再開した。出来れば、五日頃にしたかったのだが、一日は区切りである。まだ脇腹に痛みは残っており、嚔《くさめ》や咳払いなどとても出来なかったが、思い切って出仕すると決めたのだった。

早速に年番方の詰所に呼び出された。肋を折ったのは、掏摸を追い掛けて太鼓橋から転げ落ちたからとしておいたので、からかわれるのかと思うと、話はそうではなかった。真夏のことだった。

「儂の養女となるならば、永尋を辞め、行儀見習をするのであろうな？」

「さて、それを当人が望みますか」

「料理は？」

「ぼちぼちと覚えさせます」

「そうか、そうか」

真夏の養父となるのが待ち遠しいらしい。となれば、喜ばすことはない。ゆっくりと、養女に出せばいい。それにしても、真夏が捨て子であることを聞いていたはずなのだが、訊こうとしない。聞かれていなかったのか、とさえ思うこともあるが、「内与力某のことも一ノ瀬の娘がことも」聞いていなかった、と言ったのである。それは、取りも直さず聞いていたということだ。にも拘わらず、何も触れようとしない。こちらから言い出すまでは、と待っているのだろうか。この男、意外と器が大きいのかもしれんな。思いを隠し、精一杯にこやかな顔を残して、年番方の詰所を辞した。

その夜――。

出仕出来る程に回復したからと、伝次郎の快気祝いが組屋敷で行われた。伊都と真夏と隼が台所に立っている。華やいだ笑い声が居間にまで届いて来ていた。鍋寅と半六が、それぞれ使いを頼まれている。鍋寅は、料亭《鮫ノ井》まで卵焼きを取りに行くことになり、浮き浮きしている。

「転ばないでよ」隼に言われ、ばっかやろう、と怒鳴っている。「俺を誰だと思ってやんでぇ、てめえの親分だぞ」

新治郎が、伝次郎に囁くように言った。

「そのうち正次郎の嫁も考えぬとなりませぬな。誰ぞ、心当たりはございませぬか」

伝次郎が、玄関の方を見て、そっと言った。

「隼ではいかんのか。俺は気に入っているぞ」

「しかし、町方ですし、やはり……」

「泥亀の養女にすればいいではないか。そのために飼っているのだろうが」

「父上、お言葉が過ぎます」

正次郎が台所で摘み食いをしたらしい。伊都と隼に叱られている。真夏も摘み食いに加わっていたのか、真夏様まで、と言われている。

「まだ早いか」

「少し早いようですね」


九月十日。七ツ半（午前五時）。

小伝馬町の牢屋敷の裏門から夜宮一味を乗せた唐丸籠が一列になって出て行った。最後の一挺に乗せられていたのが、長兵衛であった。

布団などの温情が入り込む余地はなく、竹管《ちくかん》を噛まされ、手を縛られ、足枷《あしかせ》を嵌《は》められての護送であった。死相の浮いた長兵衛に、大坂までの道程を耐えられるとは、とても思えなかった。

掌を合わせ、真夏と見送った。

翌十一日。

伝次郎は百井に呼ばれ、年番方を訪ねた。

長兵衛が保土《ほど》ケ谷《や》宿の手前で亡くなったという知らせが入った、と百井が言った。

「とても品川まで保たぬ、と言われていたのだが、よくぞ保土ケ谷まで行けたものよな」

長兵衛の亡骸は、樽《たる》に移され、塩詰めにされ、大坂まで運ばれる。仕置きが決まり、獄門となると、樽から引き出され、首を刎ねられた上、三日間晒されることになるのである。

「江戸になんぞ出て来なければ、畳の上で死ねたであろうにの」百井が言った。

「それでは死ねぬ事情があったのでしょう」

「何であろう?」百井に訊かれたが、分かりませぬ、とだけ答え、伝次郎は詰所を後にした。

百井が何か言っているが、聞こえぬ振りをして、廊下をずんずんと歩いて玄関に向かった。前から正次郎が来た。百井の声が聞こえたとみえる。眉をひくひくと動かしている。

「励めよ」と言ってやると、

「はい」と答えた。

飯の食いっぷりと返事だけは、すこぶるいい。両方とも、伝次郎にはないものだった。

一〇〇字書評

切・り・取・り・線

購買動機（新聞、雑誌名を記入するか、あるいは○をつけてください）

□（　　　　　　　　　　　　）の広告を見て	
□（　　　　　　　　　　　　）の書評を見て	
□ 知人のすすめで	□ タイトルに惹かれて
□ カバーが良かったから	□ 内容が面白そうだから
□ 好きな作家だから	□ 好きな分野の本だから

・最近、最も感銘を受けた作品名をお書き下さい

・あなたのお好きな作家名をお書き下さい

・その他、ご要望がありましたらお書き下さい

住所	〒				
氏名		職業		年齢	
Eメール	※携帯には配信できません		新刊情報等のメール配信を 希望する・しない		

この本の感想を、編集部までお寄せいただけたらありがたく存じます。今後の企画の参考にさせていただきます。Eメールでも結構です。

いただいた「一〇〇字書評」は、新聞・雑誌等に紹介させていただくことがあります。その場合はお礼として特製図書カードを差し上げます。

前ページの原稿用紙に書評をお書きの上、切り取り、左記までお送り下さい。宛先の住所は不要です。

なお、ご記入いただいたお名前、ご住所等は、書評紹介の事前了解、謝礼のお届けのためだけに利用し、そのほかの目的のために利用することはありません。

〒一〇一－八七〇一
祥伝社文庫編集長　坂口芳和
電話　〇三（三二六五）二〇八〇

祥伝社ホームページの「ブックレビュー」からも、書き込めます。

http://www.shodensha.co.jp/bookreview/

祥伝社文庫

父《ちち》と子《こ》と　新《しん》・戻《もど》り舟《ぶね》同心《どうしん》

平成29年 4月20日　初版第1刷発行

著者　長谷川《はせがわ》　卓《たく》
発行者　辻　浩明
発行所　祥伝社《しょうでんしゃ》
東京都千代田区神田神保町3-3
〒101-8701
電話　03（3265）2081（販売部）
電話　03（3265）2080（編集部）
電話　03（3265）3622（業務部）
http://www.shodensha.co.jp/

印刷所　堀内印刷
製本所　ナショナル製本
カバーフォーマットデザイン　中原達治

Printed in Japan ©2017, Taku Hasegawa　ISBN978-4-396-34302-6 C0193

祥伝社文庫の好評既刊

長谷川 卓　戻り舟同心

六十八で奉行所に再出仕し、ついた仇《あだ》名《な》は〝戻り舟〟。「この文庫書き下ろし時代小説がすごい！」〇九年版三位。

長谷川 卓　戻り舟同心　夕凪《ゆうなぎ》

「二十四年前に失踪した娘が夢枕に立った」――荒唐無稽《こうとうむけい》な老爺《ろうや》の話を愚直に信じ、伝次郎は探索を開始する。

長谷川 卓　戻り舟同心　逢魔刻《おうまがとき》

長年子供を攫ってきた残虐非道な組織。その存在に人知れず迫った御用聞きがいた――弔い合戦の火蓋が切られる！

長谷川 卓　戻り舟同心　更待月《ふけまちづき》

因縁の迷宮入り事件、蘇る悔しさ。皆殺し事件を解決できぬまま引退した伝次郎が、再び押し込み犯を追う！

長谷川 卓　百まなこ　高積見廻《たかづみ》り同心御用控

江戸一の悪を探せ。絶対ヤツが現われる……南北奉行所が威信をかけ捕縛を競う義賊の正体は？

長谷川 卓　犬目《いぬめ》　高積《たかづみ》見廻り同心御用控②

江戸を騒がす伝説の殺し人〝犬目〟を追う滝村与兵衛《たきむらよへえ》。持ち前の勘で炙り出した真実とは？　名手が描く人情時代。

〈祥伝社文庫　今月の新刊〉

柚月裕子
パレートの誤算
殺されたケースワーカーの素顔と生活保護の暗部に迫る、迫真の社会派ミステリー！

テリ・テリー
竹内美紀・訳
スレーテッド　消された記憶
2054年、管理社会下の英国で記憶を消された少女の戦い！　瞠目のディストピア小説。

小杉健治
霧に棲《す》む鬼　風烈廻り与力・青柳剣一郎
十五年前にすべてを失った男が帰ってきた。無慈悲な殺人鬼に、剣一郎が立ち向かう。

長谷川卓
父と子と　新・戻り舟同心
死を悟った大盗賊は、昔捨てた子を捜しに江戸へ潜入。切実な想いを知った伝次郎は…。

睦月影郎
身もだえ東海道　夕立ち新九郎・美女百景
美女二人の出奔の旅に同行することになった新九郎。古寺に野宿の夜、驚くべき光景が…。

黒崎裕一郎
公事宿始末人　叛徒《はんと》狩り
将軍暗殺のため市中に配された爆薬…江戸を襲う未曾有の危機。唐十郎の剣が唸る！

喜安幸夫
闇奉行　黒霧裁き
職を求める若者を陥れる悪徳人宿の手口とは。仲間の仇討ちを誓う者たちが、相州屋に結集！

佐伯泰英
完本 **密命**　巻之二十二　再生　恐山地吹雪《おそれざんじふぶき》
惣三郎は揺れていた。家族のことは想念の外にあった。父と倅、相違う道の行方は。